U0467042

YI YE CIBEI

一叶慈悲

姚凤霄◎著

时代出版传媒股份有限公司
安徽文艺出版社

图书在版编目（CIP）数据

一叶慈悲/姚凤霄著. —合肥：安徽文艺出版社, 2019.8
ISBN 978-7-5396-6380-7

Ⅰ. ①一… Ⅱ. ①姚… Ⅲ. ①散文集－中国－当代 Ⅳ. ①I267

中国版本图书馆 CIP 数据核字(2018)第 125994 号

出 版 人：段晓静
责任编辑：姜婧婧　刘　畅　　　　装帧设计：张诚鑫

··

出版发行：时代出版传媒股份有限公司　www.press-mart.com
　　　　　安徽文艺出版社　　www.awpub.com
地　　址：合肥市翡翠路 1118 号　邮政编码：230071
营 销 部：(0551)63533889
印　　制：合肥创新印务有限公司　　(0551)64456946

··

开本：880×1230　1/32　印张：8.25　字数：250 千字
版次：2019 年 8 月第 1 版　2019 年 8 月第 1 次印刷
定价：35.00 元

··

（如发现印装质量问题，影响阅读，请与出版社联系调换）

版权所有，侵权必究

姚凤霄的绿色文学
——姚凤霄女士散文集《一叶慈悲》序
阿 成

我这里所说的"绿色文学",绝非意在创建一个新的文学概念,而是反映了当下受众在精神生活方面,对绿色生活的眷恋与期待。的确,在我国现当代的文学作品当中,我们极少能看到对绿色生活之追叙与向往的作品。尽管如此,这种天赐绿色生活的伴随,不单单洋溢着人们对绿色、诗意与温馨岁月之甜美的回味,也引发了他们对生命与生活质量的深层次思索。这自然不仅仅是物质的,更是精神层面上的强势呈现——这便是我读姚凤霄女士散文新集《一叶慈悲》所引发的想法。

众所周知,在我们读当代文学作品的时候,不难发现,其中多数的作品与人们当下热望的绿色生活无关。就是说,这样一种本应当由文学家承担起来的文学创作责任被忽略掉了。当然,原因是多方面的。也的确,"绿色文学"的创作并非每一个作家都可以信手拈来,一蹴而就。毫无疑问,作家若要进行这一门类的文学作品创作,总要具备以下条件:首先,他们必须拥有(曾经)在绿色环境中生活的经历。而且这样的"生活"经历并非当下的那种旅游式的体验,而是作家从少儿时代到青年时代,始终在那样的自然环境里生活与劳作,并且已经成为他们生活经验和生命流程中的重要组成部分。当然,拥有这样生活环境的作家有很多,但并不能说因此就可以成为一个优秀的、专事绿色文学创作的作家。我认为,这一领域更需要一个作家拥有细腻的情感和对自然界深情入微的观察和体验才行。这样的文字表达曾在曹雪芹的《红楼梦》中有过呈现,其中黛玉葬花不仅仅赢得了许多少男少女的眼泪,而且林黛玉对落花的惜怜也让我们深受感动。表面上看,这是一个弱女子的多愁善感,若是从这样一个近乎闲笔式的人物表达中做进一步的挖掘,就会发现,这难道不是曹雪芹先生对先前那样一个鸟语花香、青山绿水生活的眷恋与惆怅吗?如此看来,在文学作品中,即便是隐晦的表达也能"泄露"作者对先前"绿色生活"难以忘怀的拳拳情愫。亦不难发现,个中优秀作家笔下的每一景,每一物,每一个人物,无一不是来自作家灵魂深处的真情再现。姚凤霄女士的那篇散文《请还我们夜的黑》,过于直白的篇名似有普通之嫌,但通读全文,才会为我们认识一个作家的品质打开了一扇清新且明亮的大门。她在文章中这样写道:"我专门去小城外看夕阳西下,迎接夜的到来,亲身感受一下夜的黑……我来到小城外开阔的河岸边,极目瞭望四野的景色。太阳一个趔趄跌到西山后面了,茫茫河滨倦鸟归林,野兔、黄鼠狼等小动物小心地蛰伏。余晖扇动暧昧的翅膀,风刹住奔走的脚步四处游荡。山川河滨的轮廓柔美起来,天和地渐渐靠近,慢慢地亲近、亲密。湿润的水汽开始呵护花草树木,枝枝叶叶在微风中晃着,晃着晃着就隐藏了细密,只剩下淡淡的轮廓。一种暗色绵绵的气场不断围拢过来,朦朦胧胧的光影淡若烟气,宁静的夜走来了……夜深了,小城的灯像长久失眠人的眼。纯粹的夜的黑,我们周围真不多了,我鼻子有些酸酸的,为那些弱小之流,更为我们这些匍匐在大地上的芸芸众生。"其实,类似的作品,如《给草原梳个麻花辫》《听得见的孤独》《乘一叶慈悲越界来》《太阳晒熟了喷香的豆子》都有令人沉醉的描述。凡此种种,与其说这是作家对曾经生活过的故乡的深深眷恋,莫如说这种追怀之情已经脱离了单纯的惜怀层面,上升到了对自然界、对整个人类生活所发生的细致入微,又至关重要的影响层面上了。这样有担当的笔致,不仅仅昭示了一个作家的胸怀与境界,更是呈现了作家对人类生活品质的悉情关注。

这一点无疑是姚凤霄女士这本散文集的价值所在。

倘徉在姚凤霄的散文世界里,我随着她笔尖的引导,走进了她少儿时的故乡,体验到了她的父辈,以及家乡之乡民与名人多姿多彩的生活。迎面而来的乡情、乡音、民俗、桑蚕、缫丝、绸缎,连同民间传说,如同春风一般环绕在我的身旁,似是在我的眼前展开了一幅别样的《清明上河图》。正是这种自由肆意的古今点染,这种俯仰成趣的笔致,这种不容置辩的倾诉,使得姚凤霄的散文因此具有了"小历史"的身份与品质。

在姚凤霄的这一类散文当中,我特别注意到那篇写王尽美的散文《梦随王尽美 思想长风烟》。我甚至认为,同是姚凤霄家乡人的王尽美,不只是一个普通的家乡人,而是一位让年轻的女作家引以为自豪的英雄。要知道,在当今,青年人对英雄的崇拜似日渐淡漠,但是,一个国家,一个民族,甚至一个人,没有英雄的伴随与引领,国之振兴,民之幸福,人之进步,就会大打折扣。但在姚凤霄的散文当中,让我们从王尽美身上,感受到了柳疃人的那种追求自由、追求解放、向往美好生活的优秀秉性。崇是仰视,敬是敬重。这样的文格与人格在在姚凤霄的散文中得到了充分的体现。

在当代,国人已把"丝绸"升华到一种开放、合作、共同进步与繁荣的精神号角,赋予了它更加丰厚的精神内涵,成为中国革命历史与当代经济发展及人类共同昌盛的诗样的、更富时代精神的链接。而王尽美先生,他公开身份曾是一个开明的柳疃丝绸商人,更是一个中国革命的先行者。姚凤霄在文中写道:"1921年的秋天,小桥流水,青砖黛瓦,柳林风荷,曲院回廊的江南美景,留不住革命者匆匆的脚步。一个烟雨迷蒙的黄昏,风华正茂的王尽美头戴礼帽,一身灰色长袍的商人装束,带领共产国际的代表尼克尔斯基悄然离开上海(去苏俄参加共产国际的会议)。"温故而知新。这位年轻、儒雅、自信且果敢的革命先行者与当代的"丝绸之路"的契合,使得山东的这座柳疃小镇也因此变得不同凡俗起来。

在姚凤霄女士的散文当中,我还注意到某些古今议论与思考。这样的创作方式在中外的散文史上亦多有呈现,比如司马迁、苏格拉底等等。掩卷沉思,这无疑是一个艰苦的创作方向,但却值得走下去。作为一个读者,我相信姚凤霄女士在这方面的创作定有更大、更多的斩获。

回到最初。我与姚凤霄女士的相识,还是在几年前的一次文学活动的遥望之中。在那次活动当中,我不知道为什么姚凤霄女士与我们这些来自全国各地的作家们始终保持着一定的距离。故而对于她的了解终是所知甚少。不过，在几年后的进一步接触当中，了解到姚凤霄女士主要是从事散文的创作。当然，她还创作了长篇和中短篇小说及文学评论等，而其中最让我感到惊异的是她的古诗词写得也很好。我不知道她是否出版过古诗词方面的专辑，或者已经出版过也未可知。如此看来，一个优秀的散文家、小说家毕竟要具备多方面的艺术才能才好，不仅仅要有丰厚的个人生活，敏锐的观察能力，超尘拔俗的胸怀与境界，同时还要有较高的艺术造诣和丰厚的学养。而这一切又得体且自然地体现在作者的文章当中了。所以，我们有理由为姚凤霄女士新散文集喝彩。

备聊一格，是为序。

阿成简介

阿成，著名作家，原名王阿成。山东博平人，民进成员，燕山大学客座教授。享受中国国务院特殊津贴专家，编审。中国作协全委会六、七、八、九届委员，中国写作中心会员，哈尔滨作协主席。现为哈尔滨市作协主席、哈尔滨专家顾问委员会专家，黑龙江省作协副主席。

目　录

姚凤霄的绿色文学
　　——姚凤霄女士散文集《一叶慈悲》序　　阿成 1

第一辑　望海潮
请还我们夜的黑　　　　　　　　　　　3
永远的曹植　　　　　　　　　　　　11
大地深处　　　　　　　　　　　　　17
听得见的孤独　　　　　　　　　　　25
乘一叶慈悲越界来　　　　　　　　　31

第二辑　如梦令
给草原梳个麻花辫　　　　　　　　　51
拈花微笑　　　　　　　　　　　　　59
在音乐中沦陷　　　　　　　　　　　63
雪国笔记　　　　　　　　　　　　　68
潜伏的那些泪　　　　　　　　　　　77

1

云在 80

　　掠入行囊的北国风物 89

　　沿着黄河走 97

第三辑　千钟醉

　　奶奶的战争 113

　　太阳晒熟了喷香的豆子 124

　　我在姥姥家门前流浪 131

　　老家来人了 137

　　伸展 147

　　九月之光 157

　　顾城与火道 165

第四辑　满江红

　　梦随王尽美　思想长风烟 191

　　那么近　那么远 205

　　提神的流年 210

　　浅蓝　深蓝 231

　　大王的神谕 242

《一叶慈悲》后记 253

第一辑　望海潮

请还我们夜的黑

2014年1月4日凌晨,象限仪座流星雨。象限仪座？我以前没有接触过这个天文术语,只知道流星雨,但象限仪座是什么？一头雾水,不知道。我第一次听说,顿觉自己孤陋寡闻了。远方的朋友打电话说来看流星雨,天寒地冻的,他们还真有雅兴,我笑着摇摇头。

晚上下班,我所关心的就是夜色沉沉了,赶紧回家。希望来来往往老鼠般乱窜的车辆离我远点,还在心里警告自己,小心驾驶,别违章。至于灯红酒绿、美女如云等等,我一点都不关心,更不用说仰望星空了。数星星,那是小时候的事情了。人到中年,整天低头穷忙,很少想自己到底忙了些什么。

我住在一个安宁美丽的小城昌邑,离渤海七十里。漫漫海滩上,多是盐池和柽柳林,企业和村庄稀疏。与远来的几个朋友坐在一起交流,他们告诉我,选择到我们这个小城北部看流星雨,他们是费了心思,斟酌权衡了一段时间,才做出决定的。我们小城北部海边空气清洁透亮,灯光相对较少,看星星要有一种夜的黑,如果各种灯光密集,就影响观察流星雨,光污染少的地方观察最好。光污染？不对吧！很多地方政府正在搞亮化工程,政绩赫赫呢！我很是疑惑地大声问。对,光污染,朋友们一齐肯定地说。看着我大惊小怪的样子,几个朋友嘴角咧到耳根,一脸灿烂的笑。

象限仪座是一个已经废弃不用的星座名,在20世纪早期的星图中,可以在天龙座、武仙座、牧夫座之间找到它,在1922年,它和其他一些星座一起被国际天文联合会正式从拥挤的星空中排除,从而确定了今天国际上通行的88个星座。象限仪座则通过一个著名的流星雨记录下了其曾经的历史。象限仪座流星雨是每年几个最强的流星雨之一。

听完朋友侃侃而谈的介绍,我长知识了。更让我吃惊的是,这几个业余"哥白尼"都是当地天文网的大腕名人,对星座的熟悉和见解,惊得我一愣一愣的。他们告诉我,最苦恼的就是到处都有光污染,观察星座和流星雨,近处已经没有夜的净土了。他们说,仰望星空,很想要一种纯粹的夜的黑。

那日,丈夫陪朋友看流星雨了。因天气寒冷,我没去海边。"纯粹的夜的黑"这几个字一直留在我脑海里。秋色灿然时,得了空闲,想起几个朋友说的话,我专门去小城外看夕阳西下,迎接夜的到来,亲身感受一下夜的黑。

我来到小城外开阔的河岸边,极目瞭望四野的景色。太阳一个趔趄跌到西山后面了,茫茫河滨倦鸟归林,野兔、黄鼠狼等小动物小心地蛰伏。余晖扇动暧昧的翅膀,风刹住奔走的脚步四处游荡。山川河滨的轮廓柔美起来,天和地渐渐靠近,慢慢地亲近亲密。湿润的水汽开始呵护花草树木,枝枝叶叶在微风中晃着,晃着晃着就隐藏了细密,只剩下淡淡的轮廓。一种暗色绵绵的气场不断围拢过来,朦朦胧胧的光影淡若烟气,宁静的夜走来了。

天并没黑透,空气中传递着一种神秘的力量,放松、安宁、休憩、隐身。白与黑的交界处,自然界的生命,强者或弱者都沉潜下来,如同中国的太极图白与黑的圆融转换,有一种明与暗的平衡融合。

天色越来越暗了,阴影绰绰的景物中,虫声四起,虫声越来越大胆,清亮亮的,水灵灵的,音准音高各种各样,听起来神圣和谐。因为喜欢音乐,对声音敏感,仔细辨别虫声,其丰富的程度超出我的想象。这合唱太棒了!神秘,渺茫,带着一种灵性,起承转合,连绵,停顿,有铺垫有高潮,"大弦嘈嘈如急雨,小弦切切如私语,嘈嘈切切错杂弹,大珠小珠落入盘……"白居易的《琵琶行》中的声音都在这里,变换着,回响着,这声音被夜的黑暗吸纳着,就更显绚烂。

温暖的香气伴着虫声一阵阵飘过来,鼻子的享受是从人站在河岸边就开始的,夜色越靠近,这种美好的感觉越真切。是荷花、野花,还是苹果、香瓜,说不清是谁散发的香气,就是一种混合的野地香吧,这比任何人造香水更迷人、更醉人、更加安妥心神。

眼睛慢慢适应了暗色,再看周围的景物,它们传递出了更加丰盈和充满力量的信息。不用眼睛看,只是身心的感受、感知,这种接纳,更加沁入心灵。花草树木换上了清软的睡衣,若隐若现,虚幻美妙。狐仙、树妖美丽的身影,可能就是这时从暗影里闪出来的,她们飘荡的灵魂在幽怨地歌唱,她们在夜色中沐浴,洗净白日里喧嚣沾染的污浊;古灵精怪、小妖魔头的脚步散乱,他们在骁勇地比试身手,他们在大树杈背后,芦苇荡里,老藤萝里面,窸窸窣窣地潜行,浪漫神秘,阴险恶毒,是人是仙,是妖是魔?眼睛一眨,心中一念,就分不清了,恍然隔世的样子……

抬头望,星星不多,但开始闪亮了。星空无极,夜色的暗影随性而舞,抵达了更高的维度,微微泛光的河流如仙子衣裙上的飘带,波光潋滟,跳荡着流向远方。遥远的天际线处,大片树林摇曳的枝头是盛放星子的摇篮,星子在摇篮里跌宕起伏,一闪一灭,儿时的幻想又一次光顾脑海。脸盆里的月亮,瓦罐里的星星,在密实的黑里越界而来。恍惚兮,荡漾兮,弥漫着一种灵动诡谲的感觉。

天空之空的广阔,多重情感的蕴集,在眼睛与星子对接时,啪地一下,打开时间、空间相互连接的秘密通道。记忆和瞻望,苦难和幸福,清晰展现于心海。天地是那样陌生微茫,我悬浮其间,沉潜、迂回盘旋上升等种种能量开始注入心灵。智性的天空,洞开了精神的空间,物为心动,形为心役,夜的疆域无限辽阔,宇宙与人娓娓诉说,无数星座千万年光的手与我们相握,有一种凝神聚力的无形能量把天地人贯通起来了。纤云弄巧,飞星传恨,银汉迢迢暗度……

我沉浸在夜的玄妙里……忽然,河边的灯,唰,一齐亮了,闪得我一惊,耀眼的灯光造成盲点后,眼前的景物瞬间大白于眼眸。刚刚我还在无边夜色中享受着,思绪飞驰在恒远的安详里,很像正做黄粱美梦却被一棍子打醒,睁开眼破衣烂衫一无所有的感觉。刚刚四起奏鸣的虫声,灯光一亮,它们立时失语,戛然噤了声。而后,它们败了喧唱的兴致,各自离去,夜色中美轮美奂的全息舞台顿然消失了。偶有几声鸣叫,断续而凄冷。夜色无可奈何地退后了一步,我失望惋惜极了。

仰望星空,天雾蒙蒙的,几个零落的星子在遥远处黯淡着。我环顾四周,灯光倒是很亮,河边、树林,布满着白炽灯、LED灯、射灯,还有各色霓虹灯。霓虹谄媚得像风尘女子,摇来晃去,五彩缤纷,眉来眼去地眨着眼睛。明亮的灯光下,想来树林里那些夜间活跃的生物多么痛苦无奈。夜来香等花朵是不是因为被灯光照亮而委屈着脸呢?猫头鹰在黑暗里明亮的圆眼睛是不是因霓虹闪亮而半睁半闭呢?我有种感觉,对,人为的光污染!田野小河花草,鸟兽虫鱼,它们不需要灯光,它们要纯粹的夜的黑!人只考虑自己,那些可怜的动物、植物,只能被动地忍受人对自然的各种改变,包括对夜色的改变和附加。记起刘慈欣的科幻巨著《三体》里,高维度生物对低维度生物轻蔑地说过的一句话"我毁灭你,与你毫无关系"。一种无形的悲哀贯注身心,为凌驾于众生物之上的一种狂妄而悲哀。

火树银花的夜晚自古就有,那是芸芸众生平凡日子里的欢歌。跨越千年的灯火阑珊,走进时下夜放千树花,垂落星如雨的霓虹之夜,走近香车宝马暗香盈袖的迷离之境。恍然中,历史几千年明亮的眼睛见证着各种风流云散。夜夜笙歌,玉壶光转,楼台明亮的不夜天,耗费了人们多少青葱的不老华年。不知从何时起,疲乏困倦瞌睡失眠跟定了现代城市人的生活、加班、上网、欢娱,夜被人为地击穿、击碎了,碎片抛向城市深处的某种谋略策划,抛向商界无声的金钱战争,抛向工厂喧嚣的流水线,抛向灯红酒绿的娱乐场,抛向战争的演练场,抛向挥霍无度的人之欲望……夜分裂成无数的粉末,它们表现出亢奋孤独恍惚的症状,成为一种不治之症的传染源,成为一种潜伏的死亡。此时上帝在哪里?上帝的手能解救众生对名利的困惑,对享乐的依赖,能消弭众生占有的欲望吗?谁能给予众生安宁的夜晚、香甜的睡眠,给他们对现实生活的把握呢?上帝在遥远处看得清楚,却默默不语。我要大声说,那些炫目奢侈的光污染,请远离我们。

央视上曾播出过一个公益广告,一个老大爷为深夜晚归的小姑娘亮着一盏浑黄的灯,照亮小姑娘回家的路,一盏灯虽然照不了多远,但人与人的关爱是那样温暖身心。灯是世俗的眼神,需要灯光照明的有许许多多,没竣工的楼房,黑洞洞的窗口,地下隐蔽工程混凝土框架的背后,矿道里的各种矿石和煤的本有,还有人心里的那些幽暗,而它们常常是沉在黑暗里的。谁来为它们亮起灯火呢?我们每个人都是光亮的制造者,我们每个人都会发出那些赶走黑暗的光,看看我们的脸上表情,是不是跟那个广告中的老大爷一样充满慈祥和大爱呢?我们的社会很需要一种人性的光芒,让一些光明透过坚硬和混沌,盛开真善美之花。

日的光,夜的光,在人的眼睛里不停变换。现实的白日,人们劳碌奔忙;梦境的夜里,人们享受白天得不到的放松。人的某些迷醉,常常在夜的庇护和想象的华美中实现。现实和梦境,两种不同的状态交接碰撞,让人的生活诞下了强烈的对比和丰富的内涵,铺展其内在联系和呼应。夜里,人借天地之灵气,机缘巧合的刹那,欢乐和悲伤被清洗并转换,其内心重新获得生命延续的强大力量。

我无奈地走在灯光下。空气湿润了,河岸草尖上开始凝结露珠,露珠是天赐的一种清澈。这凝结的露珠就是神的眼吧,没有这神的眼,白天和黑夜都不能显示独特的魅力。白日的富有,夜色的神妙,在交接处缓慢成某种氛围,某种"场",入夜是自然界暗香浮动的恬静时分,此时我们与神性和潜行的灵魂最亲近。

一种纯粹的夜的黑,人和万千生物都需要。夜里黑暗有道,神可自由出入,人的目光和神的眼碰撞,溅出火花,智慧之美在沉思中顿悟。我们常常为眼前的些许利益和欲望蒙蔽,在大地上四处奔走,低头寻找,寻找衣食住行,寻找精神安顿的一隅,很少把目光投向星空,其实星空是我们生命里拓展胸襟和格局的导师。万千闪亮的星子照耀过我们的祖先,也照耀我们,一份恒远和无限的意蕴传递过来,美和存在的力量传递过来,更有一种真理的坚定和恒远。

河边树林少有人来,清冷得很,夜走过来牵住我的手。细想,夜是能够获得冲破时间、空间禁制的无形力量。夜里,时间的味道比白日更浓。夜里梦的脚步,既快又慢。时下,科学、社会飞速发展,人借助它们的引领,没日没夜地向前飞奔,人们不知道自己要到哪里去。大旱、洪水、地震、飓风、海啸、核电站泄漏等,人的世界不堪一击,无望中求助于上帝。我想,上帝是人创造的,而不是上帝创造了人。夜是上帝端坐的肉身,上帝是在人心中的。一个完整的世界,夜不可或缺。夜的黑是阻止人们飞奔的减速器,是引领众生走出精神萎靡和认知困境的张弛之道。我们的社会和经济发展太快了,是需要慢下来等等人灵魂的时候了。救赎人类的不是上帝,是自知醒悟的我们自己。

走在回家的路上,已是繁星满天。我脑子里的一连串的念头不停地涌出来，不断地叠加。仰望星空，夜色与灯光霎暗霎明造成的盲点，依旧在我眼睛中停留，赶也赶不走。盲点里，我望见了寻常望不见的闪烁，我们的家园仿佛要像马尔克斯《百年孤独》里的小镇马孔多，瞬间被飓风从大地上抹去，永远不复存在。想到刘慈欣《三体》里科幻的全面数字化的未来世界，以及极富有想象力的升维和降维。有一种惧怕和无奈，也有反抗的勇气和无限希望，相互交织着从心底升腾起来……

夜深了，小城的灯像长久失眠人的眼。纯粹的夜的黑，我们周围真不多了，我鼻子有些酸酸的，为那些弱小之流，更为我们这些匍匐在大地上的芸芸众生。

（发表于《山花》，被《散文选刊》转载，被选入《中国散文年选》[花城版]，被江苏省无锡市徐州市选入高中试题）

永远的曹植

魏文帝曹丕已经湮灭在山海云天，躺在厚厚的史书里沉睡，偶有后人记起，便慨叹其国之兴衰存亡。而他七步成诗的弟弟曹植却依然活着，活在他的诗词歌赋里，活在他的鱼山梵呗里，活在今人的崇敬和膜拜中。

曹植这个才高八斗诗情丰饶的王子，携"翩若惊鸿，婉若游龙。荣曜秋菊，华茂春松"的洛神，常常摇曳在我们记忆的山岭和内心的阡陌中，他顾望怀愁，一篇委婉缠绵的《洛神赋》，给我们无尽的想象和生命的慰藉。在曹植的笔下，我们能够找到纯美的种子和善良的基因，一代代复活泛绿，一代代开花结果，多少年了，诗词歌赋、香草美人依旧不绝不朽，美好的爱情在洛水之上低回婉转，一双晶亮的美瞳勾人魂魄。我们心灵的水土，借此莺飞草长；心灵的果实，借此丰茂多汁；我们慨叹人生的灵魂之泪，捧给不能纵横捭阖、治国平天下的曹植，我们广袤无垠的丰富想象，献给明艳高雅、宽和妩媚的洛水之神。不为别的，就为这断不了的人生慨叹和性情之美，我们也要追寻，去追寻曹植高贵的灵魂和神性之光。

癸巳秋日，我们山东省作家研究生班的二十多位同学，一同驱车到曹植墓拜谒。我们的车队沿着黄河迤逦而行，繁茂的绿色映入眼帘，庄稼树木高高低低，浩浩荡荡，铺天盖地。东阿是一个自然生态环境不错的地方。我们一直在喧嚣的城市里,人群拥挤,视觉疲惫,来到这里,眼睛被周围的自然景色诱惑了,一时心醉神迷。

刚过立秋,天气依然很热,我们不敢打开车窗。车窗外的空气蒸腾,热流滚滚。车子里有空调还算凉爽,我脑子清闲了,便开始神游三国。说到曹植,就总也绕不开曹丕。曹植的七步诗,就是因与曹丕之争而作。"煮豆持作羹,漉菽以为汁。萁在釜下燃,豆在釜中泣。本自同根生,相煎何太急?"历经千年,兄弟之争的情景,依然栩栩如生,历历在目。曹植与曹丕都是曹操的儿子,也都是旷世才子,他们各有大臣拥戴,杨修、丁仪等辅佐曹植,吴质、贾诩等辅佐曹丕,他们之间为争储,斗智斗勇的故事让后人惊奇感慨。历史也许有必然,不管曹植怎样才华横溢,一些不期而遇和阴差阳错,还是让曹植失去了王位。曹植的妻子因穿锦绣之衣违制,被曹操赐死,曹植负有治家不严之责,他心情非常郁闷,常在宫中饮酒自谴。一次喝得醉醺之际,乘马行至邺宫西门,喝令开门。守门司马不敢不开。但打开之后,立即向曹操报告。曹操对行为不羁的曹植一顿训斥后,正式宣告立曹丕为太子,曹植加封五千户,成万户侯……

不等我神游结束,车子便停下来。同学说,曹植墓到了。曹植墓坐落在黄河岸边,泰山余脉鱼山西麓,远远望去,墓地掩映在一片绿色之中,守墓的神兽分列两旁,一种庄严肃穆之感随之而来。我在心里默默地向长眠于此的东阿王曹植鞠躬了。曹植生前就钟情此地的风水,嘱托儿子将其安葬此处。现今看来,曹植确是远见卓识,今日的东阿,仿若人世间的挪亚方舟,自然调制的色彩和谐均匀，天地之间诗意飘飞。在当今喧闹的拆迁、GDP、新貌、快速等新词中，鱼山独自安静地存在着，我为这里的静谧由衷地庆幸和祝福。

曹植在世时的岁月和人生，早已荡然无存，经由时光和历史层层消解，人世浮华的表象也已灰飞烟灭。我们常常迷醉于发掘伟人的彷徨和困境，从他们所在的维度去归纳审察，当我们没有力量去改变，便为之悲伤。在曹植安息的鱼山，我们还能够找到这个存在的空间，找到那个时代古人的精神现场，这种对应物的留存，给了我们莫大的安慰。很多时候，我们找不到这些。世界变化之快，我们来不及回味和告别。转眼之间，无数的事物连背影都看不见了，夏夜流萤、民风良俗、鸡鸣炊烟等等，仿佛在一夜之间蒸发了。我们许多的美好记忆都已经沦陷，我们儿时活生生的故乡也已沦陷。而东阿还有一座草木葳蕤的鱼山，有一座悠然漫过历史的散淡之山，这是东阿人的大智慧。

"天地无穷极，阴阳转相因。人居一世间，忽若风吹尘。愿得展功勤，输力于明君。怀此王佐才，慷慨独不群。鳞介尊神龙，走兽宗麒麟。虫兽犹知德，何况于士人。孔氏删诗书，王业粲已分。骋我径寸翰，流藻垂华芬。"曹植的《薤露》，现在读来，依旧让我们有诸多共鸣。

"高树多悲风，海水扬其波。利剑不在掌，结友何须多？不见篱间雀，见鹞自投罗。罗家得雀喜，少年见雀悲。拔剑捎罗网，黄雀得飞飞。飞飞摩苍天，来下谢少年。"曹植《野田黄雀行》诗中，人性的美好，高阔的胸怀，跃然而来。曹植这个学富五车、才华卓异的王子，能有这种有多重寓意且接地气的吟哦，更让我们崇拜。

我们拜读曹植的诗词歌赋，常常心旷神怡。但我们心中的诗意却渐行渐香。现时的云朵带着浮尘和化学物质，让人的大脑缺氧，眼睛缺乏清明。每当我大声朗诵古典诗词时，一种悲哀从头顶贯注下来。美丽的星图、美丽的乡土，美好的意境和物景，早已荡然无存，没有了，看不到了。先前我一直喜欢诗词歌赋，也一直在写。当我发现自己在泥古做戏，就感到万分沮丧。我不能为写诗词而写诗词，不能把时代的思想和风物留给后人，便灰心了。我不能欺骗后人，那些自然风物已经荡然无存，所写古诗词大多在说假话和废话，"炫技"真没有意义。我认为，古诗词的一些意境，已经成为大自然的悼词和墓碑。很多时候，我们只欣赏古人的诗词就足矣。

我们和千古的鱼山相遇，亦是人生有幸。鱼山状若甲鱼，静静地安卧，匍匐在大地的一隅。这是一座诗性之山、仙乐之山、灵性之山，其山有大美不言，有大道而不语。我们来此，仍能够感受到其纯美强大的气场，唯美的情感依旧活跃在我们周围，因为曹植的诗词歌赋和音乐都存储于此。这里仿佛有一种心灵的泉流，仙乐的泉流，还在奔涌，不会停止奔涌，也不该停止奔涌。

据记载，公元230年，曹植登临东阿境内的鱼山，闻岩洞内传有梵音歌唱，清扬哀婉，他细听良久，深有所悟，便拟写音调，并依《太子瑞应本起经》的内容，编撰唱词填入曲调，后被称为第一呗"鱼山梵呗"。梵呗，即印度五明之声明，属三学的"定"学法门，随佛教传入中国。曹植将音乐旋律与偈诗梵语的音韵、汉字发音的高低相配合，使得佛经在唱诵时天衣无缝，其尤为可贵的是声文两得。有了曹植的经验，历代僧人们便开始尝试着进一步用中国民间乐曲改编佛曲或另创新曲，使古印度的梵呗音乐逐步与中国传统文化相结合，梵呗从此走上了繁荣发展的道路。曹植是中国佛乐的创始人。

我很喜欢佛乐那种润泽心灵的静雅。每到忧郁烦闷之时，便打开音响，耳边泠泠的佛乐响起，那种安妥灵魂的天籁之音飞逸而来，此时，一切烦闷都会飞逝而去，情感回归于质朴的感官世界，思想空灵清新如渺渺蓝天，胸襟开阔豪放如浩浩大海，灵魂在山林物语里，慢慢地平静、安详、清澈……

清晨或黄昏，当我们从电脑数据和文字图片的瀚海里，从股市和房地产的围剿里，从中外新闻和军备竞赛的报道里探出头来，拜读聆听曹植的诗词和鱼山梵呗，我们的心灵还有安宁的栖息之地，心中就有几多安慰。中华民族的文化之根，历经千年万载依旧绚烂无比。文学让这个世界活着一大群不死的才子佳人，他们迎面走来，永远鲜活年轻，曹植，还有洛神……

我们来东阿追寻曹植，我们抵达了鱼山。我们还有另一种抵达，一种精神的抵达。在此，我与曹植和洛神交换过眼神，久久地在他们的眼神里注视自己。我慢慢地站起来，深深地膜拜他们，再仰望他们蕴含盈盈恩泽的眸子，认领他们的暗示和恩宠，瞬间，我的精神因之清澈，灵魂因之芬芳。

曹植安卧在鱼山，他在红尘之外，幽静安然，光芒万丈。

东阿有"一代诗宗，文采巨丽"的曹植。"天下才有一石，曹子建独占八斗"，这是谢灵运所言。

东阿有文运亨通,仙乐曼妙的鱼山。曹植因鱼山而安,东阿因有曹植为幸。这是我的感言。

大美东阿,永远的曹植。

(发表于《南方文学》,被收入《山东作家作品年选》)

大 地 深 处

当一双脚站在大地深处时，人就站到自己意想不到的幽暗里。这不是眼睛看得见的幽暗，是一种感觉而来的有分量的虚无。与在地上的感觉不一样，越向下，心就越沉，一种严严实实的覆盖劈头盖脸而来。天上的神秘是我们看不清摸不到的空，空空的无极之感，只是让人迷茫；地下的神秘是一种坚硬的覆盖和严密的包围，也有被洞藏般的幽闭感，有些让人喘不过气。空和实，丰盈和枯瘦的意义，在大地深处，人体会得更加深刻。

平生第一次下到矿井，是在山东坊子碳矿（现在的山东坊子煤矿）。以前我对煤矿的认知由文字、广播和电视得到，没有现场感。间接的知识支撑起一个不稳定的认知多面体，怎么放都让人不踏实。我的印象中，矿井是丰盈富足的，堆金堆银的富足，但有许多不安分不安全，时不时有瓦斯、塌方、透水等矿难的报道。这次下到矿井，我就想亲眼实地看一些未知的东西，把各种不踏实落到实处。

我知道要下到地下175米深的矿井，心里好奇又忐忑。坐上罐笼一直下沉，头顶有水滴滴答答落下来，偶尔侧头，便看到湿滑的石头井壁，条条缕缕的凿痕密布，不时有地下深度的数字标记一闪而过。几分钟后，我们下到井底走出罐笼。地面上是骄阳似火的暑天，地下湿湿凉爽的空气迎面而来，感觉有些怪怪的,有种躲藏起来,不论魏晋,不分春夏秋冬的样子。这是一座一百多年前德国人建造的矿井,巷道里很寂静,灯光也不幽暗,长长的巷道无语地向前延伸。

我心里一直对煤矿矿井有种敬畏感。少时看到的多种煤矿图片,印象深刻的有两种:一群人。他们是一群有胆量且颇为壮硕的男子汉,一群矿工头戴安全帽,帽子前面亮着一盏灯,手握钻机,脸被煤灰遮盖着黢黑黢黑,黑亮的眼睛和咧嘴一笑显出的白牙齿分外闪眼。很多煤。巷道里,大大小小的煤块随着传送带涌出,煤块按照一定的节律鲜活起来,流动起来,有一种连绵不断的磅礴气势。那时,我看到这些人和场景,确是闪了眼,惊了心的。还有一种感恩和敬佩之情油然而生。因为家里的老人常说,我们这些平凡的人,沾大光了,沾了世上聪明人、巧手人、有力量人的很多光,日子才越来越富足,生活也越来越安逸。随着年龄渐长,我对这种说法越来越认可。矿工们从大地深处探求和索取,把矿藏运到地面,为我们的生活带来温暖和财富。每到冬天,我坐在熊熊燃烧的火炉边,这种感觉就越发强烈。也更深地去想,自己要努力,为他人的生活带来便捷和幸福,让他人的生活因为有了自己的存在而更加美好。

坊子矿的煤形成于中生代侏罗纪时期。煤的形成需要四种必要条件:温湿的气候;适宜的地形;植物大量繁殖;地壳运动。我们可以想象,在中生代侏罗纪时,地球的一隅——山东坊子的景象。古时的阳光照耀着这里,深不可测的原始森林,湿热涌动,身姿摇曳的树,弥漫芬芳的花草,在刹那,一场山洪或一场地震呼啸跳荡而来,地壳巨变之中,它们落入深深的地下。那些植物的歌唱和舞蹈,那些随心所欲的舒缓悠扬,在浑浊的呐喊和嘶哑的吼声中,激烈粗犷地变成喑哑蛰伏的模样。各种植物的能量贮存起来,慢慢变成了冰冷坚硬的样子,慢慢与大地岩石融为一体。它们把无尽的黑暗握在内里,汇集、变形、升华。渺小成长为庞大,生鲜变化成沉寂,从形状、色彩、质地、气味都有了天壤之别的变化,变得沉着、内敛、安宁,肤浅不再,火气全无。柔软的植物从丰盈到枯瘦,最终变成了黑亮坚硬的煤。

美好的东西不经磨炼与涅槃的升华,难得长久地保留。众多植物从丰盈到枯瘦,再从枯瘦到美妙,让人从遥远的陌生中,感受到一种亲切和宝贵。正是由于它们经受了严酷的历练,从此植物、石头、泥土、沙粒再也无法与之相比,漫长的时间又为它们注入了一种不可逆反的神秘魅力。坊子煤有着独特的地域特点,大部分是高热量的无烟煤。这些有着浑朴厚重之美的煤,在大地之下蛰伏等待,等待重见天光。

坊子煤矿在明末清初就被当地乡民发现,并开始小规模开采。1897年,德国以"曹州教案"为借口,胁迫清政府签订了《胶澳租界条约》,取得了开矿权。1898年9月,德国在坊子开矿,先后建成安娜竖坑、敏娜竖坑,大量开采煤矿资源。在1898至1914年掠夺煤炭199.06万吨。1914年7月,日本对德宣战,德国战败,日本以没收德国资产为由占领坊子煤矿,从1914年9月至1945年8月,日本无耻地掠夺坊子煤矿达31年之久,掠夺煤炭422.7万吨。积贫、积弱的中国被外国列强肆意欺凌,大量的煤炭资源被源源不断地掠夺运走。面对这些残酷的事实和确凿的数据,我们心痛不已。

我走在地下175米深处,走在历经百年仍然坚固的矿井巷道里,哪里有堆金堆银的富足呢?只有空空的巷道,这里已被德日强盗盗掠一空。心中一种无可奈何的悲怆,一种攥紧拳头、血脉贲张的悲愤之感越来越强烈。我们要拼尽自己的全部力量,为中华崛起而努力奋斗,强我中华,不受列强欺凌。虽然我没有立刻大声地表达,但这种信念坚硬如钢,已暗暗矗立在心头了。

　　许多年前,坊子是一块荒蛮之地。居住在这里的乡民过着衣不蔽体食不果腹的贫困生活,但地下蕴藏着大量的宝藏,富饶丰盈是沉潜的。沉潜的这些宝藏,可供子孙后代繁衍生息许多年。然而,宝藏被列强觊觎,大炮和快舰强行打开了宝藏的大门,宝藏没有能福泽生活在这块土地上的人们,却被外来的德日强盗掠走挥霍。坊子煤矿历经德日半个世纪的开采,地下煤炭丰盈的府库被掠夺至只剩残渣,所剩煤炭寥寥无几,开采难度也越来越大。随着时代向前发展,我们越来越认识到资源的重要性,特别是地下矿产,它们是不可再生的,开采了,就不复存在,地下的府库就空空荡荡。那些匮乏枯瘦,伤害我们,也殃及我们的子孙。我们知道,一些事物的光焰和能量,是随着时间的推移才体会出来的。

　　获得诺奖的著名作家莫言,老家是山东高密。莫言在一篇文章里写他的饥饿:1961年,村里的学校拉来了一车煤块,他从煤车上抢了一块,咯吱咯吱地啃了起来,觉得那煤块越嚼越香,味道好极了。此时,我们仿佛看到了饥饿中的孩子,看到那双四处搜索食物的敏锐的眼睛,看到他唇齿间的黑黑煤渣搅动,看到煤渣合着唾液下咽的脖颈和喉头。三年自然灾害时期,食物匮乏,树皮草根也用来填肚子,就连坚硬的煤块也成了可以吃的东西。在饥饿面前,人为了活下去,把一切能吃的东西都填进肚子。那时饥饿的孩子们把煤块当作食品,让现在的年轻人觉得不可思议,惊讶怀疑。其实1961年离我们现时并不遥远。我们这代人没有经过战争的苦难,没有物资匮乏和饥饿的经历,所有的想象都不能抵达现场,但矿产资源越来越匮乏,我们有目共睹。山东高密离坊子很近,相距大约百公里,一条胶济铁路把两个地方串在一起。也许,莫言抢着吃到嘴里的煤块就出自最近的坊子矿吧。再过些年,坊子煤矿就永远不会产煤了,煤炭资源的脆弱匮乏已经到了边缘。先前食物的匮乏和现时矿产的匮乏同样令人惊叹,想到某一天,坊子的煤矿只剩下煤的样品,只剩下这些空空的巷道,不觉悲从心来,这种悲怆从心头灌注到手脚,是冰冻全身的恸哀。

　　站在煤矿巷道里,看到用玻璃罩住的一块原煤,完整的一大块,隔着玻璃,黑亮的煤闪着柔和的光芒。这是巷道里的原煤,保存下来给后人留作纪念的,我们也只能看到这一块。想来多年前的煤炭宝藏不只这一块,而是充满巷道的,它们曾经安静地住在这里,不禁让我们感恩地球对人类的恩典,这些曾经的富足长久给予人们生存的底气和生命的温暖。我们愿意所有的地下疆域和府库,充盈富足且光辉闪亮,并遥遥地向它们致意,道一声:珍重,安好。人们不要轻易打扰它们,让它们安宁地留在原地,保存千万年。

　　人类贪婪与挥霍的两个毛病,最终会把自己埋进坟墓。物产的浪费、资源的浪费触目惊心。人们明明知道贪欲是深不可测、万劫不复的，却手挽着手不顾一切地往深渊里跳。看看我们大地上的山脉、草原、河流，哪一个不需要我们珍惜保护，哪一个不需要我们有节制地开发利用呢？地球给予人类的恩惠已经很多了，再不警醒，人类的好日子就不多了。不可否认，地球上的地下矿藏资源会日益减少直至衰竭。想来空荡荡的地下洞府，没有住着宝藏，只住着回忆叹息，看不见宝藏背影，听不到敲击资财得到的沉实丰盈的回响，只有空空的尾声，萎缩脆弱以及灭顶的尾声。每当看到现实中有大量资源被滥用，被浪费，又无力制止的时候，我就记起"商女不知亡国恨，隔江犹唱后庭花"这句诗。

最近，坊间说日本从国外大量进口煤炭沉在附近的浅海，以供未来的不时之需。其中大部分煤炭是从中国山西进口的。虽然只是传说，没有确切的证据，但日本人的狡猾和远见是值得我们警醒和学习的。日本人不随意砍伐国土上的任何一棵树，所用的木材由国外进口，日本国土的森林覆盖率达到67%，中国的森林覆盖率只有24%。日本从小学生入学开始就学习垃圾分类，对乱扔垃圾的行为，制定了非常严格的法令，他们分类回收利用各种废弃物，精细到极处，节约了大量的资源，这是确凿的事实。我们国家人称地大物博，其实就人均而言，我们的物产和矿产资源并不丰富。

在大地深处，我看到眼前空空的巷道，有种无以言说的虚无。这份虚无屏蔽了来自地面的暑热，屏蔽了地面嘈杂刺耳抑或各种不和谐的声音，给我们留出了巨大的空白来静静思考，在这里会看到眼睛看不见的东西，得到浮现或闪现在脑中的现实。

这里的思考可以不遵循地面上的审美和规则,把生命的速度、生活的速度调整到合适位置。在快与慢的谐和把握中,正视世界和自己,弄懂清晰或混沌的辩证关系,明白混沌中有清晰的透视,透视中允许混沌存在。大地深处,我们思考醒悟,除了现今人类拥有的,那遥远的旁逸而出的丰盈和庄严,需要我们去探索去打开。也许另一个物质范畴和生存维度,在不远的将来,通过科技的不断进步,人类能够到达。

巷道里有一种多年前矿工坐的"猴车",我好奇地坐上去。"猴车"非常简易,就是一个貌似自行车的铁质座位挂在钢绳上,机器卷动钢绳,"猴车"跟着走,人坐上去要紧紧抓住,猴车跳来荡去像只顽皮的猴子。在凹凸不平、高低不一的巷道里,"猴车"是矿工们的代步工具,虽然"猴车"极为简易,但重体力劳动后的人们坐在上面还是省时省力的,矿工们上下工疲惫不堪的腿脚可以暂时安歇。我从"猴车"上下来,心中有个念头,感觉人类就是那只在树上不停摇来荡去的猴子,成群结队地呼啸山林,那种不安分是骨子里固有的。是的,人类有永远不安的宿命,上天入地无休无止地折腾。前些年,人们大手大脚地挥霍被认为是"高大上",有排场、有面子,奢靡之风盛行。人们好大喜功急于求成,追求日新月异的高速发展。那些暴殄天物的疯狂之举,浪费了多少资财和人力物力。现在,社会风气明显好转,如同高速运行的列车渐渐缓下来,人们对社会发展的速度要求越来越理智,能够冷静地消费和发展,社会各个环节开始协调,人们的生活也逐步走向理智与平和。

悠长的巷道里,人走过后,灯就依次熄灭。我们离开巷道身后一片黑暗,那些形和色都遁入黑暗之中。世界的形和色,都是由人来感受的,没有人来感受就是一种空。空空的存在和实在的拥有,我们选择后者。很多时候,我们的语言是多余的,幼稚、聒噪、尖利、汹涌,就像一些动物的尖叫声,很快会被时间和空间吞没,被历史的洪流挟裹并清扫一空。让如瀑的阳光晒干那些不堪的过往吧,我们宁愿在各种矿产资源厚实的根基上,有序利用,踏实地生存,安宁地生活。

资源日益枯竭的时下,我们大声呼吁,珍惜矿产资源,保护矿产资源,为子孙后代留点资源,留几碗饭吃。国家的贪欲失控,就会挑起战争,个体的人贪欲失控,就会走向末路和死亡。历史苦难的最真实承受者,最终还是我们这些芸芸众生。我认为,浪费资源,无序开采矿产很无耻,不管是国家还是个人。节约能源是最好的能源,合理利用能源是最好的利用。

在大地深处,拂去遮盖眼眸和心灵的尘埃,我们坚强而清醒。在追忆和展望里,面对历史和未来的忧伤,正视现实,就从现实的枯瘦里开出一朵智慧之花吧。

(发表于《山东文学》)

听得见的孤独

中秋之夜的潍河岸边,我一个人闭了眼,听夜景。远远近近,都有蟋蟀在清唱,远处的蟋蟀,一波一波,高高低低合唱,近处的蟋蟀,捏着细声,长长短短独唱。在月夜里,这种歌唱比"人声"更有小精灵的意味。一大片树林和青草在默默谛听,庄稼地里的稻草人,藏在地下的地瓜、花生都在侧耳倾听,我和它们一样都是好听众,只是我耳边比它们还多了一种催眠曲的宁静。

月亮用慈悲的眼神俯视大地,像个邈远静穆的冷美人,但她又是充满激情的,她以每秒三十万公里的速度,向地球万物释放光芒和柔情。月光下的潍河水闪着粼粼波光,偶尔,有鱼儿跳出水面咚的一声,声音过后,水波涌动着闪光。风坐在草梢上悠闲地晃,它的手还在不停地翻动树叶,哗啦啦地响。附近一直没有人来,我面朝潍河坐着,秋风抖动着我的长裙和长发,飘飘摇摇,窸窸窣窣,我的两只脚悠闲地悬空着,不时在岸边水泥矮墙上撞一下,啪,啪,为周围自然的和声打出清晰的节拍。一时间觉得,围绕在我周围大自然的天籁,不比维也纳金色大厅的音乐逊色呢。

秋夜辽阔,无边无际,清静而缠绵。风吹草香的河边野地,遥想那五柳先生戴月荷锄归,隐身于四野茫茫之中,个体的灵魂和肉体日渐圆满,心里便几多美慕。造化弄人,总有一些事物是沉静的,甘愿囿于清冷,与那些虚拟的笑脸和热闹相比,平淡而真实。呼啦啦、蓬勃勃的草丛中,蟋蟀的叫声荡开来,荡过去,不停歇。难得悠闲地在秋的红绿和月的清圆之间停留沉思,我感觉好舒适。

好多日子了,我除了忙工作,一直傻傻地坐在办公室里,读书或写一些自己喜欢的文字。城市朝出暮归单调的生活,把我训练成循规蹈矩,囿于狭小空间的井底之蛙,来到河边,才打破这种沉闷枯燥,内心的压抑感稍稍获得释放。我的思绪飞近又飞远,什么都想了,也仿佛什么都没想。

丈夫支了三脚架在不远处摄影,为了拍摄一个夜景,他会等,长时间地伫立。他在等待一种光影,等待那个难以捕捉的瞬间。我只看到他月光下的侧影,很难知道他在想些什么。白天繁忙的工作之后,难得有属于他自己的时间,有个摄影的业余爱好,分担他心里的烦乱也好,我不想打扰他,更不想打破这种宁静。

我不时接到朋友的短信,也给朋友发短信。现代通讯的发达,把远方的人邀请到面前,一同赏月。看着月亮,诗意随来,我发去了一首应景而写的五绝诗,"听月潍河上,金风逐水来。伏澜波影动,吾梦住瑶台"。朋友也发来应和的诗,一时文字交流的快意,把白天里纠缠于内心的无奈和颓废情绪,慢慢赶到远处了。

在这潍河边的小城里,思想的沉闷和荒芜让我不安,我心中总是有些要说的话,生活的现状,思想的火花,灵魂的孤独感,还有一种惆怅和凄美之意,都想诉说。我知道,很多时候,每个人都有自己的话要说,都有一些别人不知道的苦楚。没有人喜欢听别人诉说一些不如意,善于倾听的人不多,包括最亲的人或身边的人。世人多半孤独。

临河远望,思绪悠远。近两年来,工作之余,我迷醉于文字的读和写,生活就变得有些潦草了。很多以前生活中的小情趣被慢慢疏远了,逛街、听音乐、哼着歌做家务、做一桌子好吃的饭菜等等,这些统统被文字和相关的活动淹没了,文字水平没见长进多少,但生活却被搞糊涂了。细细想,便觉得自己傻。自己为什么变傻,这样喜欢文字,就是想诉说,诉说内心的苦闷和对现实的挣脱。眼前没有适合的听众,便用文字诉说,从而释放一种情绪,表达荒凉又蓬勃的生活样貌,把所知所感诉说给远方的人听。也许我与刘震云小说《一句顶一万句》里的牛建国相仿吧,牛建国为了摒弃孤独找寻说上话的朋友,在路上孤寂行走;我在心灵的路途中,也在不停地追寻,像蟋蟀一样在杂乱的草丛中拼命鸣唱,寻找一种不孤独的状态。刘震云说,痛苦不是生活的艰难,也不是生和死,而是孤单,人多孤单。这与马尔克斯的《百年孤独》有异曲同工之妙。每当读到伟大作家睿智的文字,便很有共鸣感,很珍惜这种能够彼此懂得,彼此理解,又心灵相通的感受。读书之后,便有了主动思索自己和他人的能力,为自己的精神偏安一隅,找到了一个栖息之地。

我慢慢明白,写作是孤独的劳动,写作不只是诉说,它包含了更大的人文情怀,作家的笔下要有更广阔的意境,承载更宏大的包容。我知道,形而上的东西接近世界的真相,应该对世界报以可敬的真诚和汹涌的爱意,留住生命的温度,清醒且慢慢地活着。写作是另一种年轻的方式,能说的就说出来,不能说的,就留在心里。

我大概就是那只因为孤独而奋力唱着的蟋蟀的样子。我们都在听蟋蟀的叫声,但真懂的不多。蟋蟀唱与不唱,周围的生物关心不多,蟋蟀也给周围的环境带来不了什么大改变,唱得好与不好,只有蟋蟀们在意,其他的生物都不会很在意的。蟋蟀的世界就是它们自己的。由此想来,自己的苦恼和孤独与蟋蟀相同,苦恼和孤独也是自己的,世界不缺我蟋蟀般细小的一声。我追求的文学,从根本上说,就是无用而虚无的东西,它无用而大用,虚无而孤独。罗曼·罗兰说:"世上有一种真正的英雄主义,那就是在认识了生活的真相后依然热爱生活。"我说,做一个清醒后的英雄尤其不容易,也尤其值得敬佩。

日常空虚的生活,如同蝉蜕,内核已无影无踪,只剩下空壳,轻飘、已破裂,且不堪一击。那个飞走的蝉在哪里呢?很多时候,我们找不到,也不知道怎样收拾这种空虚的情绪与孤独的怅惘。默默暗想,留存下来的孤独感就寄存在小鸟都可以戏谑的稻草人身上吧?悲凉,清冷,无语,也有明月无眠的淡淡哀伤。细细品味,更有一种永远也清扫不了的抒情和迷失。人的思想越是丰富,越是清醒,人就越觉得孤独。

年年中秋之夜,都会有风月无边的景色,依然有李白的"地上霜",苏东坡的"把酒问青天",也会有《诗经》里"蟋蟀在堂,岁聿在莫"的吟咏。这些时光的表情和内在思想千古长存,但中秋之夜,现时的人会有不同的心境。看得见的月光,看不见的灵魂和思想。对我来说，心灵的风光更有高贵的纹理和温润感。在这个中秋节，我情感的深处有一些了然。原来，我被某些空话假话而鼓舞，挣扎奋斗了许多年，我被这个红尘世界的一些人和事蒙蔽欺骗了几十年，骗得我好苦。回头看去，远山近水都是普通的山水，庙堂和民间都是红尘人间，灵魂的质地相互比较后，清浊分明，很多的雾气散去，我明白自己的所在，也清楚自己的位置和状态，明白了无知者无畏，混沌者可笑，醒悟者孤独的状态。有人说，因为懂得，所以慈悲。我说，因为醒悟，所以孤独。

丈夫依旧在河岸边专注于摄影，有时他点上一支烟，烟头红红的在暗里亮着。虽然我陪伴在他身边，他心里的话不会全都告诉我。他也是一个人面对心灵的孤独和困惑，他把这种感觉通过镜头表现出来。我看他的夜景作品，有一种独特的静美。白日里忙碌工作的他，脚步匆匆，身边的人来往不断，此时的他沉着安然，享受着孤独。

月光漫漫，时光漫漫，仰望星空，月亮孤独地挂在天上，任它怎样变换表情，上弦月、下弦月、满月，都是孤独地挂着，我们几时读懂了它呢？我们所站立的这个地球，一颗在银河系的普通星球，也是孤独地存在了上亿万年，科学家至今也没有找到如地球相类似的行星，茫茫长空，地球也是孤独地公转又自转着。我们人类群体更是由来已久地孤独着，不管我们对茫茫宇宙发出任何的讯息，始终没有得到应和与回复，这种孤独是永恒的。再回归到个体的人，人都是赤条条孤独地来到这个世上，又孤独地撒手而去，回归尘土，带不走天地间的一丝一毫，我们都是这个世界的过客。孤独亘古长存。

远望,潍河大桥上一辆辆车子飞驰而去,车灯射出的一道道光柱载着欲望,从我视线中飞逝而过,生命之中的拉扯,如此清晰狂放,视觉的延伸中,留下的只有孤独。

叹夜景,叹人世。月亮之下,我邂逅了精神的孤独和明亮,明白了这些,我是坦然的。听,蟋蟀如千古灵童,还在唱……

(发表于《小说林》双月刊)

乘一叶慈悲越界来

《路史·后纪五》记载:"黄帝之妃西陵氏曰嫘祖,以其始蚕,故又祀先蚕。"《通鉴外记》亦曰:"西陵氏之女嫘祖,为黄帝元妃,治丝茧以供衣服,后世祀为先蚕。"人类利用蚕茧,从取食蚕蛹开始,继而才发现茧壳上的丝缕可以抽出,后来就把蚕茧用热水浸泡抽丝,称为缫丝。祖居丝绸之乡山东昌邑,与桑园丝绸有关的事,很小的时候就知道。

昌邑的桑蚕丝绸业发达,我家是千家万户中的一家。九十五岁的爷爷是柳疃恒丰染坊唯一健在的业主,也是柳疃丝织一厂唯一健在的业主。从小耳濡目染,我对桑蚕和丝绸的熟悉就像日日做饭升起的一蓬烟火,说起采桑叶、喂蚕眉儿、络篗子、织绸、染绸,于我就是最温暖的记忆,是阳光的关爱和月光的照耀,是陪伴我长大的苦辣酸甜。对我来说,那些劳累和快乐,单薄和丰富,早就融进生命的深处,一遇机会触及,我灵魂里的那些醉,就云山雾罩地漫过来。

蚕眉儿　喂蚕眉儿 吐出丝来织成云

我喜欢到二姥姥家去,二姥姥家每年都喂蚕眉儿,也喂得好。二姥姥是个美人儿,细白皮肤,身材匀称。俊秀的圆脸盘,大眼睛,乌黑的头发挽成一个大发髻卧在脑后,用长长的银簪两边插上,银簪闪闪亮透着一股清灵的气息,让人很想去摸一下。二姥姥穿着浆过的原白色大襟褂子,本色菊花瓣布盘扣,细细缝在衣襟上,用金黄的铜珠子扣起来,花朵一样美。黑色肥腿的府绸裤子不见皱褶,裤腿下端缠了黑色的布带子,看起来清清爽爽,两只包过的小脚显得更小了。二姥姥的脚是标准的"三寸金莲",她走起路袅袅婷婷。她有两个儿子,而她却喜欢女孩,我属于被喜欢的。

　　二姥姥家境殷实。她家有两个大门,第一个门是很普通的小角门。在长长的窄胡同里,高高的院墙边有一个小角门,进来后,是一个大树园子,一片老树林很有些气势,浓荫遮地,虽然树干斑驳苍老,但依旧枝叶青青。园子地势低,潮湿的气息游来荡去地关照着满地苔藓。晴蓝的天空,在树梢之上就是一个个透彻的蓝色小洞,流荡的光,树枝树叶的影,甚是明艳。随意一瞥,晴蓝过心后,就钻进我的灵魂里,存储了许多年。我记得南墙角上有一片桑树林结了桑葚,我钻进树丛去,用手摇一下树干,熟透的桑葚就吧嗒吧嗒落下来,我赶紧捡了填进嘴里,紫桑葚很甜。那时我年龄小,记忆中觉得这片林子好大。走挺长时间才到第二个门,第二个门就高大华丽了,厚重的大门,大石墩,长石阶,精美的砖雕,青石板路一直铺到正屋。正屋是一色的青砖到顶,有好多宽宽的青石台阶,记不清是多少级了,只记得很光滑,亮汪汪的。院子里明暗交织的光线,闪烁着神秘的氛围,一不小心就陷进迷幻的境地,仿佛一些穿了绫罗绸缎的才子佳人,会从某个门里悄然闪出来。

二姥姥在家喂蚕眉儿。听着姥姥和我叩门环，她笑吟吟地迎出来，接过姥姥手中盖了蓝布的长方形竹丝篮子，又牵着我的手。姥姥给她二姐带了礼物，竹篮里盛了大半篮子新鸡蛋，一大束刚搓好的纳鞋底的麻线。我的记忆里，走亲戚空手登门是很不礼貌的。家中最好的东西是送给别人的，自己吃或用的，都留差一点的。礼尚往来讲究的就是高看一眼，虽然东西不多，但都是用满满的情谊来精心准备。

二姥姥家的正屋收拾得窗明几净，雕花的大方桌上放着大茶壶、茶碗，高高的瓷花帽桶里，插着两个鸡毛掸子，两个圈椅分列两边，一个钱柜靠墙放着。炕几上放着丝绸被子，蓝绿青白的颜色，清爽干净。炕上铺了凉席，放着两个青花瓷枕，瓷枕是卧着的花猫，其中一只裂了缝，用毛蓝布条粘着。我很喜欢这对青花瓷猫，眼看手摸，小手指还插进猫耳朵孔里，试试里面有什么东西，其实里面空空的。瓷枕带着遥远的灵美之色款款而来，透亮的瓷，洁净的质地，脱俗的色，让我对这美物心存敬意和喜爱。看着瓷猫就觉得有种高贵，它卧在素常的生活里，那么安静，那么提气带劲儿，分分钟有了一抹亮色。

院子里有好多的花儿，好像美丽的色彩暴动了，汹涌澎湃地占满院内的角落，墙头也长满花草。院子东面葡萄架下的阴凉里，姥姥和二姥姥坐在板凳上，面对面说话，我站在姥姥身边安静地听。因为来时，姥姥嘱咐我，二姥姥家规矩多，要学会看眼色，少说话。她们说了什么，我都不记得了。二姥姥拉着我的手，看着我，我也看着二姥姥。我忽然发现二姥姥的大眼睛闪着光，眼珠里有个我的影子，我咋住在她眼睛里？原来二姥姥喜欢我呢。知道了这个秘密，我就得意地笑了。

我先前见过二姥爷，他样子可不好看，矮个子，其貌不扬。但他手很巧，能干很多细密活儿。他们家好看的小板凳、盛蚕眉儿的筐箩，就是二姥爷自己做的。正说着话，二姥爷担着桑叶回家了，用肩上的毛巾擦擦汗，抿着嘴朝我们笑笑，仿佛他的世界一切都温润平和，苦和累都是应该的。二姥姥赶紧递上早盛好的绿豆汤，接过毛巾洗好，晒在院子里的铁丝上。他们之间的那种温馨默契，让人感到日子是镶了金边的美。现在想想，好佩服这一家人，他们生活得勤谨安和，不张扬，一切都是内里的讲究和优雅。

二姥姥领着我的手，去看她养的蚕眉儿。边走边说，蚕眉儿喜欢干净，套房不能有异味，让我说话要小声，轻手轻脚，别惊动了蚕娘娘。我看着她的眼睛不住地点头，说，记住了。

进了蚕房，我看着蚕眉儿在几个大筐箩里盛着，沙沙地吃着桑叶。喂小蚕眉儿，二姥姥挑选干净的嫩桑叶用剪刀剪得细碎，轻轻撒上，像照看婴儿那样，咪咪笑着，一脸的喜爱和小心。另一个筐箩里的蚕眉儿长大了，它们很活泼，扭着青白的身子，不停地吃桑叶，桑叶给它们的生命提供绿色的液汁，硕大的树叶慢慢集聚在蚕眉儿小小的身体中。二姥姥满意地看着她的蚕眉儿，用干净的布把桑叶擦干净，向筐箩里撒一层桑叶。

靠边的两个大筐箩是大蚕，它们吃桑叶的速度好快，沙沙沙，像是细雨点落在树叶上，一直一直地响。不大一会儿，撒上的桑叶就被蚕眉儿吃光了，二姥姥就再撒一遍，我也跟着撒。桑树蓬勃的生命，通过蚕眉儿换了另一种状态呈现出来，这些桑叶的液汁,对蚕眉儿来说像乳汁一样甜美,一脉清流给了它们变换形态的根基,桑叶与蚕眉儿窃窃私语,一曲美妙而缱绻的越界,随慈悲而来,随悲伤和喜悦而来。

二姥姥小声说,喂老蚕了,很辛苦,要不停地采桑叶,不停地喂,等蚕眉儿上山做茧就好了。二姥姥又带我去看蚕做茧的蚕山,干净的麦秸垛上,蚕眉儿自己选择位置,白白的丝网里,蚕茧密密的一层,还有蚕在忙着做茧。蚕眉儿把自己藏进细密莹亮的茧里,藏进丝绒般轻柔的睡梦里。我大气不敢喘,小心翼翼地看。我的心目中,蚕娘娘很神圣,跟奶奶烧香磕头敬着的老天爷差不多。二姥姥领着我的手离开蚕山,走进正屋才说,蚕眉儿是慈悲的神灵,吃了桑叶吐出丝,让我们这些凡俗的人有衣穿,有饭吃,活得像个人样,怎么敬着都不为过啊。姥姥笑着点头,说,我们都沾了蚕娘娘的光,享着蚕娘娘的福。我觉得,二姥姥家的"蚕娘娘"比其他人家的都好,她家每年都收许多蚕茧,卖不少钱呢。不过,我只是心里想,没敢说出来。

姥姥让我跟二姥姥告别,二姥姥留下我们带来的鸡蛋和麻线,又把瓜果点心装满篮子。我们不带,她不停地对姥姥和我说:"嫌少,还是不好?叫你拿着就拿着吧,嗯。全拿着,你别气我,再气我不稀罕你了。只拿一样,以后别进我的门了。"在她善意的威逼利诱之下,我姥姥带走她的好多礼品,我第一次吃到的许多好东西,都是二姥姥给的。

二姥姥送我们到胡同口,对我说,等收了蚕茧,二姥姥给你炒蚕蛹吃,我用力点点头。蚕蛹我吃过,很香。过了些日子,二姥姥捎来了炒蚕蛹。捎信儿的人说,二姥姥让我到她家去,她给我做了一个红绸衫,还有两块红绸布,给我扎辫子。

二姥姥家胡同口不远就是集市,她领着我的手去赶集。赶集的时候,我就被二姥姥打扮起来,穿了新绸衫,梳了辫子挽成两个鬏髻,系了红绸子蝴蝶结,脸蛋上扑了香粉。二姥姥也打扮起来,她梳了长头发,盘在脑后。大银耳环和长长的银簪,用白绸子蘸了香粉一遍遍擦,擦得锃亮。二姥姥带上耳环,插上银簪立刻变了样,画龙点睛似的整个人美起来。熙攘的人群中,二姥姥左手挽了竹篮,右手领着我,我们一老一小引来许多艳羡的目光。当时,穿红绸子衫很奢侈的,红色也格外招眼。有个女人问,这是谁家的小闺女?啧啧啧,细皮嫩肉,花蝴蝶似的。二姥姥说,是俺外孙女。那女人用手摸我的红绸衫说,红绸衫真俊啊。我一脸自豪地说:"二姥姥给俺做的,你穿着小啊。"

我知道大人逗小孩会接着说,你这个红绸衫这么俊,脱下来给我穿吧?我就先说她穿不上,让她无话可说。二姥姥和那女人一起嘎嘎大笑。

小孩子的直觉常常是对的。我现在回想,就明白了自己为什么喜欢到二姥姥家了。

络车 络丝篗儿 白胡子老头砸大缸!

现在很多人不知道络车和丝篗是个什么东西。蚕茧缫丝后,用络车和丝篗整理丝线。丝篗是古老的络丝工具,有道是"必窍贯以轴,乃适于用。为理丝之先具也"。丝篗的作用相当于现代卷绕丝绪的筒管。络车是将缫车上脱下的丝转络到丝篗上的机具。关于络车的记载,《方言》有"河济之间,络谓之给"。郭璞注"所以转篗给事也"。其实这两个器具都是木头制成,样子很简单,络车转,丝篗绕,把络车上的丝,绕到丝篗上就行了。我奶奶是络篗子的高手,我也亲手干过这个活儿。

说到昌邑的柳疃丝绸,历史渊源深厚。曹雪芹的祖母是地道的昌邑人,皇帝赐她家族姓李,李家与清宫关系密切。《红楼梦》里,大观园拾级而上的公子佳人,色彩艳丽的丝绸衣物,家族的饮食器物,风土人情,都与昌邑,与柳疃丝绸有着密切联系。《红楼梦》里的人物对话,很多都是昌邑人现在的方言,许多风俗礼节也是一样的。历史文化传承,像阳光下的风,温暖着一代又一代人的生活。

读过《红楼梦》,我们仿佛看到贾宝玉、林黛玉、薛宝钗带着仆从一行人,在曲苑回廊里走过,绫罗绸缎窸窸窣窣,香气袭人的衣袂随风飘摇。他们年轻俊美,步履轻快,衣间翠玉叮咚,那种唯美奢华,如同午后荷香氤氲的池塘,洗净了尘间的忧伤,飘来贵族之气和灵性之意。他们的高贵,来自易碎易伤的丝绸之美,华丽之光浮现在他们身体之外,也融于他们的心灵,不事稼穑的社会上层,锦衣玉食地活着,丝绸金玉是他们那种高贵的支撑和象征。可是,从蚕茧到绸缎,从野外到华屋,诸多美好的物华,凝结着无数劳动人民的智慧和汗水。人间的大美,不是穿戴和拥有这些的贵族们,而是创造美的众多劳动者。

柳疃丝绸从清朝嘉庆年间就形成了较成熟的养蚕、制丝、织绸一条龙工艺。我爷爷与几个人合伙凑钱在柳疃建起恒丰染坊,后来公私合营,成立了柳疃丝织一厂。爷爷在厂里负责销售工作,天南地北地推销柳疃丝绸,让柳疃丝绸名扬海内外。

丝绸之乡,每个人都与桑蚕和丝绸有关。我记忆里的小时候,奶奶常在油灯下络篗子,春秋冬夏,长长的丝线缠绕着美好的情感,家庭和人间的爱意都在柔韧的丝线里绕来绕去,勤劳和灵巧的手,温暖着贫寒而情长的日子。奶奶常常边络篗子,边给我讲笑话。

从前,有个白胡子老头,他是个苦力人、一个光棍汉,自己烧制瓦盆和大缸,烧好了就推着车子走街串巷地卖。这是初冬的一个下午,他走着走着,又困又饿,实在走不动了,就放下车子,歇一会儿。他从右边大缸里掏出包窝头的包袱,里面有两个窝头,拿出一个,找了个避风的沟坎,佝偻着身子侧躺着,吃了一个窝头,喝了点水。他从车子上拿下一根打饿虎的木棍,搂在怀里,又摸了一下胸口的钱袋。用手捏捏,还在,就放心地闭上眼眯瞪起来,一眯瞪眼就睡着了。睡梦里,他走进了一个城,城头上写着"北海县寨郡城"。这个地方,他见着眼生,他第一次来。城里楼瓦亭台,商铺林立,人流熙攘,大姑娘小媳妇穿着绫罗绸缎,像戏台上的人那样美,他看得直了眼,喔呀呀,老天爷啊,还有这么好的地方,这么俊美的女人。他看直了眼,凝了神。忽然,有一小厮冲着他就跑过来,说,掌柜的,我可找到你了,这些年到哪里去了?你咋变成这样了?一家人都急死了。白胡子老头一时糊涂了,这是怎么回事儿?那小厮拉住他的胳膊生怕他跑了似的说,掌柜的啊,现在太太当家主事,两个姨太太被她打跑了,咱家的绸缎庄生意冷清。咋咋咋? 我是有钱人,还有老婆姨太太,还有绸缎庄,天上掉下个金銮殿,我是金銮殿中人呀。白胡子老头说,我不是你家掌柜的,我是卖瓦盆大缸的。那小厮继续说,掌柜的,我跟了你十几年怎么会认错人? 那个穿了咱家绸子吊死的新媳妇早埋了,你不用躲了。吊死的新媳妇? 白胡子老头害怕极了,这个掌柜的身上还有人命? 更不能认了,赶紧跑。说着,他就挣脱小厮的手要跑。小厮劲大得很,就是不松手。白胡子老头就说,算了,我不跑了,你说说是怎么一回事? 小厮说,掌柜的,你不记得了? 前街上老吴家的刚嫁出去的闺女,买了咱绸缎庄的绸子,做了一身新衣服,搽胭脂抹粉,骑上毛驴回婆家,没想到绸子太薄了,不经磨,到了婆家,绸子裤磨破了,露着白屁股蛋,被一街看新媳妇的人耍笑羞辱。羞怒之下,回到家,拿个绳子挂到梁上就上吊死了。老吴家来闹,您就吓跑了。白胡子老头心里想,自己这辈子也没穿过绸缎啊,绸缎庄的绸子还这么不经磨? 没等他说话,街上又过来一个强人,揪住他的衣领挥拳就打,刘掌柜,你个昧良心的,你织的什么绸子,一只鹅就吃了一匹绸子,偷工减料啊,我打死你个奸商!

说到这里,奶奶不讲了。奶奶调整一下络车,再换上另一挂丝。我正听得起劲,就央求奶奶再向下讲。心里有些不解,就问,奶奶、北海县寨鄢城在哪里啊? 北海县寨鄢城就在咱姚瓦街庄地底下,很多年前一场大海潮淹没了寨鄢城,全城没人逃出来,咱这里常有人梦到寨鄢城的事,说得有模有样,我的老奶奶也这样说。海滩上大雾的时候,有人遇到"鬼打墙",原地走,原地转,听到寨鄢城的人们赶大集的声音,商贩一个劲儿吆喝,寨鄸城的大狗光鱼哎,十天长一尺,一月长一丈,一年长成海龙王;寨鄸城的绫罗绸缎哎,一天织一丈,五天织一匹,十天挂在蓝天上。奶奶,这是真的吗?不知道啊,只是辈辈相传。雨后看海市是真的,我看见过。在不远处的北海滩上,亭台楼阁,车马走动,人来人往,不大一会儿,就没有了。你爷爷说那是海市蜃楼。奶奶,为什么一只鹅就能吞掉一匹绸子,那个白胡子老头为什么挨揍?奶奶看看我的眼睛说,绸子太薄了啊,用的丝太少了,这种绸子全凭上浆的手艺,用水一洗,绸子就成了蚊帐布的样子,露皮露肉的。我点点头,又问,什么是奸商啊?奸商就是骗人骗钱,不实诚的人。嗯,我懂了,我爷爷不是奸商,他们厂子织的绸子厚。奶奶笑起来,你这孩子想得还挺多。奶奶,您快说,那个白胡子老头后来怎么了?

奶奶摇动簸子,又开讲。白胡子老头被一顿拳脚打得抱头鼠窜,满脸是血,一个踉跄摔了个嘴啃泥,一下子醒了,原来是个梦。他睁眼一看,怀里还抱着一根打㹴虎的棍子,鼻子破了,血流了出来。㹴虎是什么?㹴虎就是狼。野地里有㹴虎,爱吃小孩,小孩肉香,㹴虎吃红肉拉白屎,吓人不吓人?你不要乱跑啊,遇见㹴虎可就没命了。我害怕地点着头,奶奶,我到庄南"长阡行"采桑叶喂蚕眉儿,不会遇到㹴虎吧?一个小孩去不行,有人结伴才好。我使劲点头应着。

奶奶接着讲,白胡子老头放眼望去,太阳偏西了,残阳如血,乌鸦呱呱乱叫,风刮得大树梢呜哇呜哇响。白胡子老头站起来,拍拍身上的土和草叶,心里很沮丧。嘿,鼻子咋还破了,出了这么多血?真被鬼揍了?他躬起身子,推上木头车子一股劲向前走。瓦盆卖光了,车上只剩下两个大缸。要赶紧赶路,天黑之前到前面的村子住下。木头车子中间有木梁分成两边,一侧绑一个大缸。白胡子老头一边走一边想,幸亏是个梦,难道自己真是寨鄏城里一个有钱人,当过掌柜的?真像佛家说的有六道轮回?前世作了孽,今生就做个困苦潦倒之人?唉唉唉,前世过的有钱人的日子也不好,钱赚得不名气,被打得那叫一个惨啊,不如现在卖瓦盆大缸,青天白日,乾坤郎朗,不做亏心事不怕鬼叫门,穷,却过得安稳呢。

  白胡子老头推着木车艰难地走着。旷野无人,枯草丛生,庄稼收了,大树小树都落光了叶,一片荒凉苍茫之色。小路蜿蜒,两旁是深沟,道路坑洼颠簸,越走心里越害怕,他害怕梦里的那个强人,真的从深沟里跳将上来,再揪住他猛打。他总觉得有人跟在后面,脚步声踢踏踢踏响,他不时回头看看,没有,再回头看,依旧没有,耳旁冷风嗖嗖,莫不是鬼来了?他心里发颤,又猛回头看,脚步踉跄,车子歪斜。就在这时,就听砰的一声,捆大缸的绳子断了,车子右边的大缸咕噜噜从车子上滚下,眨眼间滚到深沟里,车子失去了平衡,一下子歪倒在地。白胡子老头放下歪倒的车子站起身,望了深沟一眼,枯草杂树,深不见底,哪里有缸的影子?心想,那个大缸肯定碎了。唉,他长叹了一声。他费力推起车子,但车子上只剩一个大缸,车子不平衡,一边倒的车子怎么也推不走了,这个大缸他是没辙了。他心里实在憋闷,梦里梦外都让他窝火。心里憋气,瞪着眼睛,发了狠,抄起那根护身的木棍,用力,大喊一声,嗨!他恨恨地向大缸抡过去,瞬间,哗啦啦,一个大缸变成瓦片碎了一地。白胡子老头如释重负,把捆大缸的绳子挽到车梁上,推起车往回走。刚走不多远,想起掉到沟里的大缸中还有一个窝头,就回去找。晚上没得吃要挨饿,回家的路还远。看到路上一堆废瓦片,白胡子老头停下车子。抄起那根防身的木棍,连滚带爬,出溜溜下到沟底。沟底全是杂草,一个大缸完整地卧在那里,静静地闪着青灰色的幽光。白胡子老头瞪大了眼,觉得眼睛花了,用手揉了揉,围着大缸转了一圈,又转了一圈,再看,大缸真的完好无损,安然躺在沟底,白胡子老头攥着木棍,仰天大笑……

最后他抡起木棍,跳起来,用尽全身的力量,大喊,嗨!嗨!嗨!朝着大缸恶狠狠地砸去,稀里哗啦,大缸塌下去,碎片四溅,大缸寿终正寝!

奶奶讲完了笑话,我笑个不停,两只手比画着抡木棍,嗨!嗨!嗨!白胡子老头!嗨嗨嗨!白胡子老头砸大缸!奶奶络篦子的身影,我蹦来跳去的影子,被灯光打到挂了绸帘的暖阁上,像现在的动画片一样,有些魅惑舞蹈的灵动,影子随我的一举一动而不断变化,人意漫漫,影意重重。

现在想来,白胡子老头的故事依然历历在目,奶奶说话的神态,篦子转动的声音,油灯跳动的火头,还有我听奶奶说笑话时的目不转睛和好奇,都寄存在时光的另一个维度,每当回想,并拉到眼前来,都是唏嘘不已。奶奶的笑话里,融进了一些善恶较量,因果报偿,一些意想不到,一些随遇而安,一点沉着面对生活的元素,给我的生命带来众多有益的滋养。有了奶奶的教导,那个毁坏生活的大木棒,我不会轻易抡起来,我会思考、等待。耳濡目染,手教心传,我跟奶奶学会了络篦子,细密的丝线缠绕着人间慈悲大爱,绵密的心思慢慢生长在我心里。

织绸　染绸唉　哪家染坊倒了缸呀?

白居易有首长诗《缭绫》,诗中这样写:"缭绫缭绫何所似?不似罗绡与纨绮。应似天台山上月明前,四十五尺瀑布泉。中有文章又奇绝,地铺白烟花簇雪。织者何人衣者谁?越溪寒女汉宫姬……"汉宫姬,我们只在文字和绘画中领略她们的美丽,越溪寒女却是我们自己,绸乡的女子哪个不会织绸呢?一台织绸的木机,一梭一梭地编织,那个昼夜脆响的扎扎机杼声,从几十年前响到现在。绸乡的美女子劳力又劳心,用她们的灵气编织云霞,俊美的脸,青春的身姿,修长的手指在不停地忙碌,丝线在木梭中歌唱,金梭银梭,左右往复,她们美丽的心灵用柔软而泛着珠光的绸子表达出来。她们用半生或一生在织机上编织美的花朵,心梦如画,云中的仙女,大约就是她们的样子吧。

姥姥家有张老木织机,安放在三间南屋里。姥姥家,人人会织绸,但并不是人人都织得好,心灵手巧、吃苦耐劳、性格娴静的女子才织得好。姥姥家的木织机上,常晃动着舅母忙碌的身影。舅母会织绸织布,且织得最好。舅母是个美丽聪慧的女人,舅母的美貌和灵巧远近闻名。姥姥大包大揽,包办了舅舅的婚姻,舅母嫁给舅舅时年龄只有十七岁。

那时舅舅在山西上大学,舅舅考上了名牌大学,光宗耀祖,一时名声远播。一个风华正茂风度翩翩的大学生,哪有找个只读过小学的乡下妹当爱人的想法呢?姥姥一封家书,叫回蒙在鼓里的舅舅,舅舅一进门就步入婚姻的殿堂,他没有一点思想准备,亲戚朋友都来参加婚礼了,反抗,不从,都无济于事。拜堂成亲,既成事实。父母之命媒妁之言的苦痛和枷锁,牢牢压在舅舅身上。可以肯定姥姥是深爱舅舅的,她希望儿子过得幸福,但这种一意孤行的爱,却让舅舅和舅母痛苦了整个一生。两个好人不见得相爱,他们各自的痛苦,大山一样压在心头。舅舅在山西上大学,姥姥让舅母去陪读。一对玉人儿,却没有爱情,爱情不是天天在一起就可以有的。他们一辈子没有相互接纳,没有心心相依。姥姥的苦心化为乌有。舅舅大学毕业后,选择了到离家更远的东北工作,舅母在婆家,拉扯孩子长大,她聪慧上进,当了大队的妇女主任。长夜难眠,孤灯下,舅母脚蹬织机踏板,手执两头尖尖的木梭,把万千心事织进绸子里。织机与叹息共鸣,丝线与委屈缠绕。白天夜里,任风霜雨雪,消磨着她亮丽的容颜,细碎的皱纹逐渐变深。他们不能分开吗?公婆都已过世,已经没有任何阻挡,无数个理由和无奈,他们始终也没有分开。

无数个春夏秋冬呼啸而过,念佛的舅母泪干怨消,枯骨入泥,终于魂归大地。舅舅这个诗书画精湛的工科才子,也是风烛残年,现在,他眼睛几乎看不见,再也不能工作与读写。他只能侧耳在春天的窗口细听,默默地向往下一个春天,细细聆听阳光下的风声,在回忆以前的光亮中,平静地生活。我去看舅舅,舅舅很高兴,笑意温和。舅舅有退休金,家人请了保姆照顾他的起居,日子过得不坏。我愿意听舅舅说人生感悟,叙说人与这个世界的相处之道。他不怨不怒,安宁恬淡,枯瘦的身体里,生长出的精神翅膀越发斑斓,我自愧不如。起码在面对痛苦和死亡这方面,我达不到他旷达的境界。前辈的平静和从容,在我们这些见花落泪、见血惊叫的新一代身上是找不到的。他们的精神驱动力来自对社会对人的深刻解读。一个人身体强壮时,用尽全身的力量与世界抗争。到活明白了的时候,往往身体垮了,作茧自缚啊,为了那些人前的光亮和华丽,封闭了自己灵魂纷飞的翅膀。其实人是自己的救世主,人性之光也是神性之光。

绸子织成了,朴素的外在,自然天成,想要填点颜色,就要用各种色彩来浸染。老家南街靠河边,有一家小染坊,周围庄里也都有染坊。每隔三五天,就有各个染坊的大拨浪鼓响起,随着咚咚咚的鼓声,染坊的伙计走街串巷,一个青年男子清凉凉的声音,在小村庄里响遍:染布喽,染绸子咪,染衣服喽……染好的布和绸子送过来了啊……姑娘媳妇们围着染坊的车子,叽叽喳喳说个不停。谁家绸子颜色漂亮,谁家的织的棉布染花了,谁家的衣服上色不匀等等。染坊的伙计长相俊美,他能说会道,姑娘媳妇都愿意跟他说话。

大红、翠绿、靛蓝、橘黄、纯黑、天青,色彩多样,暗淡或明丽,只是细微的差异,就有许多美的姿态。那些被太阳吃淡了的鲜艳颜色旧衣服,被汗水侵蚀了的旧床品,只要有人送来,染坊的师傅都能给用另一个颜色换回新的美丽。还有新织的布,新织的绸,只要到了染坊就变得奇姿百态。素绸子是个娇嫩的美物,小心翼翼地染,小心翼翼地穿,它的颜色和光亮,是把人往高贵处提升的。绸子被风一抖,颤颤地美着,如同活在人的身上,光滑柔顺,贴心贴肉地舒适,绫罗绸缎是蚕丝不同的存在状态,做成衣服、做成物件,就更显示出物华与人相得益彰的光芒。染坊师傅的手艺全在色彩调配上,夕阳西下时,染坊的伙计就把染好色的绸子挂在院子里,微风吹来,丝绸被簌簌鼓动,飘飘蓬起,红黄蓝绿紫,五颜六色。与此时天上的晚霞辉映,让人觉得丝绸的那种美是从人间连接到天空的,彩绸彩云的美丽,天地共有。

下雨的时候,染坊院子里流出的水五颜六色。我们一群小孩子踩着水,激起的水花彩绸一样飞溅。小闺女只穿个小短裤,小小子就是一群"光腚猴"。染坊里好玩,麦秸、泥土可以染色,染了黑色的木头枪像真的一样,苘麻染了红色做成红缨,随手找个苘麻秆系上,摆个立马横枪的姿势,俨然英姿勃勃的小战士。运气好的小闺女,还会得到染坊师傅给的红绸,红绸扎小辫,跑起来,绸子呼啦啦地迎风舞,小闺女美得像纷飞的花。

我们亲身经历过染坊的一些神秘。几个小孩子在染坊后院晾晒的层层五颜六色绸子和大染缸之间捉迷藏,捉着捉着,就晕了,喊着我要飞出去了,一屁股坐到地上。身体停下来,但脑子里的那个五颜六色的色彩团,还在转转转,旋旋旋,就觉得整个身体云里雾里地飘起来。这个时候,不能说话,伏在地上,闭上眼睛待一会儿,再爬起来就好了。不然的话,你会中邪一样转圈圈,除非有人领着你的手,才可以走出来。

染坊里有时会传出周围村镇和某个有名有姓的人,做了惊天动地的大事,惊得熟悉的人们目瞪口呆。一次,我们听到染坊的师傅说,前庄的玉娥跟庄北面二五四打靶场一个当兵的私奔了。这个玉娥可是个大美人,在庄里演革命样板戏《红色娘子军》中的吴琼花,四庄八疃追求她的人多得是,十八岁的妙龄,就是古时采桑的美人秦罗敷啊,跟一个当兵的跑了?哦呀呀,跟解放军叔叔,跟革命军人跑了?我们一帮小孩子人云亦云,当了快速传话筒,见人就说,听得人都很惊讶,我们很得意。过段时间,大家知道这些事子虚乌有。染坊师傅为何这样做呢?据说染坊常年劳作,染缸有时会出现异常,棉布或绸子就是着色不好或不能着色,找不出什么原因,万般无奈就要扯出一个弥天大谎四处散布,这样的谎言像风一样传开,人们议论纷纷,过几天,染缸就不知不觉地变回正常,而且屡试不爽。没有人考据这个老习俗是怎么一回事。

因为染坊常常放出"幺蛾子"骗人,以至于大人小孩听到不靠谱的事情,就问,那家染坊倒了缸呀?大家相对一笑,心照不宣。

一年一年,时间长大,故事变老了。时代的默片隔了时空的介质,渐去渐远。人间依旧有蓝天黄土,桑间青白;也有馨风半叶,一空云霞。阳光照在大地上,桑树葳蕤的叶片,喂了蚕,蚕吐出丝,人们把丝绸穿在身上。桑树——蚕——丝绸,丝绸以蚕为灵媒,乘一叶慈悲越界来,它点亮着大地的光焰,长出来,飞起来,闪着暖。想一想,我们就觉得世间造化无比神奇。人在不断变化,从桑间濮上,到城市森林,一代代人肉体在消失,只有精神文化在传承。核子时代,网络信息泛滥,现代人依附科学,拥有了神一般的能力,但人们贪得无厌,不知所往。

不妨回望吧,桑树教人分享,劳作教人慈悲,爱情使人美丽,智慧让人神能。桑间濮上,走远的前辈故人,就在遥远处化育引领着现时的我们,一种原始之力转化成促进我们自我更新的力量,让我们找到一种"道"。人们不再向上帝和诸神祈求爱怜,最终活出绸缎般的柔软和华丽,活出赡养上帝的境界吧。

(发表于《山东文学》,获"阳光下的风"主题征文大赛奖,获第八届冰心散文奖[单篇])

第二辑 如梦令

给草原梳个麻花辫

一 聆听草原说话

第一次到草原,我的头发茂密,黑亮亮的,青草般茁壮。我头脑简单,一根马尾辫翘得忘乎所以,草原带给我的只是新奇和好玩。再到草原,已过了六个寒来暑往。我的头发烫了许多圈圈,心思绵密了些,长发随风飘起来,蓬蓬松松像是绵羊尾巴,草原带给我的是无限的悠远和心灵的撞击。

归去来兮。我一直梦想着与草原低语,像一个历经沧桑懂得隐藏的老者,为数不多的心事,只向自然界的万物诉说。来到草原的第一件事,便是躬下身去,寻找曾经的过往,倾听彼时的风声,与今天有几多不同。

夏天的晨光,清亮中透出淡淡的温润感,青草的气息把我从睡梦中唤醒。弯腰走出蒙古包,站直身、抬起头,跌进眼里的是前方突兀孤独的一座无名山。听人说,这座山原来是内蒙古克什克腾旗达里诺尔湖的中心,后来湖水越来越少,这里变成了草原。这座山上有敖包,山顶石头上还刻有一些古文字。放眼望去,历史之根和现实之叶,让一座山和草原共存,相互激荡、和解、加固,连为一体。沧海桑田的时空和现实,复活着大漠孤烟直的仰天长啸,除了这些,这山有点贵妇流落荒野的味道,孤独寂寞形单影只,让人心生怜爱。看起来,我住的蒙古包离这山很近,我觉得,按自己的脚力二十几分钟就能打个来回,于是文艺女子的心思轰然爆炸,想去一探究竟。

草原的晨风是凉爽的。我穿了绿色的长裙,感觉有点冷,加披了一条橘红色的羊毛大披巾。我不想打扰还在梦乡的同事,拿上照相机,独自悄悄出发了。

太阳还没有升起,草儿们还在沉睡,四周静谧安好。天有些阴,一个人走在无边的草原上,空气纯净透明,心也纯净起来,种种美好在心里贪婪地伸出欢喜的长藤,接受天地赐予的莺莺翠翠的养分,笑意就自然而然地荡漾在脸上。旅游鞋踏到草上,沙啦啦沙啦啦,声音清晰,草不高也不密,不及膝盖。我原想草原上会有露水打湿鞋子,其实没有,清爽得很。

草原上的草,我大多叫不出名字,只认识野韭菜。野韭菜花散漫在草丛里,白色的多,有的带点浅红,大都开得热烈。我弯腰采一朵,端详一下,放进嘴里尝,一股浓烈的韭花香冲鼻而来,这种自然纯正的味道是化肥种植的韭菜花没有的。韭菜花朴真坦诚,不斯文也不前卫,万千草的摇曳中,它只是美的一种。我对草的认知是少的,见不多,识更不广,平时对小草不屑一顾,现在面对它们,相见不相识,说起来有些惭颜,枉有岁月翻动的憨态,却没有知识沉淀的渊博。人与自然发自内心的相互接纳是最好的交流。外在的微小与强大,并不真实,骨子里,草比我更清醒,我被现代化的迷雾遮蔽了思维,对天地的感知比不得小草,一些毫无用处的深刻思想禁不住拆解,欲望垒砌的名利大厦在青草白云间轰然倒塌。一个人一直在一种环境里生活,就向往另一种环境,并把另一种环境想象成天堂,其实天堂只在想象中。蜗居在城市一隅,生活在广阔草原,生命的风筝怎样飞翔都有喜悦与疼痛。草原的天堂,在我这个外来人心里是美的,是虚化了的草风轻扬,灵魂曼舞……

草场是带围栏的,远远望着,水泥柱和铁丝网把草场分成不同的板块。走在草原上,人也如离离之草一般宽和无涯,在这里,谁敢说自己的情绪喧嚣躁动或是萎靡困顿呢?在草原面前,眼际的风平草静,通向心灵,辽远与平和的心态会占据身心。

我一直喜欢唱那首《鸿雁》,歌者呼斯楞的声音有一种独特打动心灵的豪放苍凉,"鸿雁啊/天空上/队队排成行/江水长/秋草黄/草原上琴声忧伤……"。走在草原上,心里轻哼这首歌,感受是不同的。遥想脚下的草原,曾经清波荡漾,那么多的水,竟然全都飞走了,连一点水洼一丝雾气都没留下。湖泊消失也许是一个漫长的过程,我们不得而知,波光粼粼的模样与风吹草稀的画面切换,只在我们的想象之中了。近几十年,我们见惯了,河流变草原,草原变沙漠,当我们觉悟过来,寻找缘由和肇事者时,晚了,我们丢失的不只是湖泊和草原,丢失的是对大自然的善待和敬畏之心;丢失的不只是形成生命初始的浩瀚之水,丢失的是天成生命的根和源。没有了水,人和生物何以生,又何以存呢?

二 草地上梳个麻花辫

踏着青草一直向前,如同回到了青春年少,双脚过处,竟有初恋般的羞涩。突然闪过一个念头,此刻,我应该像一位羞涩的少女,梳一个小小的麻花辫,自己梳一个,也给草原梳一个。瞬间的萌意,像诗者的灵感,开始搅动起内心深处的缱绻情怀,我微闭上眼,脚下温软,草把丰饶和力量传递给我。深吸草原的清透气息,醉了,从灵魂到身体的沉醉……

恍惚中,睁开眼,苍穹无限,目光无处可依。回头望,我住的蒙古包看不见了。我忽然没有了方向感,除了前面的山,我不知道自己身在何处,惯于想事情的头脑一片茫然。我开始趋草向山地移动,怎样走,全凭鞋尖的主意,引领我不停地向前走。

我离开蒙古包时没带手机,打开照相机,发现照相机的电池没带,一想,电池在蒙古包里充电呢。我不知道自己走了多长时间,走在草色连天里,天地苍茫,无声无息地绿着,我迷茫了,我与草原的交流有些艰难,我读不懂它,看着草和地一贯平静的脸,我茫然不知所措,往回走,不知方向,向前走,有座山,依旧不远不近地在前面,莫不是我在围着山转?我有点慌和怕了,我彻底迷路了。

向前走了一会,远远看见一群牛,我奔牛群而去。心想,如果同事们找我,我和牛在一起目标大。

牛是草原长出来的动物,悠闲安静得如同草原。牛在我的眼前静静地吃草,啵啵啵,啵啵,草被牛用舌头卷着,巧手一样捋过来,贴着地面,撕扯断,吃进嘴里。牛不停地摇着尾巴,悠闲地抬起头看我,打量我这个心里茫然、已经没有方向感的陌生人。我看看这头牛,看看那头牛,它们皮毛光洁油亮,大眼睛会说话,我和牛对望,彼此温暖亲近,牛的眼睛里充满温情和宽慰,好像告诉我,别慌,一切都是你自己的念,前面那座山不缺任何一个人。

我在牛群里站着,心里不那么慌和怕了,觉得找到了依傍。我这个来自海边的远乡人,实是孤陋寡闻的。第一次知道牛吃草不是用牙齿啃,而是用舌头卷的。牛的舌头像上帝的手一样灵巧神奇,啵啵,啵啵,这声音,在寂静的草原上特别清晰,草的美味和牛的享受,陶醉着我,牛、草原、我,彼此慢慢相通起来,我有点懂了来到蒙古包时,蒙古族姑娘笑盈盈捧来的洁白哈达;理解了草原上马头琴娓娓的诉说;明白了蒙古长调的歌咏,就是人和草原在对话交心呢。迷茫无边和沉静安宁,只是一步之遥。

在草原上,我与自己的人生方向和心灵迷茫撞了个满怀,这一头撞得满眼金星,脚下踉跄。我许多事情想不通、看不透,如在铁桶一般苦闷无依,我读书时拥有的哲学思辨、文学感怀、历史苍茫感,在此时,袅袅轻扬,清晰可辨。是的,我想要的那个目标像那座山一样,没有那么重要,一切都是我自己的念,许是像我迷路一样在围着山转,永远也转不出,走不到。这样的时刻,思想上的自我折磨,就像这草原丢失了以往的湖泊,那天与水相连的景色,已经乘上白云仙鹤悠然远去了。应该接受草原,接受沙漠,接受念天地之悠悠的慨叹。站在草原上,我更加明白,水是这个世界最重要的东西,生命有水而生,生命随水而飞,生命无水而绝。我们应该一寸寸地靠近美和真,梳理出一个天地人的新境界。

我静静地坐在大披巾上,看牛吃草,一边想遥远的遥远,一边梳理自己的头发。把一头披散的长发,编成多个精致的麻花辫,慢慢等待自己有明晰的方向,等待远处有人来。

时间似乎停止了,我感受到四面八方巨大的空旷,群星浩渺,月光云石里,有声音喊我的名字,虽然我应答的声音是那样微小地悬空着,就像沙沙风雨那样存在着,但我存在着,没有虚无。我停在空里,停在无法言说的空空里。

　　忽然我的眼睛被闪了一下,阴沉的天空,云缝里闪出亮光,阳光越来越大,转眼之间,太阳赫赫挂在天上。我一下子找到方向,对,太阳在东面,山在北面,蒙古包在南面,我本应向北却走到了西面。方向明确后,一切都简单起来。

　　有一种伟大叫透彻,有一种感悟叫了然。夜里,我听到零星雨点敲打蒙古包顶棚的叮咚声,便觉自己与天很近,躺在床上,便觉自己与地相拥。早上,我彻底融进草原里了。我明白了自己的局限,我思想中的几个板块只是各自独立地向上升腾,我需要一种居高临下的照耀,需要打通板块之间的隔膜,需要对天地人融会贯通的思考。草、水、牛;人、思想,橘红色,都路过成吉思汗跃马弯弓的光荣,路过此地文化文明的沉淀,路过这个世界精彩又平凡的一隅。那山与所有这些存在之物一样,都曾被数不清的水包围,也被数不清的水放弃。像我这样的平凡人,被数不清的信息覆盖,也被数不清的信息激活。透彻了,心就醒来了;悟开了,世界便了然。

　　艳阳里,我踏草而归,我把披巾举在头上遮挡阳光,同事们在蒙古包边远远望着我,照相机的镜头对准我不停地闪,同事调侃说,真美,天边上飘来一朵橘红色的云哦,新梳的麻花辫真好看……

　　我低下眼目,一脸羞惭。我从离开蒙古包到回来,已经过了两个多小时,正好是早餐时间。他们看到了我的笑脸,没人知道我曾迷路。

三　我们怀想的青春

怀斯说,我们怀想的青春,充满了青草的气息。

我回身瞭望刚刚走过的草原,草际无极,草的世界疆域辽阔,人的生存空间远没有青草广阔。大部分草的叶子修长,像披散的秀发一样,柔软、清润、闪着生命的光亮,草缝里生长着四野中的神圣,青春和朝气散漫开来,制造着千万年不变的灵动和雾岚,让我们由此撷取根扎大地,欣欣向上的力量。草色遥遥,少有红尘之中的嘈杂和烟火气息,青春时期的单纯就像这草原,没有那么繁杂,一张碧绿清爽的脸。

与同事到一个大蒙古包吃早饭,路过夜里燃起篝火的地方,阳光下,只看到黑黑没烧透的木头和灰烬,那些热热暖暖都已静寂无声。但青草版的青春如在眼前,纯净明亮着。穿了蒙古族礼服的少女的笑脸仿佛还在晃,蒙古族小伙子美妙的歌声也许还挂在云朵之上吧,怎么回想都感觉夜里的篝火有股神圣神秘的味道,甚至篝火旁的棵棵青草,也在夜里拍起欢呼的小巴掌。一群人融进草原,拥有一个强大的"存在"气场,与四野那么谐和相称。人沉在草原的夜里,也是沉在美的梦幻里。回不去的夜里,回不去的青春,它们从草原上走过,藏在了人的背后,藏在了一个比天空更辽远的地方。

我从当地牧民手里买了一个草原小花编成的花环,这些花我全不认识,有一种新奇的美丽。我把花环戴在头上,引来无数人赞赏的目光。这些鲜花来自萋萋芳草,来自草原上弥漫的美丽,草会一季季地黄绿,美会化作人间的长诗。人的生命能够承受鲜花之轻,也能够承受鲜花之重。当一个人从中年到老年,怀想浪漫青春,那些昂扬的气韵和精神维度,会把人托举得如水般浩荡。矫情的、伪装的、内心深处的暗影,都随思想的从容荡然无存。草原上,所有的洒脱归入不绝咏唱,所有的时日归入青草的气息。再去想,我希望到达探寻的那座山,也会有青草在其身上绿着黄着,千年万载地存在着,她承载的历史文明是人的印记,人的感觉。

从思想的天空回到现实的地上,我们不妨丢开文史哲的形而上,静心圆融地思考。草原之晨,人生中的重要一瞬,我明白了,天下的道路不都是用来找寻的,没有什么东西是人必须拥有的。天地无语,山水有情,人与万物各自修为。人的一生,无论走近走远都不重要,生命的原味是一种大安详,文明的骨骼与精髓是天人合一。

我在草原上看清了自己,爱草原,像爱惜自己头发那样爱惜。也真的把头发梳成了麻花辫,不翘,不乱,柔顺自然,任思想之风,性情之美,在头顶升腾融合,深情而安宁。我低下身子,将脚下几株嫩嫩的草编出麻花,这便是草原的小花辫了,很美……

(发表于《四川文学》)

拈 花 微 笑

山东半岛——昌邑的潍河岸边,春草萋萋,野树寂寥,映入人们眼帘更多的还是花朵,是草木盛开着的美丽——数不清看不完的花朵。蔚蓝的天空在高处俯瞰着,花径上,浓郁的花香里暗藏着一种清凉,就像创世纪的第一个早晨那样明净安谧。昨日被风儿和艳阳打扰过的花蕊,经过夜晚的休憩和湿气的滋润,透出另一种妩媚。晨曦里,一个花的世界,流淌着一种生机勃然的气息,花朵聚集在眼中,带来的快乐是沁入心底的,人与自然和谐相容,许久以前潜伏在我血液中的那种明艳之美和理性之光,此时,登上了一个绚丽的舞台。

河里清凌凌的水,河边轻柔柔的风,滋润轻抚着二月兰的花叶,它粉紫粉紫地盛开着。我带着一束从现代工业文明中出走的灵魂,带着一种孤独的清醒,徜徉在河边,弯腰,伸手,手指拈起花茎,欲采一束盛开的二月兰。

这是一个轻柔的动作。当杨树上俊鸟唧唧鸣叫的声音叫醒耳朵时,一朵二月兰摇曳着走进我心里,我眼里仿佛有一万个少女含情脉脉地望着她。清晨的阳光透过树枝,影子被风轻轻摇动,映照在这朵花上,有些迷离幻化的感觉。树林里的光线柔和而清纯,纷纷的杨花,雪一样飘落,梦幻,唯美。

二月兰细小的花形,一穗穗的样子,楚楚动人,一片连一片。

花朵们是不寂寞的,它们挤在一起叽叽喳喳私语,说什么呢?它们问我,你是谁?

我是谁?谁是我?我是陶渊明的追随者吗?是"采菊东篱下,悠然见南山"这诗给了我暗示和启发吗?我想,是的。我除了是一个忙碌着的普通人,还想做个追求精神之美的人,想在有限人生中,感受无限存在。

站在二月兰花丛里,不可抑制地想到陶渊明采菊。陶渊明在《饮酒·其五》诗中这样写:"结庐在人境,而无车马喧。问君何能尔?心远地自偏。采菊东篱下,悠然见南山。山气日夕佳,飞鸟相与还。此中有真意,欲辨已忘言。"陶渊明的诗早已耳熟能详,但我忽然觉得有一种新的发现,陶渊明在这首诗中表达出的思想内涵,远远超出其同时代的人,在那一瞬间,他用诗传达出了自然平静、纯粹平和、朴真觉悟的人生状态。

我们知道,陶渊明当时官场落寞,心境是焦虑和愤激的,正因为这样,他才追求一种超然物外,静穆淡远。他努力在困境与悖谬中,寻找一种自然的生命状态。隐居山中,东篱采菊,扭头便见南山巍然。这弯腰抬头的动作,从东晋到现在,还在人们的心中不停重复,至少我现在还很喜欢他淡泊名利、田园荷锄的恬然之美。弯腰采花,一个寻常的动作,无数人曾经有过,已经渺然散落于苍茫之中了。知名文人以诗为记,千百年来口传文记,让我这等爱文喜花的酸女子,拈花惹草也能找到古人的影子。我们隔了时空,还能同声同气。我因此大赞陶渊明。

我又想,就在那个夕阳西下的黄昏,陶渊明采菊送给谁呢?采菊给朋友还是给自己?他在思念远方的朋友吗?派童子飞马送给朋友,以示问候之意?或是采一大束菊花,插到泥瓦罐里,孤芳自赏地小酌一杯,赋诗作画,抒发一下文人的精神苦闷和汪洋恣肆的感慨?抑或就只是抒写一种心境,压根就没采菊?

生活在别处,灵魂在诗意里栖居。我来潍河边采二月兰,不是古板地仿照陶渊明的采菊之雅,而是想感受一种真。从古至今,人们的生活从远处而来,也似乎永远不会停止。古时潍河边,嘴上衔着青草、摇着尾巴闲走的老牛;抬头四望、貌若沉思的羊儿;呼啸奔腾的大海;沉默不语的土地。对宇宙来说,谁能说它们不和人一样地不可忽视,一样地神圣伟大。它们的灵魂住在哪里?也许,这些灵魂就诗意地栖居在潍河之上吧。我想与这些远走的灵魂相知。

人常常习惯于高高在上,以万物之灵自居。把存在于自己周围的事物视为被自己认知和利用的对象。记得海德格尔呼吁我们要摆脱技术方式的统治,与万物平等相处。当我们摆脱了认知与被认知、利用与被利用的关系之后,人不再是主体,物不再是客体,一切存在者都是存在的本来状态,宇宙大家庭中,人和物都是平等的成员,花和人是能够平等对话的。对于听得懂的耳朵,河流、星辰、季节、野花都在说话,听不懂的耳朵却什么也听不见。细想,很多时候,不是我在说"话",而是"话"在说我、"物"在说我。我是发不出声音的,即使发出细微的声音,也被世界忽略不计。

一束束灵魂之花,开在自然之中。我搞不清楚,也不懂得。陶渊明懂得,这是他能够留在历史上,不被世事尘埃遮蔽的高明之处。我想懂陶渊明,也想懂二月兰。

现在有句时尚的话是：你懂的。如果你懂得了，懂得了藏匿在人和物背后的真相了，那你就不会企图谈论与花一样的事物，随意褒贬现实中的人和事。此时，你倏然便明白了哲学家康德说的道理：人类理性发明的词语，只能谈论现象，不能谈论世界的本质。

看花赏花，最好独自一人。和别人在一起时，看到的不是花的真相，身边人的喧闹，会成为你心灵的容器。你最好无处可去，只能与花儿们在一起，时间消失、空间消失，所谓的人类文明消失，更重要的是你自己也消失，这样你就和花儿们在一起了，融入花儿的世界了。人与花儿平等对话，花意灿灿，灵魂相悦。我作为观赏者，花儿再美也只是花，当我停止观赏，与花进行交流，花儿才和我倾谈，与我的灵魂对话。

这时，还想采束二月兰吗？我是停住了手的。只是拈花微笑才好。我知道，佛祖拈花微笑，所传的是一种至为祥和、宁静、美妙的心境，这种心境纯净无染、淡然豁达、无欲无贪、坦然自得、超脱一切，是一种"传法""涅槃"过程的境界。我们只能感悟和领会，不需要用言语表达。陶渊明采菊和我采兰，在各自的时代各有不同的维度，陶渊明采菊是一种心境，我采兰是另一种况味。我要采的，不是花，而是对现实中的澄明心象和一种生命慰藉，是精神之梦在现实版图上的自由游走。我觉得，理性之光，灵魂之美，物我无间的修为，都应珍藏在我们的心底。

佛祖手中所拈之花是忘忧草。我手中所拈的二月兰，也应是忘忧草。禅悟无处不在，拈花微笑吧。

（发表于《羊城晚报》）

在音乐中沦陷

　　这是一场交响音乐会。音乐厅灯光一暗,几百人的场内鸦雀无声。黑暗把现实与舞台分割开来,普罗大众的世俗生活立刻被遮盖起来,一种神秘魔性的戏剧感,形而上的氛围,从十万八千里外云集而来,钻进黑暗的人和事物中间。人在藏身处睁大眼睛向外张望,啪,舞台灯光猛然一亮,台下掌声四起。在灯光映照下,俄罗斯爱乐交响乐团的音乐人神情高雅,西装长裙的男女天使般微笑着施礼,人和器物都闪耀着动感的光芒,美轮美奂。

　　此刻,坐在听众席上的我忽然明白了多年都未在意的事,明白了为什么戏台在开场前要先拉上幕布,而后徐徐拉开。原来这一暗一明中暗藏玄机,黑暗和光明交接之间,人们从粗糙的现实和个体孤独的真相中分离出来,面对怪诞世界的胆怯与无奈没有了,代之以灯光下的自在唯美,舞台上精神的玄妙感和高贵气息迎面扑来。感悟倏忽闪击,古老传统的东西一下子通连起来,仿佛有一股思想和人文的丹田之气传输过来。我很敬佩前人的睿智和古老文化的深厚,有一种被灵性击中的感觉。

　　音乐响起,耳朵的盛宴开始了。随着音乐渐进奏响,台上的演奏者与乐器慢慢融合在一起了,他们闭着眼摇着头,一副陶陶然乐在其中、醉入其中的样子。一些高高低低的音符被巧妙地演奏到一块，不同的乐器被和谐地搭配在一起。看起来指挥家是个趁音乐之机在众人前显摆自己，挑金拣银、拎重推轻的不安分的人，他是乐器之声的总管，还是一个音乐的演绎大师和呼唤精神提纯的魔法师。本来大提琴们、小提琴们演奏着音乐忧郁沉思的主旋律，被他用指挥棒一点，就添加了铜管乐华丽动人的意味，沉降又上升，一波三折间，指挥棒又轻轻一点，魔力四射的打击乐就直奔高音和宏阔、煽动、追逐、质问又谐趣，指挥棒为人们指点着拥向神性的通道，隆重延伸着一种欢乐与悲伤，间或有浪漫缠绵的欲望游荡。这个老到圆滑的手臂，除了指挥台上演奏者，还回过头与台下听众炫爱，渴望雷鸣般的掌声和鲜花。我一次次被指挥棒下不同的音乐带走，神游天外，又被迷惑地带回，质疑、伤怀、感动……满怀虔敬地听到曲终，鼓掌到手痛。中场曲终时竟然不自觉地随人们站起来鼓掌。

　　中场休息，我从音乐中回过神来，环顾音乐厅里的听众，楼上楼下，全是衣冠楚楚的人，音乐厅有人走动，但并无喧哗。音乐的浸染是人兽性的消弭和神性的开启。物质的人随着生活水平的显著提高，越来越多地上升到精神的层面，人们从生活的各种盔甲里逃离出来，撇开衣食住行的烦恼，顺着音乐的天梯升华，飞翔在广袤的空间，簇拥在缪斯身旁。精神短暂的出逃是自在快乐的，不用玫瑰的嫣红和蓝色妖姬的魅惑，单是从华丽美妙的声音中就得到了极大的精神快慰。

　　有一种独特的美是在音乐的脚边萌芽的。茫茫的时间洪荒、孤烟衰草里，音乐从最初的自然朴素单调，一路奔向深奥、华丽、繁复，音乐常常和舞蹈家歌唱家相伴，我的心里更愿意音乐和文字结盟。随着人类历史发展的进程,诗歌、散文甚至小说也会是音乐的佳侣。作为一个孤独的写作者,我捧着心中美丽的文字来向音乐学习,来与音乐交流,呼啦啦的热情盖过了冬夜哈气成雾的寒冷,仿佛独自跋涉已久疲惫不堪的人看到了温暖的炊烟,嗅到了音乐灵魂的香味,一路奔跑着向前,把一种美好的交集化为相遇、相知。平时,听音乐通过 CD 或网络,现场感少。聆听交响音乐会,扩大了精神的视野,我的收获是丰盈的。音乐延伸了我感知世界的细密触角,也让我找到了除了文字之外与我心灵相通的东西,音乐对人类悲悯的深度和洞察,我听得懂,也有新的思考和拓展。不知为何,我感觉最幸福的不是我们这些听众,而是那些音乐人。他们是深得音乐之魅的人,他们用手中的乐器尽情尽兴地诉说情怀,一种倾诉的快感贯穿了音乐会现场。我们台下的听众,始终是配角。

音乐人用手中的乐器来表达情感,技艺精湛,这种精湛来自孤独的苦练和感悟。任何有高度和深度的东西,都需要历史传承和后来人的智性提升,音乐、建筑、文字等等都是。再想,不同的文字也有各自的声音,如同弦乐、管乐、打击乐的不同一样,诗歌、散文、小说,都呈现不同的质地和样貌,但它们是殊途同归的,通过各自不同的方式表达愤怒、狂野、混沌、唯美的画面感、现场感,用理性智慧和思想来洞悉人性和世界的真相,产生一种抚慰灵魂的东西。文字表达更进一步,温暖而尖锐地告诉我们人类自身的病根和不足,激发现实中生命的光芒与人们的生存热情。

不知台上的演奏者能否奏出每一个听众心目中美的乐章,

是否美了眼、醉了心,音乐的灵性是否传递给听众。我觉得怎么欣赏音乐是个人的事情,全是听众自己的感觉,是听者自己的天赋造化和艺术熏陶的结果。艺术熏陶非常必要,好听众需要慢慢培养。看到台下越来越多的听众,我感受到了社会经济文化的蓬勃发展和人文素质的巨大提升,那种喧嚣和无序的迷乱已经被众多人看透而摒弃,温饱之后的人们开始关注精神、关注心灵。

音乐涌入我们的灵魂,野蛮就被文明关闭在一个框架内,艺术回归到一个幸福安详的境地。弦乐是不折不扣的情欲随从,柔软的手臂搂住了爱情的脖颈,精神鸦片般刺激着所有的感官。管乐是酸甜苦辣的情绪奇遇,流淌的音符是随风翻滚的,不管喜怒哀乐还是沉默安宁,都有一股气韵贯通头脚。打击乐就是一个记忆工具,敲击人类从远古到现在的时光,回忆着先前不得不经历的事情。抽象而又高贵的钢琴声,敲击出一种纯粹的精神氛围,告诉我们曾经的存在和未来的幻影。若管弦乐、打击乐水乳交融地响起,所形成的交响就是合成魔力的骤然喷发,有天、地、人共为一体之神奇,也是唤醒沉寂世界的伟大时刻。

音乐有一种超自然的魔力,让音乐神秘的本质溶解到人的理性中,是巫术、占卜、星象、数字这些古老的渴望所发出的持续不断的呼唤。后来人慢慢明晰、慢慢知晓了音乐内涵的博大精深。我听过多次音乐会后,理解了倾听的妙味,不可救药地沦陷在音乐里了。起初,思绪飞翔在音乐里,好似喝了几杯醉人的红葡萄酒或令人心旷神怡的迷魂汤,风花雪月地把自己浪漫成一弯七彩霓虹,后来便与缜密、秩序、变幻、空旷结伴飞翔,有时沉在里面，竟不舍与之握手道别。从人类集体精神中召唤出治疗和拯救的力量，努力传达出不同生命模式中的共同节律，给时代的一个唤醒和平衡，这就是音乐、文学等艺术的高度和意义。

生活是现实的，一边有马云，一边有星云。挣脱不掉这些世俗中的撕扯，逃脱不了世界的熊熊燃烧和沉寂无为。伟大的音乐站立在中间，让我们得到暂时的放松和自由。不是每个人都会被音乐的智慧潜流所席卷，不是每个冬夜都值得人掌声如雷。沦陷在音乐里是一种幸福。

（发表于《山花》，被收入《川鲁散文精选》）

雪 国 笔 记

　　晨,清醒的光和寒冽的空气相伴而来,天地格外透彻朗逸。天极冷,以至于手暴露在空气中就冻透。虽然血液不停地流动,还是温暖不了手上的皮肤,手变得冰凉,直至冻疼。冻疼的还有脸和耳朵。手能躲起来,脸和耳朵没法藏。生命总在匆忙赶路,我在今天拐个弯,找个好去处停一下。我来北方雪国了。

　　雪,穿过路旁的树枝,穿过高楼的间隙落到地上,准确地说,不是落到地上,而是落到雪上。雪已经把地面全部覆盖了,雪在雪上叠加,雪粒子、雪花、雪面面,各种不同的形态,在不同的时间聚集到同一个地方,这里冬天的日子就是雪的。人和物在雪里静止或移动,从容或忐忑,都是冬天叙事结构的变化,一律被雪漂白了身体和心情,五颜六色就暂且安闲静待。

　　茫茫北国,白天和夜晚,雪都用白色来应对,白吃掉黑,黑的天是白的世界,白的天也是白的世界。秦时月,汉时关,唐朝的疆域,共和国的威武,古典着也现代着。雪的静穆一直不变,生动飞扬的雪,忠于现实生活,更高于现实生活。雪是艺术的化身,想象的空间和现实的空间里,只要有雪,既可古朴典雅,浪漫多情,也可腾云驾雾,超光超影。雪来的瞬间,万千风物的精神呼吸顺畅,天、地、人风流际会,如同众多的自由灵魂绝地起舞,扶摇直上天外天。雪停住的时刻,天、地、人沉静安谧,世界如同创世纪明丽的朝阳。

一　脚与轮子

　　雪,铺满晶莹的光,满地雪钻儿发出银子般的细芒,一闪一闪,耀眼的奢华,碎花的质地,清雅地扑进心里。我就这样踩着光闪闪的银钻儿,忘乎所以地走着,向远,脚印留在身后。来到众人走过的地方,雪被踩实了,光滑如镜。突如其来,一次生猛而脆响的摔倒,我有点尴尬,赶紧爬起来。但只走几步,又一个趔趄,滑倒,趴着滑出好远。很短的时间里,我便有了北国冬天的两次赐予,俯仰之间,心中的那个自由飞翔的鸟儿,便止息了张扬。站立在生活之中,不是简单的事情,安然和偶然交替而来。当我们不能洞悉这种生存的奥秘时,就有一个个小教训来不断提醒。

　　在自己不熟悉的环境里,获得不同的感受。体验观察周围的人和景物,挑拣驻扎在身边的片刻,把压力和俗气卸下,让高贵和卑微互相端详,让身体和心灵握手言和。北国的雪之灵,扑扇着透明的羽翼,传达一种特有的情绪,送给我一个宋词般清丽而醒悟的早晨。

　　雪又开始不停地下。细细小小的雪,细面一样粉粉的,落在路上白白一层。因为先前的雪被人和车子压实,上面饱浮一层新雪,滑滑的感觉像镜面上添了油,小心翼翼的脚滑来滑去无法停下。我和朋友赶紧上了接我们的车子,心里还是颤颤的。我知道车子和人一样也会打滑的。有一次,我在雪路上开车,看到红灯赶紧停下,脚下刹车稍稍急了一点,车子控制不住,轮子打滑,瞬间掉头,差点撞了旁边的车,心里一阵后怕。我跟司机师傅说,路滑,慢一点,我们不着急赶路。司机师傅告诉我,这点小雪没事,已经习惯了。

我透过车窗,细看在路上行驶的车子,感到这里的车子轮胎很平,就不解地问司机。司机说,我们这里的车子,每到冬季都换防滑的轮胎。原来如此,怪不得车来车往,不见司机们惊慌呢。适应地域特点的智慧,适应天道的能力,人历来都是高手。

我们站立在生活之中,行走在生活之内,借助轮子或其他,在生活中奔跑。现在,城市里的人很少步行了,总想快一点到达目的地,慢了就郁闷。在脚和轮子之间,人们大多选择轮子。大城市里常常堵车,怨声载道;人与人之间互相防备,关系冷漠,原本安宁的灵魂也四处飘荡局促不安。其实,快和慢并非简单的算术,它们叠加了许多生活的法则。时下,人们站在高楼或坐在车上,习惯了居高临下视线向下的俯视,手也习惯了击打键盘或在光滑的屏幕上游走,拇指上下十几厘米的距离,就可以是一张票、一顿大餐、一件衣服、一间客房、一栋楼,甚至是一场世界大战。资本的狂飙,吹皱人间一池清水,又搅起天地之间的漫天雾霾。时代的物质产品,在乱花迷眼中坐上过山车,撞向无极限;时代的车轮,在速生和速朽中滚滚向前,义无反顾地踏碎万千宏大和细微;时代的精神,被网络和浮躁高高抛起,狠狠摔碎。世界在快和变之中,淹没了人,淹没了无数鲜活自然的生命。在迎面而来的众多新事物面前,人们卑微地输给了茫然放纵的人性,渐渐失却了做人的根本。

纪伯伦说："生命是一支队伍。迟慢的人发现队伍走得太快了，他就走出队伍。快步的人又发现队伍走得太慢了，他也走出队伍。"种种考量在人生的道路上持续。多种选择、飘移的目光，确定不了我们安静生活的面孔。在熟悉的环境之中，或是在开辟出陌生的环境里，我们是否始终是那个安详良善之人？是否可以随时在某个空间里显形或隐遁，过上快慢有序、冷暖自知的生活呢？

车子里温暖如春，温度二十摄氏度，车外零下十六摄氏度。看着车内仪表的温暖显示，我停止思想的云游，隔着车窗玻璃向外看。雪依旧在下，我看雪，雪也来探看我。我和雪都静静的，心照不宣。

二 雷锋帽

长春的寒冷是静静的，没有大风的助推，没有呼来唤去的张狂，不动声色地往皮肉里钻。不像我们山东的海边，寒风的劲比本色的寒更甚。我们都穿了羽绒服，虽然有点冷，但还可抵御寒冷的侵袭。长春伪满皇宫博物院到了，我们买了票，找到大门往里走。一个老大爷近前来兜售，卖雷锋式棉帽子，帽子带了毛茸茸的护耳，还有棉手套。我笑笑说，谢谢，不买。老大爷一番纠缠，我们摇头摇手推辞，赶紧离开。我知道，这些东西，我们买了就浪费，差不多就是一次性几小时使用。我们山东没有长春这么冷。好物品应该有它的用武之地和长久的利用价值。人与物之缘在于相互的陪伴，能够贴身相遇，有着某种缘分，拥有和抛弃都不能随意。

　　人有时没有想象的那样聪慧,物也没有那么顺从地被人驱使。譬如一把崭新的刀握在手里,倘若不小心谨慎对待,或许会伤及自身。心生慌乱或身体受损,就是分分钟的事。建造好的房屋,长期没有人居住和照看,就空荡荡地扰乱人的心思。人一旦走进去,房屋便用空洞枯索死寂,来搜刮人的意识和能量,让人怅惘不快,悲伤暗生。

　　人和物相互影响,也相互谐和。人制作物品,如果手艺不佳,物就在形体品质和气韵上表现出来。做歪的木凳,粗细不匀的线团,颜色混乱的画作,如此等等。物,理解了人的手艺不精、思想不美所呈现出的尴尬样貌,通过外在的物象来表达。一个精致的物品,人赋予它一种神奇的力量和美,它成为人世中的美好,更记录人的才思和技艺,传承文化和思想。物的不美与美由人创造,后果也由人来承担。雷锋式的棉帽子记录了一个时代的时尚,人与保暖厚实的帽子所结的物缘,古今同在。很不错的物品,如果人遗忘它,关心不周或是损害了它,它就出点事故给你看,破败了、散落了、生锈、被虫咬,等等;如果你每天都勤谨地呵护它,它就油光光亮晶晶的,一脸神气。看看那些戴在人身上的玉饰,与人朝夕相处,似是长了魂魄,有了情感。遇到突发事故,戴玉的人毫发无损,玉却轰然破碎,这种神奇常常让人感叹不已。纸寿千年,绢八百,离不开人的静心照料。爱物、惜物、深谙物道,人的生活才过得有品有味。人在世界上生存,要有珍惜和敬畏。每当看到一些上好的物品,被人们扔进垃圾堆,我就觉得很可惜。不要随便买东西,然后浪费东西,你有权消费,但无权浪费。世界上的一草一木、一物一体,都有各自的存在价值。人不能忘乎所以,凌驾于万千物华之上。我很欣赏古波斯大师鲁米的话,记得他这样说,"昨天的我聪明,想去改变这个世界。今天的我智慧,正在改变我自己"。

北国寒冷的雪天里,轻暖的羽绒服维持着我身体的热量,感恩的心勾起夏天葳蕤的绿意,蓬蓬的光明和温暖,在心灵的花朵上自由伸展。人容易在物的浩繁世界里迷失自己,人不能什么都想要,不能事事占高枝,有了御寒的一种东西就应该满足。人有了口中食、身上衣,身外之物,多一样少一样都无关大局。让一些物去关爱需要温暖的人,多留一些美好给他人和万物。

三　马眼睛

我们沿着旅游指南的箭头往前走。晨光里小雪漫漫,偌大的院子空荡荡,只有我们三个人。雪依然混在我们中间,殷勤地在前面领路,又小心地后面跟随。

远远地,我就闻到一股马厩的气味,这气味只在野地或乡村有,久违了这种除了人和人造物气味之外的味道。城市里很少见到马的身影了,这里竟然有马。看到路牌,知道这里是博物院的兵马场。

小路两侧房子是平房,全部大锁封门。几匹马在各自的围栏里走来走去,马蹄声碎。它们是这里的主人,有一种坐地户的底气,让我们不敢小觑。几匹马上上下下打量我们这些莽撞的外来人,好像我们是入侵者,打扰了它们的生活;似乎又欢迎我们到来,或许因我们的到来,能打破围栏里的那些寂寞,给它们平静的生活添一点小波澜。

　　我走近一匹健硕的枣红马,我看着马,马看着我。马的眼睛亮着,有种紫艳的光彩,深不见底。我看不透马的眼睛,我觉得这深潭般的眼睛很美,一种水润润、活生生的感觉。马眼有小刷子一样的长睫毛,忽闪着一种智者的灵气。恍惚里,我觉得这马是威风凛凛骁勇善战的战士,我在心底认同它。宁愿与它是同类,也不愿与某些猥琐的人为伍。不知道我在马的眼睛里是什么样子,一个朴实柔弱的妇人,还是其他?在都市,现代人很难见到马,马被人们遗弃到日常生活的边缘。在古代,马是活在人群中的上等生命,俊美的外表,强悍的体魄,还有能与人相互意会的本领,一些意象、信息,在人和马之间传递。我伸出手,这匹马乖乖地凑过来,我抚摸了一下马的脖子,感觉温暖光滑。我很想找一点草料喂马,但放眼四望,只有掉光了叶子满目舒朗的树和飘飞的雪,我很是失望。马仿佛不介意是否有吃的,它开始向我点头晃脑,看样子像是蛮高兴的。此时,我想起岑参的一首诗:"君不见,走马西川雪海边,平沙莽莽黄入天。轮台九月风夜吼,一川碎石大如斗,随风满地石乱走。匈奴草黄马正肥,金山西见烟尘飞,汉家大将西出师……"想到这些,驰骋疆场的战马在我面前活起来,仿佛与我隔空对话。风沙呼啸中,人与战马心神相接,马借人势,人借马威,叱咤风云,弯弓骑射或握戈俯冲,何等震撼人心。不知道那时战马的眼睛是睁大的,还是眯起来的。马的眼睛和人眼有诸多不同,相同的是都有两只,不像蜻蜓是复眼。我从没羡慕过蜻蜓有那么多的眼睛,却羡慕过那些得道的人,听说他们是开了天眼的,什么都能看得到。五彩斑斓又神来仙往的天空、海底龙宫、地下宫殿,都在他们的视野之中。我就想,他们的天眼长在头顶还是脑后,不会像二郎神那样长在额头上吧?如果长在额头上,也太没有创意了。

　　人常常羡慕许多东西,恨不得长出无数只眼、无数只手,拥有一个计算机一样的大脑,这个也会做,那个也懂得,即使神仙也做不了的、享受不到的,人们也幻想自己能做到。几年前,这些想法全是异想天开。现在的科技发展到了一个新层次,把许多的不能,变成可能或能。我们知道,现代的高智慧设计取代自然选择:生物工程、仿生工程、无机生命。三大工程如何作解?生物工程就是人类对生物的各种干预;仿生工程,类似助听器、人造视网膜,以及大脑就可以控制的外骨骼之类;无机生命,则是可以模仿基因遗传演化,自我复制并繁衍的程序,届时如果能够构建一个数字个体心灵,计算机里面就构建出人工大脑。虽然不是所有科学家都同意二者运转方式一致,但是不能排除这种可能性。知道这些骇人听闻的事情,一刹那我晕了。现在的文明已经挣脱了生物学控制,越来越多的行事方式已经大幅改变,让人无法守旧。我们很难接受科学家不仅能改造身体,还能改造心灵的可能性。未来的数字物种,没人能预测准。未来,人也许有三种状态:活着、不死去、死去。未来,人究竟想要什么?人要怎样活着?死去,还是不死去?无限惆怅飞也似的从我心里生长出来,钻进眼前的雪来雪往里。

　　雪中的空气异常清新,我大口呼吸,吐出肺腑中积郁的浊气,换上富氧的空气,充满活力的精气神瞬间与我同在。我们在长春的几日有福了,很值得庆幸,我们躲开了南方的雾霾。晚上有朋友打电话说,北京以南雾霾很大,能见度低,高速公路都封了。中国现代化的进程中,与经济快速发展伴随而来的各种污染,侵入环境和人们的生活。处理好发展与污染的关系,就要靠人的智慧了。

我们离开马场,我频频回望。车轮、雷锋帽、马眼睛、无机生命、雾霾,在我心里如同雪来雪往,天意漫漫。一个念头在我脑海里生出:这个世界不应该只是人类的世界,而应是众类的世界。

潜伏的那些泪

已是小雪的节气。本该雪花飘飘,却雨雾漫漫。雪姑娘的美丽和雅洁是眼中的渴望。想来,这种渴望并不遥远,雪和寒冷已经走在路上了。

路旁的树枝疏朗,树一脸庄严地接纳萧瑟,自我节制地落光树叶,以适应将冷的天道。树叶淋了雨,沉甸甸落下,不多时,混搭出一地五颜六色湿漉漉的地衣,脚踏上去有些不忍心。

我在青岛参加山东省作协散文年会。散文年会是散文的盛宴,散文家们交流研讨,如鼓瑟吹笙,渐入佳境;更若高树秋色,众说斑斓消息。众多的人一同行走在苍茫人世间,被导引被挟裹被同化。参不透的文学奥秘,风声雨声一并袭来,我不由自主起来,有些招架不住的欣喜。

在会议的间隙,我与师友要一同到德国在青岛建造的天主教堂参观,去看一个未知的神秘之处。因为我是第一次去,心中有几多期待。我一向尊重所有向善向美的宗教,但并不是任何宗教的信徒。一直觉得自己还算是意志坚强的人,经过了诸多人生的历练,心的柔软是藏起来的,不轻易示人。

我和师友们静静地坐在教堂连排的椅子上,仰望教堂巨大的壁画和高高的穹顶,静听心音。我面对一个空中之空,圣洁得一无遮拦,世间一切喧嚣被彻底屏蔽。我在空里,我非我,无声、无色、无形、无影;思想无羁,说不清的感受,没有难过,没有冤屈,没有悲伤,静静地坐着。

坐着,坐着,我禁不住泪流满面,大泪滂沱,最后莫名其妙不可抑制地哭了出来。几个师友过来轻拍我的后背,小声地安慰我。我尽力抑止自己的眼泪,怕打扰别人,来不及多想,快步走出教堂。

走出教堂,那个被屏蔽的外在世界回来了。天空楼房树木人群一下子涌到我眼前,心中的闷和眼中的泪倏然消散殆尽,全身的细胞都弥漫着一种敞亮,心底一下子豁亮了,一身轻松,有一种愉悦的感觉。我回想揩泪的时刻,满脸愧色。

下午,与师友依依惜别后,我坐车离开青岛。途中天光昏暗迷离,风雨如晦。车子在飞速跑,我坐在车里静观风雨,天空之大,依旧不能容留雨水的长久存在,水总要落回地面。旁边车玻璃上雨水向下流,挡风玻璃雨水向车顶流。水,有了速度的辅佐激发,就打破常规向上流。素常的认知与特殊的状况并行。想来一车窗的雨水就把世事诠释得透彻,雨水和我潜伏的泪水多么相似。平日,我的泪是在心里流的,有了偶然机缘,便喷出来。

路边的树木一闪而过,看着雨在风中纷然舞蹈,脑海闪现教堂的穹顶。我在想,树冠是田野的穹顶,天空是雨水的穹顶,思想是身体的穹顶。穹顶就是一种消融,一种替代。精神的穹顶是一个飘扬的东西。精神放射火焰,它燎烤我的魂魄,让我泪水喷涌。苏格拉底说,未经审视的生命不值得活。也许我应该审视生命的形态和内在。我每一滴泪的飘飞和落下,都如同雨水的循环和回归。

回到家一连几天,我脑子里闪现一帧一帧叠放的教堂画面。我在哭,大泪挥洒;我旁边几个师友也泪流满面。我们到底怎么了？我不知道她们在想什么,她们是什么感受。想来想去,也不明白。就干脆去除自己的执念,以接纳的心态来面对。

人一直坚持的东西,或许是偏颇的,或许是错的。愚蠢的人常常用各种理由和借口来狡辩、抗拒,以表明自己是对的。有生存能量的聪明人,常常先睁开眼睛看世界,接受各种信息,去伪存真。被执念浸润过甚,放下是难事,颠覆自己以前的想法确实很难。但每一次思想的重击都是一次重生,对与不对,只是一个阶段或一个层次上的认识和见解。

亚里士多德《形而上学》开篇的第一句话是:"每个人在本性上都想求知。"人对未知的世界和未来总是充满着无限的遐想,人天生就对未知的一切抱有一颗惊异之心。一座构筑好的思维城池被攻陷,很难说是有幸还是不幸。那就包容万象,至少,见多了思考多了,好过无知。

我的身心被泪水清洗过,透透的,清凉如玉。由此,我一头扎进哲学和宗教的瀚海里,扬起思想的漫天大雪,给自己的小宇宙解码。或许,潜伏的那些泪,在探索的过程中,还会咕嘟咕嘟冒出来。

(发表于《城市信报》)

云　在

云上看云

　　遥远的天际,天庭中的众神安歇了,我仍在仰望。一些爱物常常是可远观而不可触摸的。蔚蓝色的夜空就在那儿,月亮和星辰也在那儿,我们只看得见,却听不到,闻不出味道,摸不着,更不能与之对话。是神话传说里的王母娘娘用银簪给我们划出了界限吗? 不,是生存层级给我们设立了不可逾越的壁垒。我们是只能感知三维空间的人,进不到星辰的维度和空间,没有能量和资格进入它们高层级的日常,就如同蚂蚁感受不到我们从它们身边经过一样。蚂蚁看不到人的全部。对蚂蚁们来说,人是巨无霸,蚂蚁们受到密度巨大的时空禁锢,只能在人之外逡巡。同样,我们人类的层级不够,到达不了日月星辰的时空维度,到达不了我们时刻仰望的"神"级层面。从这个意义来说,人类的无知不是一点点,而是无极限的。正如爱因斯坦所言,"知道得越多,越知道自己不知道得越多"。

　　孤独的午夜守望里,谁能与我同在? 老人和婴孩各守一端,人生故事是从结束开始逆生长的,两端是入口和出口。现代科学技术让人神勇无比,喧闹的红尘从窗口透出人间的呓语,一个冷冻了十八年的精子所繁衍的后代,某种意义上说,出生就是十八岁。有些时候,你不知道一些秘密,是上天疼爱你,免得你杞人忧天诚惶诚恐。如果你能知道一点点,那种惩罚便是巨大的,纷飞的灵魂让人万劫不复,魂聚与魂散的痛苦是冰点和沸点。天空的入口在大地,那些在云海里攀升的人,乘着云朵飞行,寻找着时空的罅隙,孜孜以求地思考。这是妄想数清天上星辰的唯一通道,而与一朵云相会是可遇而不可求的。云在,我在。可我和云,问谁,都是一问三不知。正如海明威所说,两年学说话,一生学闭嘴。

我不是第一次在飞机上看云,但在去往武夷山途中看云,却遇见首次的玄虚与神奇。我飞在云之上,穿在云中间,云中观云,上下左右,云里雾里,不知身在何方,只知身在云中。这是要晕云了,不是一般的头晕,是失重般的心晕,晕在云里。

云在,云霞铺满了飞机外的所有空间,明丽的晨光,在云中漫步。云无喜无悲地审视着搭乘飞机的芸芸众生。飞在空中的人们,有的在咀嚼食物,有的在浅寐,有的用游戏机等各种方式消遣,而我是个另类,与云同在。云在,爱意没有生长,安逸没有直视。浮云时而四合,傍着机翼涌来;时而升在上方接受仰望;时而落在下方被垂首俯瞰。我在现实中的种种无力感,都在云朵的丝丝缕缕里融化消弭了吧。云用浓和淡、灰与白表达着什么?它不会说,任人来悟。我猜,它是表达聚和散的。

云从哪里来?飞在云里才知道。云有根,它从山涧生出来,它从树梢上升起来,从大海里飘过来,云带来了远方的诗意和风的消息,我说不清云的诸多故事,但唯一可以说的就是:人聚居的城市不生云。飞在大地之上,目之所及,看到棋盘一样被细细耕作了多年的土地。山上连绵的梯田,是人类所为;诸多黑带子一样的道路是人类所修;还有一个接一个的城镇是人类所建。人居的城镇点缀在广袤的大地上,浓浓的人间烟火气,氤氲着一种强势,从各个方位给地球一记记重拳。向下观望,没有一座人们聚居的城市能够生云。城市上空,有闪亮的玻璃幕墙、水泥楼顶、金属高塔,以及不停涌动的千万辆汽车,一丝云都没有,就那么干巴巴地枯瘦着。云在城市里扎不下根,人们的聚居破坏了它生长的根基。一声慨叹是从我心里发出的,人类的困境不只在生存和思想,而在周围物华的不担待、不接纳、不爱戴,在于制造乌烟瘴气的人类自己。人类是孤家寡人,他们最大的困境是拥有神一般的能力,却不知道自己要什么,也不知道自己往哪里去。

  人们可能知道一滴夜露的颤抖,但对于它消失之后的美,却无从细观。夜露化成了云,它在山间的树梢上升腾,生长着竖直的身姿,一丛丛竖直的云,从山顶山坡山涧的树梢上生长出来,白的、洁净的、看起来柔软的腰身,竟然会那样笔直,丝丝缕缕,长成通天而莹洁的白,雪和盐一般地白,活在蔚蓝的天空中。白云散淡,精者纯美,洁者品高,一种壮美和巍峨,将天地相连。白云只能用天空来盛,除此,那种风度翩翩和楚楚俊美,哪有空间能装得下?云聚有一份隐喻和启示,时光在爱的呵护下,不只是一条直线,爱能够让时光转动。我看得出神了,心中有诗句吟出:远霭白云起,飘扬翠境新。意念里的那些有形的和无形的渐渐饱满和完善,直到膨胀,云才飘出来,散布到远方。我只静静地看,看人间,遍地英雄如云生,遍地英雄如云散。

身在云海

从握不住看不见的清冽空气,生长成摸不到看得着的天空云朵,之后随风飘荡,舒卷自如。云海在大地山林湖泊里生成而壮大,不是什么地方都有云海,云聚集也选择山水灵秀而安宁的地方,云是神物,乐与山水树木相连。我到了福州永泰的中国云顶,一个山水森林俱佳的地方。我在花海梯田、悬崖瀑布间,泊云揽色,与云相拥,欣欣然,心中呼出宋代辛弃疾的《水调歌头》:"好卷垂虹千丈,只放冰壶一色,云海路应迷。"慨然与辛公有同感,辛公的云梦与我辈相通。

云海,奔腾不息的虚空之海。云海与一片汪洋的真实大海,是怎样的一致或不一致呢?同是翻涌,同是汹涌澎湃,不同的是云来无声,大海喧嚣。海是人类给它命名的,人类把众多的数不清的浩瀚无际叫作海。云海、花海、人海、脑海,如此等等,这样想来,人常活在"海"里。沧海一粟的感觉时时有,人渺小得像一粒粟。海阔凭鱼跃的感觉也常有,人浩大的气势能淹没细小。云海翻腾,变幻莫测。谁能与云同行?谁能与变依偎?人的能力常常是有限的,就像"知",一步步驱逐"无知","无知"又反复挤压"知",一张张重叠的画面依次出现,又一次次被交替淹没。想一想,云海便充满无尽的诱惑。

高山、绿树、瀑布、花草、竹林,带着云般的狐媚迎过来,很像《聊斋》里花枝招展的女鬼要恍然而出的地方,眨眼间,云海把美人玄妙而神奇地送出来,回眸一笑。眨眼间,暗香浮动的氛围之下,她又收回俏丽的身影,闪进玄虚里。福地洞天,重峦叠嶂里,神话传说、坊间笑谈,都是因景因人而悠然而出的。我去看火山口天池,7500万年前的火山岩,环抱一口直通地心的火山天池,一汪碧水永不干涸。在它面前,我海绵一样吸入巨大的正能量。面积不大的天池,蕴藏着古老的寓言,蕴藏着山水的秘密,谁说得清这个天池呢?我们看到的只是外在,就像风儿一样,我们都感受得到,但我们谁也看不到。我站在天池边的山坡草地上眺望,洁净的空气里融了花草树木山水的味道,偶有游人走过,也寂静安然。自由自在的牛在山坡上摇着尾巴吃草,抬起头,看着我,一双眼睛那么明丽,我忽然觉得牛那么美,健壮的身躯之美,不亚于草地上少女纤丽的腰肢。牛与天池草地依偎,那种美美得卓然而立。天池寄念刚烈和温婉,古老与现代,人与物,收拢的不只是人安闲的心情,还有一份亘古长存的人间大爱。

走到绿草茵茵的坡顶,见周围的云在树梢上飘,温度刚刚好,不冷不热,天忽晴忽阴。光线太暗了,云朵就闪开一会儿,太阳露出笑脸;阳光太晒了,云朵就袅袅婷婷地走过来遮挡一下,似一把巨伞悄然张开。那善解人意的云朵,可是我前世挚爱的伴侣?人与景色共美,山与人影相随。拍照,坐,卧,跳,摆姿势,炫笑脸,此时,只觉云在,我是谁?我已忘乎所以。

一角云亭里,我驻足冥想。清爽,安宁,青山草树的幽香充满胸腔,慢慢地吐纳,气息悠长。思绪被云朵清洗漂白了,大脑归零,只说两个字:好美!高山草地,一望尽收眼底,云海四顾,无时无边。从小在广阔无际的平原生活,哪里见过这样的云雾满山飘、云在耳边飞、云从手中过的景色?即时,不可救药地跌入幸福的云里,恋上可感可见不可握的云,恋上望不断参不透的云海。顾城有诗:"你,一会看我,一会看云。我觉得,你看我时很远,你看云时很近。"云是灵媒,看云时,遥远的人之间,只是云的距离。岁月如云,握不住的岁月啊,络绎不绝地来吧,如果我能够变身,就不只做看客,变成一缕轻云飞起,汇入眼前的云海,岁月哦,就在白云里等我吧,我愿心随境开,云翔万里。

我在云窝

在武夷山的半山腰,有一处碑刻名曰云窝。古人把云看作活着的生命体,可不是吗?清云有窝,云有家的。武夷山云窝位于接笋峰西壁岩下,这里奇石峥嵘,背岩临水。云窝有大小洞穴十余处。每当冬春二季的早晚,从洞穴里常常会冒出一缕缕淡淡的云雾,在峰石之间轻扬游荡,时而聚集一团,时而又飘散下来,舒卷随性,变幻无穷,故名云窝。云与人一样有温馨的家,让人一下子与云相连,瞬间有了神仙般的清雅。那些早出晚归的云,可是神仙的魂灵?我们看不见神仙,只见他们的魂灵在青山绿水之间自由来去,自在逍遥。云窝里歇息的云,你们在吗?拍拍掌,叫醒蛰伏的云的魂灵,请您出来哦。我从远方的海边赶来,赴您一面之约,一生难得的幸会啊。

云窝是古代文人墨客、名宦隐者潜居养心之所在。明万历十一年(公元1583年),兵部侍郎陈省曾在上、下云窝之间,兴建了"幼溪草庐",有宾云堂、栖云阁、巢云楼、生云台、迟云亭、停云亭等十六处亭、台、楼、阁,极为富丽堂皇。人与云,早就有诸多交集,古人对云之美的启蒙和认知,不比现代人差,甚至更多一点。可惜这些建筑早已废弃,只在岩石间留下了些许摩崖题刻,还能让人依稀记起昔日的繁华。云窝,看着前人对你的赞和爱,我心生敬意,思绪葱茏。云窝,我已知你,我这个殷勤的后来人,在历史的明亮和透彻之后,一派云心浩荡。

我不认识的一些植物,是在山上的云雾里生长的。武夷山上的方竹,是我首次见到的奇特竹子。我认真去看,一个木牌上写着:武夷山方竹,禾本科,寒竹属。方竹看上去是圆的,用手摸却是方的,它是多么神奇。从外在到精神,方竹都在告诉我们,外圆内方,这不正是人们日思夜想的安身立世之状态吗?看起来如同普罗大众,内里却有自己的一定之规,不会流于俗务,自有分寸和规矩。我除了惊异于方竹的样貌,还慨叹自己眼力的不足。人的眼睛会被欺骗,好多眼见的事物,并不是呈现出的样子。世有千里马,而伯乐不常有。伯乐,他有独到的眼光,他内心里生长着依云之眼,是繁华落尽后的云逸而出。但谁是世间伯乐呢?

武夷山上的茶——岩茶大红袍名扬海内外。茶树生长在石崖上,浸泡在云雾里。茶树红袍加身,是有感人的故事蕴含其中的。那些才子良善、真美大有的故事代代相传,层层叠加,越来越厚重,云朵般升上了历史的天空。坐在云间的大红袍茶树下,听溪流流响,观一碧长空,泡一壶茶,轻啜,慢品。我端起的不仅是茶,端起的是热汗收起,聚散自如,端起的还有夏日蓝天之下的文思清丽,端起的是云朵赋予的清雅之气。

在武夷山的石阶上歇息,我看到脚边的蜥蜴,颜色艳丽,它们快速地游走在山道上,旁若无人。它们娇小灵巧的身体闪着蓝亮的光泽,与北方暗淡的土黄色蜥蜴相比,一个是阳春白雪,一个是下里巴人。这些生长在云窝里的植物动物,是沾染了云的仙气吧,我认为是这样。要不,哪有这样水灵灵、神兮兮的美呢?云在,我在。我就云一样四处游走吧。但是我心好胜,身不应,时间不长,我就累热交加,体力不支。登山仿佛耗尽了我身体中所有的能量,每登一步,都觉艰难。向上望无尽头,天梯一样陡的台阶,一直蜿蜒向上,我不知自己在山的哪一个位置,一个木牌子用麻绳系在栏杆上,上面这样写着:"789——259——530,不回头,不放弃,再不疯狂我们就老了!"看到这个牌子,我精神一振,不再茫然。我知道自己的位置了,前面还有530级台阶。不说话,向前走,脚下的路要一步步走,云在山顶。

登上天游峰了。软软蓬蓬的白云,衬了绿树蓝天,目光更加柔和。它阅读人间万象,也看着我。我在云面前软软地坐下来,心里安静极了。脑海里只闪出两个字:云在。天游峰这处云窝里,有云,也有我了。

云是水的精灵,它飞上了天。人是地球的精灵,坐飞机已是寻常事,人不只飞上了天,现代科学让人出神入化。如果人创造出的"数字化永生的物种",改变或触及了人类的本质,人们会是怎样的存在姿态?是否还是受到三维空间钳制呢?谁想看到:遍地数字化永生物种如云生,遍地数字化永生物种如云散?数字化永生的物种是否像我一样爱云,它是否在乎云?我不知道。

(发表于《人民文学》,获人民文学社美丽中国全国游记文学大赛奖)

掠入行囊的北国风物

我又见北国物华的富足和多彩。一帧一帧的画面从大巴车窗闪过来，秋云迁徙，秋水浩荡，秋山斑斓，秋野丰饶。热烈、飞舞、沉郁、隐忍，是景色，也是心情。沿途山花妩媚，秋果缠绵，片片黄叶飘飞，加上连日大雨滂沱，大雾弥漫，我先是慨叹眼目享受的福分，后是因天气无常，撩拨一腔无奈和慨叹。早年，我读过《徐霞客游记》，跟随大旅行家神游过祖国的山山水水，颇受教益。这次我能够亲历山水的秀美，不思不想，不琢不磨，便觉愧对一路自然的美好和历史人文的赐予。于是，拨冗实录。归来细数行囊，有种珍宝件件，爱不释手的感觉。

已经进入八月中旬，天上的云朵好像不释放一下最后的能量，就会被囚禁起来的样子，其欲望深邃而张扬。想想也是，雷电云雨可以趁眼前的温暖放肆地喧嚣一下，过些时日，天冷了，它们就闹不出这么大的动静，发不出这么凌厉酣畅的声音。它们都会慨然变成霜雪，悄无声息地落，覆盖，叠加，直至笼盖四野。现时，大地上的细微和秀丽犹在，但人和物都已经感受到越来越近的寸寸轻寒。

韶光速逝，嘉木秀水流浪于秋日的光影中，对旅人来说，现场感更是散漫而不停迁徙的。坐在奔走的大巴车上，走在秋天的故事里，故事中有你、有我、有她，虽然这些故事琐碎得不值一提,但谁的人生不是走在某些琐碎里呢?我向车窗外望去,连绵的山树都是同一模样,看着看着,思绪飞远,就戴上耳机聆听日本女歌手五轮真弓那首歌:"……那天晚上我们一起看流星,光亮总会消失,无情的梦哟。我的爱人,来到我身边,来到冰冷的我身边……"五轮真弓一曲《恋人啊》,唱得情意绵绵。她嗓音清长,带着丝丝沉郁,也带着轻愁,就像秋天的天空那样高远,苍茫而凝重。人生如季节的轮回,眷恋和思念的不只是南飞的大雁,更是人的某种情绪和感受。人和物,能深知天道的必然,一种不舍弃不放逐的借景寓情,从空旷自由的场域,从山水弥漫的意境中漫过来,那是一种孤独和不舍爱怜的感觉。

途中下车小憩。雾霭烟雨,清冷的空气,落叶窸窸窣窣,招惹我心中一丝绵绵伤感。每棵树木花草,每个小溪和深潭的气息,都在空气中悉数登场。空气井然有序,没有风来,只有寒气包围过来。不知名的一汪蓝湖和多处水瀑开始大生云雾,悠然飘起的雾,有种太虚凌空云里仙境之感。雾里山水藏身,树梢微露,仙气弥漫,亦真亦幻。一如神殿空中升腾,一瞬间脚下云起,云在左右手边,水的气息前后相拥。一会儿雨水前来,潮湿,冷,寒,那清醒的眼睛,便看到向冬的长路,零零落叶,在空中翻舞,旋之蹈之,似雪又不是雪,落叶的碎念是萧萧山林寂寞简约的开端,仿佛人间的悲欣是用山水和季节来代言的。这个季节可以冷,可以暖,如果有特别的意义,无非是因为人,某个人或某一群人。

山中溪流淙淙,哇呀呀,喊叫着奔下山来,清冷,洁净,冰骨,透底。溪水声仿若满身仙气的萨满,敲起的鼓声和满身泠泠作响的铃铛。古时,在这个寂寞的山林里,登上人们心灵高处的应该是萨满们,如果没有这些宗教仪式和祈祷平安幸福、消弭祸灾的咒语,苦寒而寂静的山林里,人们生活得该是多么无望和痛苦。宗教信仰是一种心灵的温暖,一种情感的依附。此时,我能够理解生活在这个地域满族的祖先们古老的生活状态。现时满族聚居地已经不多,他们曾雄心勃勃想统治中原,最后还是被大海般的中原汉人给融合吞没了,他们自己却成为汉族人海里的沧海一粟。想想满族人金戈铁马的剽悍刚强,汉族人的柔软隐忍,再想想牙齿和舌头,渐渐体会到一种坚韧坚守的力量。

　　坐在镜泊湖的游船上,迎面有清风拂面,后面有水波涟漪,很短的时间里,我就融为镜泊湖一分子,心被浩瀚的湖水软化了,身被清丽的美熏醉了。"秋山有度色霏霏,远瞰层峦蘸翠微。轻问镜中云海录,赋诗入画带谁飞?"望着湖水和两岸的山景,我不自觉地吟出一首绝句。碧蓝的水,宁静的湖面,倒映着两岸的青山绿树。上下天光和水色,散发出一道道幻彩迷离的光波,我在五彩光波里愣神了,青蓝如画的镜泊湖,请你带我飞翔吧。

　　我赶紧拿出手机,拍照,发微信,手机有些忙不过来。我在船的上下两层,脚步匆匆地奔走,不停地拍照,噼里啪啦地拍个不停,脑中一连串的文字冲出来,开始用手机软件记录,平平仄仄地输入,拍照的画面,记录自己心境况味的文字,一齐涌进手机内存里。只是一小会儿,我就恍然有悟。不,我先不忙这些。我要默默地看,静静地听,把身体的每一个毛孔张开,吸吮周围的湖光山色,用细密的心思,感受湖中生灵的气息和故事。我离开家乡奔走几千里,才与镜泊湖相遇,这分分秒秒都值得珍惜。请让我的身心内外放松,不耽误所遇到的丝丝美景、点点讯息,我就做一个吸入镜泊湖旷达境界的海绵吧。吸入,存储,然后,把那些美好和不美好,琢磨成光亮如玉的心之花,在后来的某个时辰砰然盛开。

"湖波若镜境清平,水色无华水色清。"我想把心中的丽词佳句都送给镜泊湖,只因为它的美和许多动人的故事。镜泊湖是中国最大、世界第二大高山堰塞湖,它是五千年前经二百余次火山喷发,熔岩阻塞牡丹江古河床而成的火山熔岩堰塞湖。海拔高度为世界第二,仅比瑞士的日内瓦湖低了25米。镜泊湖湖形狭长,南北长45公里,面积约91.5平方公里,容水量约16亿立方米。难以想象的巨量水团,这里面藏有多少水的秘密,蕴含了多少不为人知的生灵故事呢?我们所知道的,也就是一点点表象而已。

镜泊湖在汉时,叫湄沱河。唐时改称阿卜湖,又名呼汗海。明代称镜泊湖,清代称毕尔腾湖,辛亥革命后复改为镜泊湖,沿用至今。相传很久以前,牡丹江畔住着一个善良俊俏的红罗女,她有一面宝镜。哪里的人们有苦难,她只要用宝镜一照,便可以消除祸患。这件事传到了天庭,引起了王母娘娘的忌妒,她派天兵天将盗走了宝镜。红罗女上天索取,发生了争执,宝镜从天上掉了下来,就变成了现今的镜泊湖。这个故事只是传说,红罗女的美善深入人心,镜泊湖因红罗女而声名远播。镜泊湖"清平如镜"的美好寓意,自古延续至今。

我坐在船头瞭望湖上风光。镜泊湖被高山环绕,空气清新,密林森森,岸边森林的倒影在湖水里静静地留存。雍陶《题君山》的诗句,从我的脑海里蓦然跳出来:"烟波不动影沉沉,碧色全无翠色深。"此诗句将现场的景色表达得恰如其分。无边的湖水似一面巨大的镜子,清晰的倒影述说着湖水内里的静雅,镜像映现的虚拟与镜前的实物,像电影画面一样在晃动,出场的背景与实物互不连接,透明的幻象暗流在水的朦胧里,水与光影融合在一起,描绘出一个超出人能够掌控的流动世界。当水流的速率达到与镜像和谐的状态时,无法形容的美,就让人目盲,只是静静地感受,感情的激流就遮挡了外景,扑朔迷离里,就感受不到镜子的存在,只觉得自己漂浮在光影之中了。

船在走,镜像在不断变化。一群牛出现在眼前,船上的人说,当地的人们把牛放到湖边就不再管理,牛儿们在山坡上,饿了吃草,渴了喝水,在树林里过夜,自由自在,自生繁衍。游船经过牛儿们身边时,它们抬头看看,或不理不睬地摇尾巴吃草,它们大大小小的倒影在湖面上摇荡,那些虚无缥缈的灵魂,它们在游荡吗?不知道湖里的鱼儿们可知道牛儿们的存在。虚幻的力量吸引了我,树、山、牛,它们都感受不到我的存在,感受不到我的眼睛在偷窥它们,光影中飞舞的那些妖艳的影子,是悲伤,是欢欣,是忧愁,还是酸楚,我全搞不清,也许这些影子没有任何意味,就是我从人的维度,多情地思考而已。许多的生存层面,我们作为人还了解不多,不知道聪明的人们,在未来的时空里能不能建起人与物相互抵达的桥梁?望着一泓湖水,我的思绪如同诸多湖面的倒影,映射到宇宙之远……

船儿来到一片宽广的水域,眼目已不及两岸。湖面上有许多泡泡,我好生奇怪,就问周围的人。他们回答说,是鱼吐的泡泡,不同种类的鱼,吐的泡泡不同。这里鱼很多,湖鲤、白鲢、红尾鱼,有四十多种鱼,不同的鱼有不同的领地,这片湖面湖鲤多,那片水面红尾鱼密,如此等等。镜泊湖水美,鱼儿多,并不称奇,但鱼儿用吐泡泡的方式宣布自己的领地,我还是第一次见。

朝长白山天池方向去,一路大雨相伴。车窗外,大雨点敲击声哗哗激荡,窗外冷,玻璃被雾气占满,看不清窗外的景色,用手抹一下,稍稍看清眼前的一点,只一小会儿就重新被温暖的哈气盖严。我不自觉地用手指在玻璃上画出了一只眼睛,这只眼睛好美,我几乎要喊出声来,只不多时,这只眼睛就消失了,让我倍感惋惜,美好的事物常常消失得快。透过车子前面的挡风玻璃,我还看得清路,弯弯曲折颠簸的山路,被两侧的树紧紧护卫着,树连树,路长长,不见尽头。

坐在车子里,温度适宜,安静的环境和单调的车行的声音,让人昏昏欲睡。我环顾满车同行的人,看到他们舒适而平和的脸,他们各自坦然地睡去。我一时心生感慨,国家安宁,人们丰衣足食,能够四处游历,丰富着个体短暂的人生。我们的安逸是因为有一些国人替我们承担危险和烦恼,替我们付出辛劳,甚至心血和生命,我们在无形中享用着他人给予的福分。眼前的司机,他在辛劳地开车,而我们可以放心地睡去。满车的人,是不是都能感受到这些呢?他们懵懂还是清醒呢?我不知道,一代代人活着又死去,悲哀的不是人生很短,而是懵懂地枉活一生,像没有思想的动物在最低层生存,生死累积的悲哀如同古时海底惨白的蚌壳,层层叠叠里没有一点新意和华彩。我想,我应该告诉他们,不管他们是否认可我的说法。作为中国大家庭一分子,人人都感受到了国家安定和谐、人民安居乐业的氛围,我们是否感激、感恩呢?人生在世,我们除了自己的温饱,也要为这个世界和他人做点事情,承担自己的责任。秋雨漫漫,时光走过我们的肉体,情感与天气一样,瘦、漏、透。太平时世,我们有时间和精力领悟深微,可以从容地对生命和人生加以反思观照,甚而得到奖掖或上升。古人说:"能容于物,物亦容焉。"细细品味,便觉得到点拨之惠。

我们要去长白山看天池,这样迷离的雨雾,能看到天池吗?有人回答说,说不清,估计很难看到。人生中许多这样的事,明知不可为而为之,过程一直伴随,结果就随遇而安吧,诸多因素导致最后的结果,人能够把控的只是一部分,朝着目的地走就好。心中暗想,卜一卦吧,也许是大吉呢。用手机在网上抽签占卜,确是上上签。

人类初始的阶段,通过卜筮得到神灵的启示或告诫。古时人们的心灵纯洁,与万物生灵密切交接,身心的感应也强烈。他们用龟甲和蓍草对前路和凶吉占卜,未知的大自然在他们心里是至高无上的。那时科学不发达,人们只能在大地上匍匐而行,蒙昧而混沌地活着,祈求对自己有利的方面能够实现。神灵是否有呢?科学越发达,我们越不敢彻底否定,因为我们知道,人类所知的地球和地球之外的宇宙的知识奥秘少之又少,特别是量子理论的发现,以及对宇宙和平行宇宙的研究,让人们懂得迷路和花开在不同的层面,人们打破禁锢自身的坚固壁垒,遨游多维时空,实在是一件大难事。古人留存的卜筮,对现时生存的人们还是有帮助的,可以消除焦虑,提升信心,趋吉避凶,给予心理上的疏导和慰安。

长白山天池高高耸立在远方,缥缈的云气不时照拂它,特别是雾蒙蒙的天气,想见到不肯轻易示人的天池真面目,需要运气和多方护佑。我几年前到过天池,幸运的是,我看到了天池,还拍了很多美丽而清晰的天池照片。当时,同去的一个同事从天池下来后,非常失望。他嘟哝着说:"嚯嚯,我费劲巴力地爬到山顶,看半满不浅的一池子水。这都是什么呀?哪一个工地挖了这么个大坑啊,坑人啊,边界不整齐,现场管理不好。哈,就扣他们当月的奖金。快调过挖掘机来,赶紧地填起来,影响市容啊。"惹得大家一阵阵笑。我们同是市政公司的施工人员,大家明白是开玩笑。不同的人对天池景色有不同看法,玩笑话还是让我深思。生存的层面上,天池确实没有什么奇特,司空见惯的一池水,但从精神的层面,高山之上,久远年代火山喷发的遗迹,让人慨叹虔敬,这神奇的一汪碧水,接天通地,给予我们的是精神的高洁之美和大自然的造化之盛。

这次再到天池,我不多祈求,只想让同行的人也有运气见到天池,他们如愿了。虽然天池上空,先是大雨后是冰雹,考验着人们的耐受力,但雾气散开了,在湿冷中,碧蓝的天池撩开了她神秘的面纱。

回程,我头脚湿透,湿冷湿冷的,我在内心里暗暗叫苦,寒气穿进身体,心里不住地颤,冷啊,快点回去换掉湿湿的鞋子裤子,擦干湿漉漉的头发吧。坐到车里,我想起画在车窗上的那只美丽的眼睛,那只眼睛看到了啥?是不是也会冻得流泪呢?

沿着黄河走

西纸坊

我在西纸坊村闻到了时间的味道。时间以风的速度,把我抛到二十一世纪的时空维度。站在这个历史时段,向前向后放眼瞭望,世界呈献给我最珍贵的,独有浮出水面的,或沉在水底的——泥土。这些泥土古老而新鲜,它们一直都在,沿着黄河而来,澎湃着生命中的血液和骨骼,与生命为善,又与生命为敌。这些泥土从遥远的巴颜喀拉山间来,从黄土高坡来,命中注定要流落于黄河下游的西纸坊。西纸坊的泥土与别处不同,有万千粒孕育生命的素土,也有性格迥异的陶土。想一下,世界之妙,大地神明,可不就蕴藏在寻常可见的一抔土里吗?

西纸坊是山东滨州市的一个古村。喧哗的历史波澜如同流淌的黄河,历经千载的涌动和沉淀,从脚边的花草丛中沉静下来,在参天的青杨树林中消弭了嚣张和纷乱,呈现出现今安宁静谧的风貌。此地漫长的农耕历史,诉说着一代代人的生老病死,一代代人的喜怒哀乐。亘古不变的四季轮回,延续惯常的景象,绵绵不绝的生死之意扑面而来。这里的人们用泥土种植庄稼、盖房子,用泥土烧制陶器。农耕文明绵延几千年,人们将牺牲和粮果呈献给神灵,把智慧经验留给后人,最后肉身入土,一番番轮回。

黄河水自村边静静地流过,村子在黄河滩的树丛里扎下了根。西纸坊村建在黄河河道边,这是我没有想到的。在我的认知里,古时的黄河是一条桀骜不驯的"地上河",时不时会发脾气,给逐水而居的人们一些颜色看。依我浅见,沿黄河居住的人们应该把村子建得远离河道,有堤坝掩挡河水,人和财物才会平安无事,栖身之所才能得以长久留存。走进村子后,我才恍然大悟,我孤陋寡闻了,事实再一次证明了这个村子的前人生存的智慧。读万卷书,也要行万里路,只有这样才能明晓事理,增智生慧。

时序刚过小满,黄河沿岸,暖热覆盖了周围的一切。舒适的温度溢满自在,人与物皆活得安适自如。我与师友们一同走进西纸坊村,村前排排高大的杨树将道路遮成绿帘洞,大片的树林屏蔽了外界的喧嚣,像一双抚慰人心的暖手,融化了胸中块垒,安顿了纷乱的情思。我们的脚步跟着轻灵的鸟鸣往村里走,人便感觉到村中有一股靠水而聚的"气"。这种"气"贯通了有形和无形的风水。村中有声和无声的讯息,就那么自然而然地覆盖、环绕过来,一种美好贯穿身心。此时,我记起《易经》中的一段:"星宿带动天气,山川带动地气,天气为阳,地气为阴,阴阳交泰,天地氤氲,万物滋生。"以前对这几句话,我并无特别感受,现时想来,深以为然。也许这个村的前人对堪舆学颇有研究,在选择村址上,是下过功夫的。在西纸坊村里,我体验到了人在天道中运行,也在地气中流转。不由得说一句,此地风水真好。

绿树掩映中,我的眼睛掠过时下寻常的景物,远远地看到有一处破旧的老屋。老屋无语,写满沧桑。我走近细看,老屋建在泥土垒筑的高台之上,有种任凭风吹雨打,却傲岸挺立的气度。老屋虽然并不高大,但在村中的一片树林之中,颇压得住场子,人和动物都需仰视它才行。屋前屋后高树四围,有了高树的庇护守卫,本居高台的老屋更显清宁。看标记,老屋建于1965年,它已经跨过半个多世纪的时光,满身的木头、黄泥、盖草、砖瓦,叙说着居住在这里的人和黄土之间诸多的故事。老屋上下没有一块石头,所有的物件,都是泥土里生长或衍生出来的。墙根被岁月侵蚀破损的砖块,是泥土烧制的,数一数,只有薄薄的七层。长方形阔大的泥坯,层层叠叠垒筑到屋顶。屋顶有木头框架,屋南有两个方形木格窗子,门有些单薄,已经老旧不堪。屋顶盖满了草,草已经被时光咬得酥碎,草之上盖了红瓦,瓦已经暗淡无光。我细数老屋的建筑材料,全与泥土有关。老屋屋门右侧被烟火熏得黝黑,屋门边的泥墙表面已经脱落,露出了一层层的方块土坯,这些土坯大而厚实。我盯着一块土坯看,仿佛手握一把钥匙,准确地插入了神秘的门锁,大门轰然开启,犹如打开了时光的魔镜,旧时的天、地、人,辛劳和苦楚,善良和愚昧,灾荒的创伤和贫困的折磨,以全知视角,蜂拥而出……

　　夏日骄阳火球般燎烤大地,刺眼的光芒覆盖着赤膊光脚的一家老老少少,一群人来来往往,不停地弯腰、下蹲、起身,忙碌着,他们在黄河滩上制作盖屋用的土坯。运来黄河滩的土,挑来黄河里的水,加上麦秸草搅拌在一起,用尽力气捣匀,和成软硬适中的泥,再用木锨铲着泥,运到远处平坦的地方,放进木头框子里,用手抹平。但不管怎样尽心尽力,每一块土坯上都会留下人的泥手印,沾点水,尽力抹平抹光。轻轻提起木框子,小心翼翼地保持土坯方方正正的样子,一块土坯才算完成了一半。一个土坯用泥的重量,都在五六十斤。和泥、搬运泥的过程,极大地考验着人的体力。汗珠子摔八瓣,那是轻松的说法。事实上,人们的汗水,在被阳光晒黑的皮肤上像小溪般流淌,从皮肉筋骨里生出的力气,被重体力活一点点掏空。常常干着干着,就饥渴难忍。脱土坯的人喝水多,一陶罐水很快喝光,饭量也大得惊人,一口气吃十多个面饼,才能饱腹。脱土坯是折磨人的活,一天下来,腰酸背疼,四肢无力,疲乏得很,连说话都懒得开口。脱好的土坯,要在烈日下晒干,才算完成。

这家人的运气并不好,老天没有怜惜他们的辛劳,刚刚脱好的土坯不等晒干,大雨倾盆而下,土坯坍塌,涣散一地。扶不起拿不走的一摊烂泥,已经与黄河滩融为一体了。一家人几天的辛劳,在大雨的冲刷下化为乌有。草屋外大雨喧响,草屋内女主人低声抽泣,她的软弱和温良,源自母性慈爱的禀性。母亲心疼全家人的辛苦付出,她在灶上弯腰忙碌,为家人准备简单的食物。父亲抽着旱烟,陷入长久的思考。大雨倾盆,时光被虚掷,生活的本质,从缓慢里现出身来,生活没有意义,只是一种心灵指向。要盖一处冬暖夏凉好屋,是一家人长久而共同的期待。父亲的头脑中,快速滤过黄河滩上的一切,特别是那汗流满身的苦楚和心血的掏空,仿佛许多的折磨都是为了这一刻,这一刻需要多么强大的意志力和生活阅历来支撑。这一刻,他不动声色,平静,举重若轻,随遇而安。父亲的坚韧与刚强给一家人定心安神。等待天晴日出，一家人从头再来。

荒蛮的年代，人们无法掌控和改变环境，唯一可以改变的就是自己。来年暮春，春夜河滩，天河可揽，河月光明。还是这一家人，他们借着月光，走进拂晓的时段，再脱土坯。得了经验，趁着夜色清凉，消除了太阳酷晒的烦恼。春日雨少，回避了被暴雨冲毁之忧。一手抱着月亮，一手托起太阳，黄河滩上的一家人在风雨中成长成熟。

日常的生活里，孕育着丰厚的道理，生命的智性，使人们拥有了思考和改变。人生来去，快行慢走可以选择，唯有觉悟的那一刻，让人心灵安详。那是带着独特味道的漫漫时光，盖屋要用土坯几千块，干燥后的土坯，每个三四十斤，一个个运回村子摞起来，积攒到一定的数量，才起屋。多少力气和汗水，才能喂饱这些盖屋的物件，想一想都替这一家人感慨万端。这个老屋从备料到建成，时间拖了好几年，燕子泥窝一样，一家人用汗水和心血，一点点备下盖屋的材料，老屋在勤劳的一家人布满老茧的手中，从大地上巍然站立起来……"走吧"，同来的人喊我一声，我才从幻象中回过神来。

黄河滩上，人们的生存能力，堪比《鲁滨孙漂流记》中的鲁滨孙，他们利用一切可以利用的自然之物，以泥土做底，生命不息，奋斗不止。人们耕种、收获、盖屋、制陶等众多的现场，引发后人不同的想象。这些想象凸现又消弭，断裂又接续，给后人提供了无数的空与满，色与相。一代代传递的心灵感应，一代代更新的生存技能，在时间的长河里，矗立起一个个走向现代文明的里程碑。黄河滩上的滨州人，有了前辈骨子里的传承和影响，建设多么高端的城市、农村,都是有理由和根基的。

　　再看现在,村子里的能工巧匠构筑的新建筑、新器物,大都是砖石、水泥、木头、金属、玻璃并存,以前盖屋领衔主唱的泥土,反而不见了踪影。这里面包含着许多的悲欢离合,无数的诱惑,将众多物质的门槛轰然打开。人的生活和生命,有了新元素进入,越发丰富多彩,现代人能力的庞大和智慧的延展,已经到达一个临界点。不久的将来,也许人工智能能够撑起我们这个世界的半壁江山。这个临界点就在当下,我们身在其中,还不识其真面目。我们被时光推着向前走,我们没有选择。

　　我沿着一条窄路,走上另一个高台上的房子,这处房子新,用砖石垒成,怎么看都透出一种现代住房的类同感和时尚气息。房前有两个老汉在喝茶,我向他们问好,与他们聊天。我问,你们为何把房子建在黄河滩上,不到堤坝外建房子呢?他们答,在黄河滩上建房子相对安全。我在心里惊呼,在河滩上建房子更安全?什么道理?我问。黄河汛期一到,不把你们的房子冲毁了?他们答,不会啊,很多年了,黄河是"地上河",黄河很久没有发大水了,即使发大水,我们的房子都建在河滩的高处,只会被淹,很少会被冲毁。反而在黄河大堤外的房子危险,一旦黄河决口,房子冲毁,家破人亡,危险更大。其中一个老汉指着对面的老屋说,你看,对面有黑罐子的那个地方,看到了吗?我说看到了。他说,我七十多岁了,从记事起,见到最大的一次大水就漫到那里。我看了那个地方,离高台上端很近了,但高台上的老屋没有被淹之虞。这里的每一处老房子,都盖得不一样,好像每一家人都有不同的性格,不同的生活一样。我说,你们村里的古窑不少啊。他们答,嗯,有七座,老一辈就有烧窑制陶的传统习惯。我问,你们这里有陶土?他们答,有啊,黄河滩上有。我们村的人会脱土坯盖屋,也会做陶器。我们这里有七座窑都不一样,馒头窑、升窑、葫芦窑、龙窑、景德镇窑、高谛窑、登窑。老汉爆豆子一样说得溜,惹得我笑起来。我说,我看到的窑都是新建的,以前就有吗?当然。我们村在原先的窑址上做了整修,更好更齐全了。要不是这样,你们这些人会来这里?有好看的,你们才来不是吗?我笑着点点头。老汉问我,你去儿童游乐区了吗?带孩子来玩,项目不少,大人还可以玩丛林CS对战。我说,没有,我没玩过丛林CS对战。两个老汉都笑了。我不及古村老汉时尚呢,许多世事,他们看得明白,高人在民间。

　　我不能久留,向他们挥手告别。黄河滩的沙土,细腻而散漫,人走在上面脚底感觉软软的。沙拉沙拉,沙拉沙拉,沙土与脚不停地交谈,不知道人的脚带走了多少沙土的梦,也不知道沙土给了多少人生命的力量。我边走,边在心里揣摩两个老汉的话。下午的阳光自然熨帖,花花搭搭的树影子洒在沙土地上。我始终都没弄明白这个古村,为什么名字叫西纸坊。我见到的村里人,他们都说不清。也许西纸坊的村名有着深远的历史含义,村子里的某些秘密保存了谐音,或是每一个字都代表一个指向;也许,西纸坊的村名没有什么意义,就是前人随口说的。世上的每一个村名,大都是这样的。在西纸坊村,时间味道随泥土而来,历史的味道依傍泥土,让人觉得特别醇香。

　　下午的阳光虽然已经减了威力,但光线丝丝清晰,不见半点朦胧和迷离。阳光打在杨树梢上,照得树头跟泼了绿漆一样,看起来那么不真实。天空蓝得直爽,宏阔浩荡不见底,竟然没有云朵点缀一下,蓝得让人忧伤,美得让人无望。我仰头望了许久许久,想着这里的泥土思绪万千。等我离开村子时,满眼都是泪。奥修说:"悲伤有它自身的美,值得庆祝。"

也许时间就像天空一样,再多再少,我们都看不透,丰满也清瘦,众多也稀少。这时间,覆盖着你我,也覆盖着黄河滩上的古村——西纸坊。

去见黄河水

我要去滨州看黄河水,主意打定,思绪便飞起来。心念心想地与水亲近,与大河亲近,有种在水润润氛围里,过美日子的沉醉感。

家乡大旱三年,让我盼水盼雨的渴望越来越深沉。寒天盼着下大雪,热天盼着下大雨,但希望总是落空。夜里醒了,拉开窗帘看看,可有湿湿的雨花飘过来?没有,一天繁星,好像伸手便可摘几颗。或是月光朗朗,天宫银子库里的月色,不见减些光芒。窗外,楼房树木在黑色暗道间安睡。潇潇的雨夜,哗哗的雨声怎么就不见踪影呢?前些日子,潍河放水了,干涸了三年,裂了大纹的河底,流进了水。水流很慢,但总算有水了,水是引的黄济青干渠里的黄河水,这水来之不易,是政府花了钱买的。以前天赐的水,现在却要拿钱买,让人有种黑白颠倒众生可怜的荒唐感。大自然竟然这么吝啬,不容人和物得到水的润泽。反思一下,人对周围环境影响太大,对自然索取太多,大雪和雨水的赐予和恩惠，便寡淡了。有雨的云，在天上自在地飘，也不念及人和物对水渴念的情分，就那么随了风远去。黄河之水从遥远处引来，在潍河河道中央，有一股清流潺潺而来，泠泠作声，带着一种灵性和焕发生机的神采，点亮了我暗淡许久的欣悦情绪。

我来到这些水的源头黄河岸边。来到博华现代农业示范园，满眼都是水。这里空气好，湿润润的气息氤氲在四野之中。水肥富足把农田、荷塘、花园、林地滋养得满眼葱茏，花团锦簇。我不停地赞叹，这么多的水，这么好。这是有形的财富，无形的幸福感啊。想一下，丰富的水是人们美好生活的根基，水比任何东西都重要。

一条沟渠伸向远方，渠边的芦苇水草郁郁葱葱，我站在渠边静静地观察水中的物什。水中有几丛杂草和零星石块，密集又散淡，带着潮湿水气，美妙成一首安魂曲。一种流畅，宽和，润泽，不停地改变着细微的局部，进而改变着越来越多的场域。我伸出手与水相亲，凉津津的感觉传递过来，柔软、干净、贴近肌肤，一种安心安宁的感觉是水给予的，我被水的灵韵气度和自在节奏迷住了。也许，从古至今，人就深知水对生命的重要性，切肤之感和透心之思融在骨子里，身体的每个部位都明白，水是生命的能量和力量之源。

眼前的小乔木、小灌木，还有贴着地面生长的野草野花，随着风摇曳，它们有水做基底，气定神闲，安之若素。向前走，有一大片荷塘，青青如盖。荷叶附在水面生长，或立出水面撑起绿伞，当然水下还有游鱼和诸多生物在，它们尽情享受水的恩泽。我看到有人拿了细水管子向荷塘里喷水，便问为何。有人说，为了荷塘生态环境好,往荷塘里撒一种杀菌剂。

我看到,迎着阳光,雪白水柱远扬,散开,荷塘的水面上激起无数水花,荷叶被水花激得摇摇晃晃,很是受用的样子。有人说,快看啊,那边有只鸟站在荷叶上,我很仔细地搜寻,但始终没有看到,很遗憾。我眼力不够,还是看的方位错了?不知道。也许,我无缘见到那只漂亮的鸟儿。

云影和鸟的翅膀,眷恋这里荷香的清雅,过来凑趣了,它们在空中守望这管弦水声。流水带风,散淡不羁的风,从水边来时,竟然把云霭邀了来。浅白的光,伴了清冷的光,有一幅幅水粉画的模样。树林和野草,飞鸟和游鱼,还有无处不在的空气,蕴含各种各样信息的气场,组成了这个地方的气质和性格。这种气质和性格不能言明,但它就在这里存在着,它是活泼开朗的,张扬又自大,开阔又颓废,甚至有些艳俗。

农业园区内有很多海棠树,海棠果密密层层缀满了树,绿的紫的红的,这些果子还酸涩,秋天熟了才可以吃。我坐在车上看,各种苗木一闪而过,树的品种多得数不清,眼睛都有些疲倦了。夺人眼球的是,林子下一群群草鸡和大鹅,它们自由觅食游逛,它们这是从二十世纪穿越过来的?现在的鸡鹅大部分都活在笼子里呢。

虽然我在这里的时间就那么一点点,我却视之有黄河壶口瀑布般美的震撼,这里消解了我的某种悲伤。时间似乎悖逆心性而行,那就清水洗心,不再只看重与自己有关的事情。人的灵魂在躯体内外,出进自如。灵魂在躯体之内,灵与肉融为一体,生活或磅礴或安逸。灵魂在之外,灵肉不谐,自觉意识坍塌,行尸走肉,身体堕于黑暗。想起人们在夜里给小儿叫魂,就无法对灵魂的有无证伪。

园林衬着晴空,风儿一吹,花草树木绿浪汹涌,博华现代农业示范园的灵魂在哪里呢？我觉得水是这里的灵魂。有水,灵魂是美的,谐和的。这里所有的美来自无处不在的水,从黄河引来的水。

我喜欢这里,像喜欢我居住的小城一样。我不远望,就看脚下。花草轻轻站在土地上,花瓣摇在叶子之间。土壤中的水滴,沿着花草浮上来,哗啦啦地碎了外形,无数的欢悦被打开,肆无忌惮,对着天空和阳光歌唱。水滴面对广阔,晃过无数身影后,生长成叶子花朵果实。我看到无数的水滴消失,更看到千万个水滴定格成花草树木。我窃喜,我可在巨大的水滴下临风而坐,起一声幽幽的古埙。

黄河岸边的麦子

旅途中一闪而过的类同景物,疲累了眼睛,我索性两眼一闭,神游万里。脑海里某个邈远的金色黎明飘浮在虚空里,飘着飘着,我就睡着了。不知过了多长时间,车子颠簸了一下,我醒了,但依旧闭着眼不愿意睁开。听到有人在耳边说,这么多麦田啊。我睁开眼,坐正身子向车外看,哦,真是有麦田。黄河岸边的麦田,正以光色、声音、气味等各种讯息,取回我处于刚睡醒的淡薄意识。麦田里麻雀起落,蛱蝶纷飞,风吹麦浪,麦田的味道芬芳成一团团的重磅诱惑,向我抛过来,我被彻底击中了,喊了声,哇,麦子的海!问身边的人,这是在哪里?人说,这是黄河边的麦田,中裕食品公司的麦田。

下车,下车看看。只一句话,就让一群人站在麦田边。微风过处,麦浪滚过来,一层层一遍遍,麦子们仿佛在喊,带我走吧,还有我呢!这些可爱的麦子,多有趣。

我走进麦田采了一穗,仔细端详,麦子还没有金黄,但已经粒粒饱满,摘一粒,去掉壳和麦芒,麦粒还是绿绿的。填进嘴里,咀嚼回味,麦子的清香满嘴打转,我一下子找到了年少时拾麦穗的感觉。旋即,脑海中浮现出一幅画——法国画家米勒的传世油画《拾穗者》。三个弯腰拾麦穗的农妇,弯着腰低下头,捡拾落在地里的麦穗。她们穿着粗布衣衫,笨重的木鞋,看不到她们的脸,但能感觉到她们很劳累了,忍耐、谦卑、忠诚,在生存面前,她们虔诚地低下头。人与土地,土地与麦子,人与麦子,息息相关,质朴的农妇,凝重的身躯和动作,似乎能够诠释出劳动者生存的重压。法国的拾穗者,因为一幅油画闻名世界,中国的拾穗者呢?中国的拾穗者生活的压力更重。中国历代都有因为争夺麦子而引发的战事,诸葛亮司马懿的兵戈对决,麦子就是一个梗。麦子让多少人魂牵梦绕,悲喜难禁,又有多少人间的故事因它开启和止息呢?

去年,我读到了赫拉利的《人类简史》。这本书让我脑洞大开。我从另一层面上解读了麦子。《人类简史》中说,人类从采集狩猎到农耕定居是历史上的一大骗局。人认为自己驯化了植物,但其实是植物驯化了人。"驯化"(domesticate)一词来自拉丁文"domus",意思是"房子",真正把人驯化的不是房子,而是种植。何来人被植物驯化一说？人类有长达250万年的时间，靠采集和狩猎为生，改变人们生活方式的是一场农业革命，种植小麦豌豆，驯养羊牛，等等。农业革命让人类的食物总量增多，但没有让人们过得更加悠闲，反而比采集狩猎更加辛苦。人类原本是杂食的猿类，吃的是各式各样的食物。农业革命之后，小麦这种世界上最成功的植物，通过人的手，就占据了地球上大约225万平方公里的地表面积，差不多有英国的十倍大小。

我想，小麦做了什么，驯化了四处游荡的人类？小麦的秘诀，就是为人所用。人类掉进了"农业革命"的陷阱里，乖乖就擒。现在，已经很少有人记得可以有不被小麦驯化的生活方式了。自从人类跟小麦亲密接触后，许多奢侈品成为人的必需品。人们朝着变成神的方向走了，孙悟空的千里眼、顺风耳、力大无穷、一个筋斗十万八千里，人们通过科技发展，都基本实现了呢。

午餐，我吃到了中裕小麦粉做的馒头，香甜的味道勾起许多联想。听滨州人说，中裕食品有限公司，把小麦从种植到加工销售，做成了一个闭合的良性循环圈。他们生产的食品绿色、有机，企业发展越来越好。是的，此言不虚。我眼见并亲历了黄河三角洲的富庶，为人们的勤劳和智慧而赞叹。

我可以安心的是，人类当初寻找生活轻松的初衷，在黄河岸边已经实现大半。田野令人愉悦，餐桌丰富香甜，生活便捷安宁，人们精神斑斓。如此看来，沿着黄河走的人们，眼睛不会疲惫不堪，明亮的眼神可以充满温情地映照未来。

（发表于《海燕》）

第三辑 千钟醉

奶奶的战争

推开我家的门,常会看到一群鸡在苹果树下刨食吃。奶奶听到声音,会踮着小脚打开屋门向外看。谁呀?嗯,是凤霄啊,回来了?哎,奶奶,我回来了!扎着两个羊角辫的我一边朗声答应着,一边还会唤鸡,咕咕咕,咕咕咕……听到我的呼唤声,一群鸡像听到了集合号一样,一股劲地向我奔来,我把手上的青草或青菜抛向它们,它们就开始你争我夺地啄食。这时,奶奶会说,好孩子,能干活了。

那时,奶奶的心里有两个宝贝,我和一群鸡。

我记事起,家里总是养一大群鸡,公鸡啼鸣,母鸡下蛋后炫耀地咯咯哒,院子里常此起彼伏地喧闹。每当夕阳西下,奶奶总是站在胡同口的高台上,用一种近乎歌唱的声音,呼唤她的一群鸡,咕咕咕……声音有急促,有舒缓,还有诱惑的调儿,开始是召唤远方的鸡,看到一群鸡跑近了,声音就温柔起来,她手里干瘪的稻粒、谷粒,就会均匀洒出一个扇面,鸡们低头啄食的时候,奶奶就会仔细数,一对,两对,三对……这时西邻五奶奶家的鸡也来抢食,还抢得很愣,我就赶它们走,奶奶明明也看到了,可一点都不管。

只要还有鸡没回家,奶奶的叫声就不会断,咕咕咕……就像召唤自己家里人一样。有时候,不管奶奶怎样呼唤,就是有一只鸡不回家,我会和奶奶一起四处找。有时找不到,心里很牵挂。第二天一大早,嘿,昨晚那只千呼万唤也不回来的鸡,正在院子里迈着方步咯咯叫呢,这时,我就生气了,朝着那只鸡不停地翻白眼,坏家伙,昨天藏到哪里了?没让黄鼠狼吃掉你?奶奶笑着,拿点秕谷子,撒给它,好像安慰它一样,说,回来就好,回来就好。

别看奶奶脾气这么好,她却常和西邻五奶奶吵架。很多时候,只是找一个鸡毛蒜皮的借口,她们就指桑骂槐地吵。她们之间有很深的矛盾,常战火硝烟地吵嘴,但从不动手。

奶奶和五奶奶是远房叔伯妯娌。以前在一个大院子住,因为吵架,就垒了墙,有了各自的院落,见了面,头碰得当当响,也一直不说话。只要开口说话,肯定就是吵架。

五奶奶长得白白胖胖的,身材高大,方方的脸盘,脸上有一些麻子,那是出天花留下的痕迹。她把头发梳成一个髻,干净利索地盘在脑后,没有一丝乱发,头发上常常搽了头油,油光可鉴的。她以前缠过小脚,后来放开了,脚有点大。她身上穿的衣服总是洁净得体的,但她一直不生小孩子。平时,五奶奶总是一个人在家,日子富裕。她是个特别好强的人,家里收拾得干净利落井井有条。五爷爷在山西闯外,有时几年都不回来。

我奶奶身材小巧,白净清秀的面庞,黑亮的眼睛,一双盈盈一握的金莲小脚,走起路来袅袅娜娜,虽然很勤劳,但干重活就不行了。爷爷一直在外工作,平时,奶奶独自带着爸爸和两个叔叔生活,没有人帮衬,日子过得又苦又累。因为奶奶和五奶奶不和,爸爸和两个叔叔从小就受五奶奶的气,出门常常躲开她。下雨时,爸爸叔叔都不敢走五奶奶家门口,泥地上踩上小脚印,就会招来五奶奶夹枪带棒的骂,我小时候也知道这些潜规则,否则奶奶和五奶奶的战争就由我点燃导火索了。

爸爸叔叔渐渐长大了,爸爸考上了师范学校,二叔当兵提了干,三叔也长大了。爸爸当了教师,结了婚,妈妈进了门,奶奶和妈妈一起忙出忙进,奶奶有了帮衬,家里的日子渐渐好起来。五奶奶往日高高在上的姿态收敛了许多,但两家的关系仍很紧张。

五奶奶家的鸡很少,总是有那么两三只,不是病死掉,就是被黄鼠狼吃掉。我家养的鸡族群却很兴旺,最多的时候有二十多只,家里常有很多鸡蛋。五奶奶和奶奶吵架,很多时候就是因为我,因为养的一群鸡。

前些天,奶奶领我到瓦城赶集。卖了家里的鸡蛋,给我买了香油果子(油条),还买了猪肉,加了葱花和盐给我蒸着吃,这是我特殊的待遇,奶奶总是宠我。吃饭时,比我大七岁的三叔用筷子夹,就会被奶奶用筷子敲手。三叔就怯怯地缩回手去,去夹另一个碗里的咸菜。这时妈妈就护着三叔,把肉夹给三叔。

奶奶带我赶集时,找了铁匠,特地给我打了一把小铲刀让我玩土,小铲刀打得小巧玲珑,铲土、剜菜好用极了。庄里的小伙伴都很羡慕,我睡觉的时候都用小手紧紧攥着。

我家西墙边有棵大苹果树,夏天时,家里的鸡都会飞上苹果树过夜,五奶奶家的鸡也会飞上苹果树。树上凉快,鸡们很聪明。

苹果树很茂盛,常常结满果子,苹果酸甜,不爱吃酸的人,吃半个就会酸得倒牙。苹果熟的时候红艳艳的,好看极了。奶奶摘了苹果用篮子盛着,送遍大半个庄子,好看的、大的都送人,剩下一些小的、有虫眼或被马蜂蜇的,我们自己吃。我常常为这事噘起小嘴,奶奶总说,送东西要给人最好的。虽然只有一墙之隔,我家的苹果从不送给五奶奶。

这天下午,五奶奶隔着墙骂起来:缺家教的东邻家死丫头,贱蹄子,用铲刀划了我的墙!

奶奶立刻接言:西邻的疯婆子,孩子有错,你就往死里骂啊?有本事朝我来!

划墙的事真是我干的。因为我看到五奶奶与奶奶吵架,奶奶总是被骂,我就想帮奶奶,拿起小铲刀就给五奶奶家的西屋墙破了相——抹得平平泥巴墙,被我划了一道道深沟,我把小铲刀当作武器用上了。

五奶奶和奶奶一开始吵架,我就像小猴子一样麻利地爬上苹果树看热闹。因为五奶奶吵架时又蹦又跳的,手舞足蹈,挺热闹。我还可以观察"敌情",给奶奶通报一声。我奶奶只会吵,不会跳脚,声音也没有五奶奶响亮。我坐在苹果树的枝丫上,看到五奶奶站在自家屋门口的青石阶上,做着手势,跳着高,指点着,向东面的奶奶吵,有时候还跳下石阶,站在墙边,一蹦一蹦地吵,如果没有墙相隔,她有冲过来的势头。我奶奶也在吵,但我觉得奶奶比不上她厉害,有点太"肉",我特别想快点长大,帮奶奶压住她的气焰,把这场战争给打胜了。我搞不清她们在吵什么,只记得特殊的字眼,像"五指山""万担金子猴"呀,"十万八千里"啊,"哈尔滨""海枯石烂"呀,等等,反正在我小时候的记忆中,觉得特别稀奇古怪。

妈妈回家后,看到奶奶和五奶奶又开战了,知道是我惹了祸,举手就要打我,巴掌还没到呢,我就吓得哭起来,奶奶把我揽到怀里,像老母鸡护小鸡一样护着。妈妈不言语了,便担水和泥,悄悄地给五奶奶把墙修好了。

虽然一墙之隔,我家的鸡是不敢到五奶奶家去的。如果飞过墙到五奶奶家,就会招来她毫不留情地追打和一连串的吵。人们都说鸡傻,只记吃不记打,但我家养的鸡很长记性,不敢到五奶奶家去,曾经有好几只母鸡被她打折了腿呢。

一天上午,五奶奶家的"鼓鼓头"鸡又到我家抢食了,还用力啄那只我最喜欢的芦花鸡。这只芦花鸡是我的好朋友,我常常抱着它玩,用小铲刀给她挖蚯蚓,我挖出来,它就啄去吃掉,我们配合得很默契。我不高兴时,撒一把土,赶它走,它就自我解嘲地嘎嘎叫着摇着尾巴,慢慢离开,到远处去。"鼓鼓头"来我家抢食吃,竟然在我面前,把芦花鸡的一簇毛都拧掉了,我就生气了,拿了土坷垃扬起来打"鼓鼓头",它夹着尾巴呱呱叫着逃了,这个"鼓鼓头",欺负我的"好朋友",我要教训它。

可不大一会儿,我家的一只黑鸡,就被五奶奶打折了腿,呱呱乱叫,扑扇着翅膀逃回家了。真是的,好好的一只黑鸡,被五奶奶打得可怜巴巴地缩在屋檐下,耷拉着翅膀,断了腿,只是一小会儿,黑鸡竟然死掉了。这只黑鸡常常下双黄蛋呢,我和奶奶很心疼,奶奶气不过,就和五奶奶开战了,五奶奶不甘示弱地反击。

我又爬上苹果树的最高处看热闹。我坐在苹果树杈上,向着五奶奶吐舌头做鬼脸,地上,奶奶在吵,树上,我在气她,她一时忙不过来,气急败坏,找了个扫地笤帚,向我打过来,笤帚被苹果树的枝叶挡住了,几个没熟的绿苹果从树上骨碌碌落到地上。我吓得大哭起来,奶奶怕我跌下来,急忙伸开手把我从树上抱下来,我的哭声和奶奶的吵声,引来了邻居的大娘婶婶,她们是劝架来的。奶奶得到了大家的同情和支持。这次吵架,我觉得奶奶比五奶奶厉害一点了。五奶奶不再吱声,两家人又进入无声的对抗。

我家的红花大公鸡是村庄里最健壮漂亮的,嘹亮的鸡鸣能响遍整个村子。春暖花开的日子里,鸡们的爱情像满树的苹果花,香遍庄里的角角落落,红花大公鸡求爱咯咯咯的叫声,很是殷勤,母鸡们每天都勤快地下蛋。奶奶给母鸡们专门多设了两个下蛋的草筐,垫上了软软的麦秸草。我最爱干的事就是拾鸡蛋,母鸡在下蛋,我蹲在旁边看,不等鸡从窝里出来,热乎乎的鸡蛋就会被我拿在手里。时间长了,我知道哪个母鸡下什么样子的蛋。

一天,我发现有个鸡蛋不是我家鸡下的,就拿着鸡蛋跑进屋里告诉奶奶,奶奶说,可能是五奶奶家鸡下的,你给她送去吧。我噘起嘴说,我不去。奶奶说,给她送去吧,她只有两只母鸡,日子也不宽裕。那时,居家用的油盐酱醋、灯油火纸都是卖了鸡蛋换来的,有人说是"鸡屁股银行",我觉得这话太形象了,只是这银行有点可怜。我拿着鸡蛋,敲开五奶奶的门,我把鸡蛋递给她,一句话也没说,她接过鸡蛋,也没说话。我扭过头就跑了。

我家的芦花母鸡抱窝了,奶奶挑了二十多个鸡蛋,让芦花母鸡孵小鸡。芦花母鸡真是大英雄,二十多天后,它就咕咕咕叫着,领着一大群花花团团的小鸡雏满院子招摇了。

　　过了几日,芦花鸡大着胆子领着她的孩子们外出了,小鸡雏通过胡同的阳沟钻进了五奶奶家,我心里着急啊,怎么办啊,有两个小鸡雏,任凭老母鸡咕咕咕地叫,就是不出来。就在这时,五奶奶开了门,把小鸡雏放到了门外,我看了她,她也看了看我,都没说话。她呼地关上了门。

　　我渐渐长大懂事了,不给奶奶惹麻烦,奶奶和五奶奶进入一个相对休战的状态。每到夏天傍晚,五奶奶一个人早早吃了饭,穿着干净的白色丝绸衣服,坐个小板凳摇着大蒲扇,在胡同口高台上悠闲地风凉。这时,我家往往还忙得没顾上吃饭,奶奶数好了鸡,看着鸡群进窝或上树后,在家拉着风箱,呱嗒呱嗒地烧火做饭,勤快的妈妈每天干完生产队里的活,再去割青草,常常黑了天,才挑着一担青草回家。青草晒干了,送到生产队挣工分。

　　我常常站在胡同口的高台上,向远处眺望,迎接妈妈回家。从地里回家的人,都会路过我家胡同口,那时我嘴巴很甜,看到庄里的人,远远地就叫爷爷奶奶叔叔婶婶的,得到他们的称赞,我心里就特别美。因为奶奶跟五奶奶不和,我听了奶奶的嘱咐,从不跟五奶奶说话。五奶奶悠闲地摇着蒲扇,看着满身疲惫的庄里人回家,有一种趾高气扬的优越感,她很少和庄里人说话,一般的人她都瞧不上,她只跟庄里有头有脸的人说话。当然她更不理会我一个乳臭未干的黄毛丫头。

　　爸爸叔叔们平时从不与五奶奶来往,只是在每年大年初一,到五奶奶家磕头。其实到了爸爸叔叔这一辈,跟五奶奶家已经出了五服,不是什么近亲了。在农村,出了五服,过年就不磕头了,但爸爸叔叔觉得五奶奶孤单,还是给她精神上的安慰。

时光如梭,国家恢复高考后,三叔是庄里第一个考上大学的本科生,他到外地上学了。我考上了县里的一中,到城里上学了。奶奶和妈妈也有了城镇户口,一家人都搬到城里住。家里只留下两处空荡荡的房子。偶尔,爸爸叔叔还会回家看一眼。

奶奶住到城里,家里生活条件越来越好,奶奶在家操持家务。老家人到城里来,赶集、办事、看病、上学啦,常常到奶奶家吃饭住宿,奶奶待人热情,只要人家有求于她,她就帮人家,她还给爸爸叔叔婶婶揽些帮人的活,让工作忙碌的他们很是为难,但奶奶总是说,乡里乡亲的,应该帮的。庄里来人,一旦说起五奶奶,奶奶记忆的闸门就打开了,年轻时留下的生活烙印,还是深刻地烙在她的脑子里。奶奶还会激动不已,说着说着,好脾气的奶奶就愤愤不平:我摸黑从地里回家,看到三个孩子睡在胡同口屋檐下,五奶奶嫌他们挡了路,就用脚踢孩子,踢得他们腿上都是青紫,我那个泪啊,哗哗地淌……奶奶陈芝麻烂谷子地说个不停,就像祥林嫂说阿毛一样。

五爷爷从山西退休了。五奶奶、五爷爷年龄大了,他们没有孩子,也没有近亲。五爷爷的工作单位破产,退休工资也没有了,后来还得了病,日子过得很艰难。五奶奶年轻的时候为人独立,不跟邻亲百家亲近,庄里人的喜事丧亡,她不随份子,别人家有麻烦事,她不帮助,还说风凉话笑话别人,她家有事,庄里人谁也不关心。

一次,庄里人到县城赶集,到奶奶家住下吃饭,说五爷爷得了病,听说病得不轻,也没钱治。奶奶当时没说什么,就让爸爸回家看看。

爸爸回家接了五爷爷,就送到市里医院为他检查,检查确诊为癌症。五爷爷没有钱治疗,爸爸叔叔们一起凑钱,把五爷爷送到更大的医院,给他做了手术,每天轮流请假为他陪床,精心照料,付药费、生活费,整整一年的时间,直到五爷爷去世。五奶奶也一直陪在五爷爷身旁,她看到爸爸叔叔们的善良大度就很愧疚,但她嘴上仍不服软,刚强得很。

奶奶还是记着五奶奶的不好,奶奶说,咱家可是受尽了她的气,本不该帮她,让她一个人横吧,她一辈子刚强,老了病了,还是咱家帮她。人没有前后眼啊,她当时用脚踢你爸爸叔叔的时候,可是好狠心啊,她这一辈子活得真是糊涂。奶奶说这些的时候,很是忧伤,没有了以前吵架时的激愤,很多时候,我们说起五爷爷五奶奶的事,奶奶就沉默不语。

五爷爷去世后很长一段时间,五奶奶一个人生活在老家,她一改以前的冷冰冰,精心给爸爸叔叔腌渍松花蛋,做豆瓣酱,庄里有人来城里,就捎到奶奶家,这是年老的五奶奶唯一能够做的事情了。有一次,五奶奶还托人给奶奶捎来了一只活的黑母鸡。奶奶看了,没说什么,只是叹口气。一只鸡虽然不是什么大礼物,但奶奶明白五奶奶的心意了,奶奶和五奶奶大半辈子的战争接近尾声。

五奶奶一个人过得很不好,几年后,她得了偏瘫,眼睛几乎失明,没有人照料她,每当爸爸回家照顾她,她都感激不尽。她开始懊悔年轻时对我家人的很多不好,也常常向爸爸问起我,知道我生活得好,五奶奶就一连串地说好好好,她跟爸爸说很想我。爸爸常回老家照顾五奶奶，奶奶开始还有微词，后来，就不再反对爸爸照顾她。我知道奶奶从心底里并没有原谅五奶奶。

爸爸告诉我说，五奶奶想我。说心里话，我不想五奶奶，她留给我的记忆是冷脸和吵架声。直到现在，我听到有人吵架就头疼，想尽办法赶快逃离。人不能随便吵架，要考虑周围人的感受，有事小声说，好好协商。不管怎样，我还是买了好多礼品，随爸爸回老家看五奶奶。回到老家，我看到五奶奶彻底变了一个人，苍老、偏瘫，眼睛也近乎失明，便心有戚戚。五奶奶拉着我的手，很亲热地说话，你奶奶好吗？女婿好吗？孩子好吗？真不知道，五奶奶还是一个能很温柔说话的人。她告诉我，她一辈子羡慕我奶奶，有这么些好儿好孙，她做梦都想有我这样懂事又孝顺的孙女。我被感动了，终生破天荒地叫了她一声奶奶，她答应了一声，竟然泪流满面，哽咽着说不出话来。

五奶奶性格很刚强，坚决不肯当五保户。庄里人也不肯伸出援助之手，爸爸和叔叔们只好找到村里的书记，让村办企业的伙房每天给五奶奶送饭、送水，照料她的生活，每到周末爸爸叔叔轮流回老家，送吃的喝的，给她打扫卫生，直到五奶奶去世。五奶奶去世后，爸爸将她的房子和所有的财物都给了村里。

人都说四十而不惑，我已过了不惑的年龄，可困惑的东西仍然很多。对于奶奶和五奶奶的吵架有一些自己的理解。她们吵架虽然激烈，但她们从没有打架，很多时候五奶奶"吵"得好。她俩通过"吵"，发泄自己的怨气，数落对方的不是，把生活中一切的不如意，都通过一张嘴发泄出来。奶奶表面上是失败者，但这场战争，最后还是奶奶胜利了。那个生活艰苦的年代，邻里吵架也有人情味,也有淳朴和善良之处。我到现在还不知道她们吵架的起因,这是一个永久的秘密了,我问过多次,奶奶和五奶奶去世前都一直没有说。

奶奶和五奶奶在天堂和好了吗?她们还吵架吗?我希望她俩不管什么原因,永远都不要吵了,做个好邻居,安宁快乐地生活吧,我做她们两个人的好孙女。

(获第二届中国网络文学大奖赛入围奖)

太阳晒熟了喷香的豆子

偶然翻开《诗经》来读,眼前一亮。"七月亨葵及菽,八月剥枣,十月获稻,为此春酒,以介眉寿。"《诗经·豳风·七月》里,对豆子的记载有几千年的历史了。正是秋阳晒熟豆子的时候,我心中那根久远的火柴便倏然划亮了,一团火苗像平凡生活中的一朵绯红照眼的小花,闪过来荡过去,我整个人一下子跌进初心和人本里。

七月煮葵又煮豆,八月开始打红枣,十月下田收稻谷。酿成春酒美又香,为了主人求长寿。细细品味,温暖又心酸,千古浮世之相,人间风流云散。曾经的收获和淳朴,用诗歌来记载,有诗为证。前人来过,来过苍茫大地,来过这人世之初。那时,前人过着平静而混沌的生活,把身心托付给摇摆不定的命数,听天由命地活着。前辈会用各种方式告诉后人一些往事和生活经验。这些生活经验带有时代的痕迹,也有某种偶然和假象,但是那些人和事带着陈年的味道,带着朴素的生存道理,给我们这些后来人提供丰富的营养。我就只说说关于豆子的事吧。

山东半岛四季分明,秋天自是硕果累累。秋天到了,庄里一群没上学的小孩子密谋好久了,要偷拔生产队大田里的豆子棵,然后烧豆子吃。二十世纪七十年代,大太阳好像是呼呼响着的,晒得大地火燎火烫,绿油油的豆子地渐渐失去了葱茏,叶子枯黄零落了,褐色的干豆叶落了满地,结满了荚的大豆棵露出了肥嘟嘟的脸,豆荚啪啪地一连声爆开,豆子们就瞪着圆鼓鼓的小眼睛不停地瞧我们。

偷豆棵,烧豆子吃,这可是一个挑战大人管教、隐秘又充满冒险乐趣的大事,这与只是偷生产队瓜地的瓜吃,偷偷下水拔邻庄湾塘里的莲藕吃,是大不一样的。偷了豆,还要烧熟吃,想想都能神往地笑出声。

那时候,小孩子没上学之前是没人管的,家家吃不饱饭,吃饭都是大问题了,照看孩子的事情就不大了。大人们忙他们觉得很重要的事情,写大字报,打着纸糊的小彩旗四处转,谁有心思管这些孩子?小孩子们自己玩,有的孩子还要背着或抱着自己的弟弟妹妹。小孩子上树爬墙,捞鱼摸虾,敲鸡打狗,摔泥巴,捅马蜂窝,打架和好,哭哭笑笑,孩子们自己随便,如果过分调皮,出格了,生病了,才会得到父母的呵斥、拳脚或疼爱。大部分时间都任凭孩子们天亮后饿猴子一样聚拢,呼啸而来,天黑以后,鸟兽而散,满脸泥尘,草芽菜叶,花红柳绿披挂一身,各自回家去。

庄里有队屋、牛屋、学屋,还有碾屋。队屋是生产队的办公室。记工分,开批斗会,传达文件,都在队屋,我们小孩子敛了声息,可以跟着大人悄悄进去,自己探头探脑进去,一准被轰出来。牛屋就是生产队喂牛的地方,一间土屋旁边搭上一长串草棚子,生产队最值钱的马和牛都在那里喂。学屋就是小学校,那里有老师,不能随便进。我们不够上学岁数,最多就是扒个墙头眼馋无比地看热闹,如果轻举妄动,出声喧嚣,一准有大孩子出来赏一顿拳脚。要知道庄里自古就有习武的风气,动手比试几下算不了什么。有个大哥哥告诉我,要会揍人,先学会挨揍,慢慢我知道,还真是这么回事儿。我被大孩子揍一顿,鼻青脸肿,龇牙咧嘴地回味,才知道被揍后身上哪里最疼。还知道,脸长得比别人白也是被揍的原因。谁说我长得白,我就立刻笑脸变怒脸,黑眼珠翻成白眼珠。(那时脸白不革命,是小资产阶级习气,小孩子的认知也受影响。)

除去队屋、学屋,庄里娶媳妇、送亡人,我们小孩子都会前去搅扰一番,跟着笑笑哭哭看热闹。庄头碾屋是放石碾的地方,家家的粮食要到石碾上磨成米或面,这里常常是一些奶奶大娘婶婶们在,我们一群小孩子和鸡狗鹅鸭,都常在碾屋附近玩耍逗留。

我们就是在碾屋听我奶奶讲了香香屁的故事,才朝思暮想要偷豆棵烧豆子吃的。

我奶奶说,从前,有一个善良勤快的穷孩子,家里没有饭吃,就到河边捉了大螃蟹煮着吃。这天,穷孩子坐在灶膛烧火,忽然闻到一股奇异的香味,紧接着,灶膛里啪地蹦出了一个烧熟的黄豆粒,焦黄焦黄,还爆开了缝。穷孩子想都没想,捡起来就填进嘴里吃了,细细嚼,咽下去,哎哟哟,可香可香了,从小没吃过这么香的东西。过了一会儿,灶膛里又蹦出一个大黄豆粒,穷孩子又吃了,香,舌头香,牙齿香,鼻子、眼睛都香,香得他晕头转向。穷孩子就觉得这豆粒很神奇,接连从灶膛里蹦出的豆粒就舍不得吃了,找个小葫芦放起来,然后,继续烧火。不大一会儿,穷孩子觉得肚子一骨碌,砰,放了一个响屁,这屁更香了,满屋香,香味开始四处飘散,不一会工夫整个庄子被香味填满了。庄子里的人闻着奇异的香味,都从家里跑出来了,互相问,哪里这么香啊?后来找到了香味发出的地方,原来是穷孩子放了一个屁,人们都惊异这个香香屁。有人给穷孩子出主意,你把这个香香屁卖了,肯定能换好多钱,这样就有饭吃了。

穷孩子和香香屁的事情,传得闪电一样快,四庄八疃的人很快都知道了。穷孩子就到周围庄里卖他的香香屁,一边走一边唱:香香屁,屁香香,我给姑娘熏衣裳。香了天,香了地,香了姑娘的好嫁妆。还真有富家姑娘把穷孩子请到家里熏嫁妆了。穷孩子吃下葫芦里的香豆子,对准姑娘的衣箱,砰,放一个香香屁,赶紧关上衣箱,香气绕梁三日不绝,那种奇异的香气还让姑娘越来越俊美。香香屁出了大名,姑娘家送给穷孩子绸缎和银子,穷孩子边走边唱:香香屁,屁香香,我给姑娘熏衣裳,赚了绸,赚了缎,赚了一个银子串。穷孩子从此吃上饱饭,过上了幸福的生活。

有个懒惰的孩子听说了这个故事,眼馋极了。他仿照穷孩子的样子,烧了黄豆,装进葫芦,也去卖香香屁,学着穷孩子唱:香香屁,屁香香,我给姑娘熏衣裳……谁知道,懒孩子吃下豆子,觉得口渴,便喝下凉水,等啊等啊,终于有屁放了,对准姑娘的衣柜,砰,一声巨响,立刻臭气熏天,脏了姑娘的嫁妆,当场熏倒了姑娘,姑娘从此越来越丑。姑娘的家人不干了,抓住这个懒孩子,一顿好揍,还往他腚眼里砸进枣木楦。懒孩子撇着腿,一瘸一拐,边走边唱:香香屁,屁香香,我给姑娘熏衣裳;吃了豆,喝凉水,臭了嫁妆臭姑娘,唉,没赚着绸,没赚着缎,赚了一腚枣木楦……

听过香香屁故事,我们一群小孩子嘻嘻哈哈满大街地唱:香香屁,屁香香,我给姑娘熏衣裳……我们的黑眼睛亮亮的,都很期待能吃到烧出的香豆子,自己也能放出个香香屁。

炒豆子香,我们都尝到过。我们一群小饿鬼在牛屋里来回折腾,在生产队马槽里翻草料,捡过几个炒熟的豆粒填进嘴里,嚼得嘎嘣脆,真香。那天,我们不只是抢了马槽里喂马的豆粒吃,还顺便薅下几根长长的马尾,做成扣子,用来钓树上拼命叫的知了。最大胆的小雷薅马尾巴时,差点被大枣红马尥起呼呼生风的马蹄子踹到脑门上,我们都为他喝彩呢,一股劲地赞扬他:小雷胆大,真有本事。我们头领大虎说,现烧出的豆子香,一下子就能把人香到大槐树杈上。听了这话,我们就更加神往吃到烧豆子了。

烧豆子吃要用火柴。火柴是看牛屋兼喂牛的二爷爷的,我们一群孩子缠着二爷爷,大虎一个人钻进二爷爷的屋里偷拿的。平时二爷爷抽旱烟都是用火镰火石打火,火柴舍不得用。二爷爷是个老好人,庄里的傻子三保到牛屋抢他手里的窝头吃,他也不恼,还顺手给三保摘下结成了疙瘩的头发上的乱草叶和苍耳子。

我们盯准了庄头生产队的一片黄豆地。豆子开始在秋风中摇铃铛了,饱满的豆荚密密麻麻地挂在豆棵上,瞅准了四周没人,一群孩子就下手拔,不一会儿,豆子地翻肠破肚地遭了劫,满地都是豆棵和泥土泛起的味道,豆荚很扎手,嘎铃铃,哗啦啦,豆子在豆荚里等不及地乱叫。我们抱着豆棵,找了个藏身的小河沟,四处拾豆叶、干草、干树枝,然后堆在一起,放上豆棵,划火柴。风大,划出的火苗很快灭掉了,我们就围成一圈挡着风,还是点不着,二爷爷的火柴剩下不多了。大虎脱下小褂子挡着,才终于点着了火。

烧! 火烧起来了,烟尘四起。豆叶特别燎烟,熏得我们眼睛流泪,小手一擦,一个个立刻变成了小花脸。终于,豆棵开始噼噼啪啪地爆响,豆子从火堆跳出来了,一双双小手忙不迭开始捡豆粒,往自己嘴里填,烫嘴的大黄豆,吸溜着风降温,牙齿研磨一番,咂咂嘴,真香,伴着黑黑的草木灰和豆子香,咽进肚子里,干瘪的胃肠立刻欢呼,一会儿就香遍全身,好像眼睛也倏然亮起来。

"我的豆子,别抢,这是我先看到的。"一番争执后,大孩子总是获胜。不服气吗? 拳脚是现成的。还是乖一点,自己动手再烧豆子,我就是那个年龄最小的乖孩子,怕挨揍。我喜欢跟大孩子玩,挨揍也跟着。头领大虎说我,小鱼串在大鱼串上,打不退的小犟孩。

再去拾草拾树枝,别让火灭了,快再去拔豆棵烧。一阵乱忙,烧豆子的火堆向旁边移动,黑黑的灰烬拉成长条,豆子一番番烧熟了,香喷喷的,黑黑的小手从火里扒拉出豆粒,不顾一切地填进嘴里,吃吃吃……有几个吃饱的孩子,开始围着火堆转圈奔跑,时不时助一下跑,大呼小叫地跳过火堆,跳过去,又跳过来……

小崽子们,偷豆子还耍火! 一声吆喝,打断了我们的美餐。齐刷刷抬头看,远远地,小兵瘸着腿来了! 小兵是个外号,他是抗美援朝的荣誉军人,矮矮的个子,常常穿一身绿军装,他在朝鲜战场上被美国大炮伤了腿和胳膊,是为生产队看坡护青的人。

快跑!小兵与我们"交战"多次了,总是撵不上我们。他只是吆喝的声音大,走近我们还要一段时间,大虎和小雷几个愣孩子嬉笑着做鬼脸,笔直着胳膊瘸着腿,学他走路的样子,喊他的外号,小兵、小兵!叫得漫天满地响,我们也一起附和响应,齐声大喊,故意气他。

火还在烧,豆粒啪啪地乱爆,来不及吃了,快灭火!土坷垃砖头石头抛进火堆里,看不见明火了,一股浓烟却冲天而起。我们知道,这样会招来更多的大人,不敢久留了,一群孩子刹那乌泱泱作鸟兽散。往后看,见小兵瘸着腿慢腾腾地走。后来,我才知道,并非小兵撵不上我们,是他心疼我们,不想抓这些腹内空空的小孩子。

烧豆子的香味,奶奶、二爷爷、傻子三保、小兵,永远地留在我的记忆里。这些人都去世了,我把香香屁和烧豆子的记忆,囫囵吞枣地写下来,现在反刍咀嚼,便能觉出一些悲悯又酸楚的味道。那个时代,大人们高呼毛主席语录,广开红旗招展批斗会,学屋里学生们写大字报,唱《大海航行靠舵手》,都与我们关系不大。我们只知道太阳晒熟了豆子,我们烧烧吃,豆子很香。童年不知愁滋味啊。

现在想起这些,心中没有悲苦。无来由的,一阵酸楚,眼里涌出点点泪花。哦,不听不看,闻香便洞明世界,在淳朴的嗅觉里,静静地,静静地攥着纯真和福祉吧。

(发表于《散文百家》)

我在姥姥家门前流浪

我茫然地站在姥姥家门前。四下望,沿街墙面涂了涂料,很像日本女人涂了厚脂粉的白脸亮眼张扬,街上看不到一个人。这是城市的某个小区?不,这是地道的乡下村子,村里的青壮年都外出打工了,孩子们也到城里上学了,留在村子里的人少,寂静得很。

原先一进村子,老房、花树、草垛和泥土随处可见,鸡狗鹅鸭自在玩耍、刨土觅食的温馨诗意扑面而来。村里大人孩子见面就打招呼,一街一路洋溢着的满满亲情,现在全不见了,一种陌生感、隔膜感兀自生出来,像时下的雾霾一样遮蔽我、淹没我,我感觉自己在无边的空旷里流浪,无着无落。

你是谁?我是我。叫啥名?狗来问。

我的脑海里出现了一本小画书,小画书的书名是什么,我一点印象也没有。我和一个小伙伴头碰头地一起看小画书,笑作一团。后面的内容小伙伴不让看了,我只记住两个画面。我猜想了大半生,曾设计了无数个故事的结尾。我也不知道小画书里故事的结尾是什么样子,是比我想的好,还是比我想的差。

第一个画面:一个强人胸前衣服上有一个圆圈,里面写一个大大的"兵"字,他握着一杆铁头尖枪,从树林里冲到一片豆子地里,嘴里喊着,杀,杀,杀……快出来,我看到你了……

第二个画面:豆子地里凛然站起衣衫褴褛的农夫,强人问,你是谁? 农夫答,我是我。强人问,叫啥名? 农夫答,狗来问。

想到这里,我就忍不住笑,这个笑,跟随我好多年了。这段对话我也一直忘不了。强人拿着武器杀气腾腾,农夫一点都不害怕,还幽默一把,名字叫狗来问,谁问谁是狗。

野地里的生长,让所有的气势汹汹和一本正经归于一笑,归于恒久的禅意。你是谁? 我是我。一个人成为"我"不容易,这个"我"是一种自知自省。强人虽然手里有枪,他并不自知,只是一个茫然的野蛮人。农夫知道这个"我",有一股从田地里生长出来的底气,不被谁怕,也不怕谁,在天地之间活得自知自由。

人到中年,我由一个懵懂之人,逐渐明白人生的来路和去路,一路走来,梳理出一些关于物质与精神的因果关联。你是谁? 我是我。当今社会,一个人勇敢地做"我"并不易,我们常常做不成"我",以不同的社会角色,不同的面目脸色,出现在人群之中,天地之间。

我站在姥姥家门口,门前一片空地上种了豆子,豆子快熟了,豆子的香气四处弥漫。前些年,退休后回老家的舅舅身体还好,门前花红柳绿,瓜菜飘香,我喜欢得不得了。近来,舅舅老迈,行动迟缓了,也遗传了姥爷的眼睛不好,无法打理小园子了。舅舅说,今年春天他让邻居种了豆子。时光让人慨叹,衰老让人猝不及防。

舅舅家有两处房子。舅舅没住新房子,住在老房子里。老房子土木结构,冬暖夏凉,有土炕和大锅灶,做饭吃,比小锅灶香。老房子是八十多年前的老宅了。老宅子是姥爷亲手盖的,屋架木梁坚固得很,墙壁很厚。姥爷是一个能工巧匠,居家过日子,一旦有什么难事,找姥爷就对了。

姥爷一生都是个头脑清醒的乡下人。妈妈八岁时,姥爷带着她到海滩上开荒种豆子。妈妈说,那时,茫茫渤海海滩一片盐碱地,远远地看,天和地是连在一起的,望也望不见边。大海滩上不见人烟,没有一棵树,只长芦草和碱蓬。风刮得呜呜叫,青青的芦草看上去有些发白,一副营养不良的模样,总也长不高。海风的咸湿,让芦草活得很艰难。盐碱地硬硬的,种豆子太难了,但这最难的事,姥爷去做了。开荒时,姥爷被太阳晒坏了眼睛,得了"雀盲"病,天一黑,姥爷就啥也看不见,吃了草药,才慢慢好起来。

春天,姥爷带着妈妈把草密的地方除了草,种豆。秋天太阳晒熟了豆子,姥爷便开始收获。虽然豆子产量不高,但足以让一家人惊喜不已。妈妈说,那一年他们收获了一大缸豆子,晒干后藏在草垛里。姥爷一家就是靠着一缸豆子掺了野菜吃熬过了饥饿。妈妈说,一家老小八口人一点没挨饿,那缸豆子是大功臣。

我记事的时候,姥爷已经是一个留着长长白胡子的老头了。姥爷的胡子很漂亮,银光闪闪,不时用手捋一下,一脸骄傲地说,有孙子的人才可以留胡子的。"文化大革命"期间,很少有人留胡子,姥爷外出赶集常常被人盯着看,但姥爷捋着胡子坦然走过。姥爷平时很少说话,笑意常常挂在脸上。有一次,姥爷问我,手呢?我乖乖伸出两只小手。姥爷却笑着说,没看到手啊,看到两只小狗爪子。我自己低头看看,满手脏脏的,真是小狗爪子。我立刻一脸羞涩,赶紧去洗手。姥爷说出的话,常常让我越想越好笑,就像"问:叫啥名?答:狗来问"一样。姥爷的话,不说透,让我自己悟。有时充满意味的一个眼神一个动作,告诉我怎样做,我懂了他的意思,他就笑了。

秋天的夜晚,漫天的星斗一闪一闪眨巴眼睛,人们都坐在胡同口闲聊天。姥爷说要去捉螃蟹,我很好奇,闹着要跟去,姥爷答应了,说,要等到后半夜才回来,你去了不准睡觉。我说一定不睡。姥爷牵着我的手,在扁担上挂了罩子灯,一头挑着水桶、铁锨,一头挑了苇帘子,到小河的木桥边捉螃蟹。

出了庄子不远,有一条小河,河里长满了茂盛的芦苇,正是秋天河蟹肥美的时候,河蟹随着潺潺小河顺流而下。姥爷拿了苇帘子,放在小木桥的一侧,用铁锨铲泥,把苇帘子布在水里,罩子灯就放在苇帘子旁边,我和姥爷就坐在小木桥下面的石头上等河蟹游过来。姥爷嘱咐我不能出声,一出声,河蟹就吓跑了。不大一会儿,姥爷跟我耳语,看,大河蟹过来了。我屏住声息,瞪大眼睛,远远看见几只大河蟹随着汩汩水流,奔着灯光压张牙舞爪游来了,毛茸茸的腿,圆鼓鼓的盖,两只眼睛闪着莹光,到了跟前,被苇帘子挡住去路了,长毛腿横着走,在苇帘子上举起来落下去,苇帘子哗啦啦响,姥爷眼疾手快,避开蟹钳,抓了螃蟹盖,一下子扔进桶里。螃蟹们好像约好了一样,一波一波地来,采多了,姥爷来不及捉,有的就逃走了。捉完一波,要等好大一会儿,螃蟹受了惊吓,听到响声就不敢过来。姥爷布一次苇帘子很费力,不舍得离开,耐心坐着,慢慢等螃蟹来。

前半夜,我看得好奇。夜深了,我就打瞌睡。姥爷跟我小声说,别睡啊,看看天上的月亮:初一初二月牙儿生,初三初四明铮铮,十五十六,好月明……你看看,今天月亮出来得晚,它露出脸来了吧?我答应着,但眼皮不住地打架。姥爷对我说,你闻到豆子香了吗?河西那片豆子熟了,生产队该收豆子了。我正瞌睡呢,听见了也不应声。静悄悄的夜,清冽的空气潮湿起来,小桥边草虫声四起,流水依旧不紧不慢唱着,灯影下芦苇的根密密麻麻扎在水里,芦苇毛茸茸的缨子随着细风摇摇晃晃,晃着晃着,我眼皮缠绵,依偎在姥爷怀里睡着了。忽然,一阵唰啦啦的声音和急匆匆的脚步声,我被惊醒了,睁开眼睛看,月光下,看到一个人挑着一担豆棵,急匆匆走过了小桥。我对姥爷说,好像黛玉的爹过去了。姥爷捂住了我的嘴,小声对我说,别说话,咱们该回家了。

第二天,生产队长说,有人偷了河西的豆子,让大家检举。我听了姥爷的嘱咐,一声没吭。姥爷告诉我,黛玉爹也是实在没办法才偷豆子的。我知道的,黛玉娘常年有病吃草药不能干活,跟我同岁的黛玉患婴儿瘫,走路要拄一个小板凳,我们四处疯跑,她只能眼巴巴地看。她家跟姥爷家住在同一个胡同里。一夜之间,我仿佛长大了许多。

姥姥炒的糖豆好吃极了,糖豆是黄豆沾了红糖和面糊炒熟的,吃起来又香又甜。我七岁的时候到奶奶家上学,姥爷说,《三字经》要先背过,以后会有用。他一句句教我背,我仰着脖子,扯着嗓子,很快背过了,他很高兴,说,这孩子脑瓜灵,记性好。他用细柳条编了精致的小篮子,让姥姥炒糖豆,盛满了奖励我。那糖豆的香味似乎还在嘴里,我却变老了。站在姥姥家门口,我回不到以前的姥姥家了,我成了流浪在外的陌生人。想到这些,我鼻子一酸,眼泪不由自主地流下来了。

　　站在姥姥家老宅前,姥姥家大门的黑漆已斑驳,门楣上的苔藓如古钱,墙头上杂草开始枯黄了。泥墙上的古老往事,如同层层自我剥离的泥土,正在一点点地退后,一点点随风霜雨雪分散消失,正房砖石上的古老气息,也在斑驳流离。退后和流离的东西也像我们命运中的精神指向,慢慢沉寂下来,超越一种庸常,上升成我们生命里的真善美。老宅不张扬,自然熨帖地长在土地里,它与周围环境浑然一体,老宅是有根的。

　　时光如雾霾遮蔽了久远的人和空间,陌生感、失落感,扑面而来。姥爷姥姥都去了另一个世界,我所有的记忆都在空蒙和空旷之中了。我想,中国几千年的小农经济能延续下来,都是因为有一大群像姥爷这样生活在农村、勤劳而自知的人支撑着,他们日出而作日落而息,耕读传家,吹拉弹唱样样拿得起,吵架斗殴也不会退缩。不管兵匪来袭,还是改朝换代,他们都坚守本分,自给自足,为了生存装孬也逞能,骗人也被骗,哭哭笑笑地生活,一代一代死去,又一代一代活着。

　　我在姥姥家门前流浪,太阳又晒熟了豆子。我对自己说,物是人非了,不管世事怎样变化,我只做"我"吧。我遭遇的岁月既枯寂也丰盈,眼下是个什么样的光景呢?过上几年再回望吧,时年2014年秋月……

(发表于《散文百家》)

老家来人了

每当看到我提着大包小包的东西急匆匆往楼下走,邻居就问,老家来人了?我一笑,擦身而过,边走边应一声:嗯,老家来人了。

隔上几个月,菊姐姐就和老徐开着自家的旧面包车从老家来,给我带点老家地里种的小杂粮,或是自己养殖的鸡、虾,我一股脑全收下,回赠他们茶酒和点心。我们之间不多客套,给了就收下,彼此都满心欢喜。菊姐姐说,你每次都给这么多的东西,我们以后要经常来,赚便宜呢!我就笑着说,欢迎来赚便宜啊。我们说着打趣的话,彼此都快乐,人与人之间一种知根知底的真情实意,在你来我往中,越来越亲近。菊姐姐是和我一起长大的小伙伴,菊姐姐、她丈夫老徐、我,我们仨是小学的同班同学。

菊姐姐初中毕业后在家种地,老徐承包了海边盐池晒盐,也养虾。他们家底殷实,小日子过得富裕舒坦,我很羡慕。我在小县城里上班,上班忙得紧,时间一到,我就心急火燎地往单位跑,本职、兼职总有忙不完的活儿,难得有个自己做主的清闲时候。菊姐姐和老徐活得自由自在,吃苦受累都是自己心甘情愿,实在累极了就不干。有时候,我就想,我拼了命折腾,把自己累得七荤八素,回头一想,除了本职工作有点成就感,兼职的工作就干了一些大而空的事,拼死拼活地干着一些看起来正经,却毫不实用的纸上谈兵的活儿。老辈儿那些生存的智慧,任凭老人提着耳朵喊破天叮嘱,我一点也不往心里去,莽撞地活了大半生,年龄到了才知道,就是活了老辈儿的几句话。如果早听得进那几句话,这辈子会少走弯路,活得轻松好多。也许,有些事,人历经生活的艰辛,到了一定的年岁才能懂。

一

几天前,菊姐姐和老徐又来了。我问她和老徐,今年日子过得怎样?她说,今年天旱,地里收成不好,养虾平扯平,吃五个鸡蛋放五个屁,来五去五。她的话惹得我哈哈大笑。老徐说,晒盐不赚钱,就不再承包了。我问老徐,前几年晒盐不是很赚钱吗?他说,是啊,去年晒盐就亏本啦,今年,渤海海滩上晒一吨盐才卖四五十块钱,现今承包费和人工费都贵,以前赚下的钱填进去了一些,今年剜着老肉了,养虾、晒盐我都不干了。我就问,那你干什么?答,耍呗。干活更亏本,不如耍啊。家里有地种着,心里不慌。我还算好的,看火候不好,赶紧住工。有的人不服气,死犟,最后就亏个一毛不剩,两手空空走人。我问,有那么严重?老徐说,嗯,我说的是实话。上两年,渤海滩上养殖大菱鲆(一种对水质要求高,价格也高的鱼)的人发了大财,辽宁的一个企业老总老王,贷了款,拿了几百万投资建养殖大棚,今年彻底亏光了,留下一腔饥荒,回去了,找了个当保安的活儿,去看门了。他的养鱼大棚离我的养虾池子不远,我们常一起喝酒。老王临走,我们设了个酒场送他,一起喝了个散伙酒,他哭得鼻涕泡吹纱灯,乌眼黑啊。几百万扔在渤海滩上,打个水漂没了,拍拍光屁股回家了。现在银行就怕这些贷款的人,明明干不成,还强求,大吹大聊不着调,没个脑子,赔本了还干,直到赔光光,还不如我们这些庄户人。我开玩笑说,一切逆历史潮流而动的"二货",必将被扫进历史的垃圾堆,老徐英明哇,不对,徐总英明啊,下一步,我就跟徐总混江湖了。虽是大实话和玩笑话,品起来却余音袅袅。

菊姐姐给我带来一大袋新玉米面,我说吃不了这么多。她说,你邻居亲朋地分一下,好家业扛不住三份子劈,分着分着就不够了。我听后笑了。菊姐姐还是延续庄里的老风俗,有了好东西邻里百家地分着吃。以前,庄里谁家果树摘了果子,都是分大半个庄。我家的苹果树摘下苹果,菊姐姐家梨树摘下梨,都会分给庄里的人吃,我们也常吃到邻居家送来的山楂、石榴、葵花子等等。听起来,这个场景就像人情满满的世外桃源,其实,这种光景离我们现在并不远,也就差不多三十年的时光。老辈儿留下的分享的好品质,我到了城里渐渐淡漠了。人是适应环境的动物,也特别能接受暗示。街道上车水马龙,给人繁忙浮躁的心态,人们生活节奏快,面色焦躁,即使娱乐消遣也卡着时间,不多一分一秒,不少一分一秒。城里的高楼大厦给人封闭的感觉,短视,自我,冰冷,看不见蓬勃的禾苗,闻不到众多生命的鲜活气息。拿菊姐姐的话说就是,城里人活得憋屈,人不实诚,也不爱搭理人。想一想,还真是这样。城里人的生活状态与城市的环境相关,城里人从行动到心灵,虽然彬彬有礼,却自我封闭,有了好东西自己吃,自己用,很少关注他人,邻居也很少关心,关上门,过自己家的日子。人与人之间很少有情感相依的温暖,分享互助的快乐也少之又少了。我一脸惭愧地跟菊姐姐说,我很少分东西给邻居。菊姐姐说,唉,不光城里,庄里也是这样了,家家都富裕了,人们把钱看得重,笑贫不笑歪门邪道,还自私,以前的好风俗变了些。我听了,心被揪起来,一阵阵疼,她说得很对。一个地方经济上翻身很快,社会风气是长期积累,人心变坏变好,都需要时间,不像水龙头开关那么迅速。一个人成为腰缠万贯的富翁短时间就可以,但成为有文化有德行的文明人,需要时间和修为来滋养。抽出了历史文化和民间风俗这股血脉,不管城市和乡村都没了底气和精气神。

菊姐姐手巧,会绣花。我在外上学,每每回家,就看到母亲婶婶和不再念书的菊姐姐,搭伴在我家大房子里绣花。我看着她们细长光洁的手指拈着银针,一针一线,上下翻飞,那种跳跃的轻盈,很像在作画,绣品精致美丽,栩栩如生。七彩的凤凰,金光闪闪翻腾的长龙,富贵的牡丹,黑白相间、头顶一点红的仙鹤,都在她们手下活起来。绣花是一项让时光慢下来的活儿,万物百态在她们手下慢慢生长绽放,艺术的质感那么强。偶尔,我也眼馋,给她们打个下手,做一些技术含量小的活儿,在边角绣上一个小叶子,打上一个小葡萄。母亲常常催我,你念书去吧,我们慢慢绣,你绣不好,还给我们添麻烦。我就讪讪地罢了手,拿起书走开。这种祖辈传承的技艺,给后辈人很多精神上的提升。至今,我都羡慕留恋女人们头挨头在一起绣花的那种温馨氛围。

如今,城里人的生活方便快捷起来,城里人分工细密,各种专业人员做得又快又好,许多事花钱就能办得到。人懒手拙,日子也能过得好。我和众多的城里人一样,除了匆匆忙忙上班,下班后,就看电视、上网、玩微信,能自己动手做的织毛衣、缝被子,费时劳神的做饭菜等细密的活儿,我也不愿意做了,就会拿了钱买。慢慢地,我更加慵懒,衣服也拿到洗衣店洗熨。以后的日子里,也许还会有机器人帮着做家务,人有脑子就行,人可不就变成只用手指按键、张着嘴巴吃饭的一种怪物了?那些精致的手艺,艺术的情调,没有了人们亲自动手,该是多么了无趣味。

菊姐姐自己亲手做了面鱼,给我带来一大包。我打开一看,眼前一亮,各种花色、各种形状的面鱼,满目灵秀之美。真真好手艺,艺术品一样的面鱼,我怎舍得吃啊?看看面鱼,我一脸惭愧。生活的缝隙里,居家女人的温婉和勤勉怎么就越来越少了,安和与清宁的状态也不多见了呢?

二

菊姐姐说,老家的河里蓄满了水。我想到家乡河里一汪清凌凌的水,就满心欢喜,说,太好了,不怕干旱了,明年即使天不下雨,咱老家的庄稼也能丰收了。菊姐姐说,唉,好什么好!河里全都灌满了上游排下来的污水。今年河里干巴巴,连污水都没有。庄里的人听到丰产河放污水,就抢先把污水灌满了咱们庄周围的河。明年天旱,就用污水浇地了,有什么办法呢?我脑子里一下子呈现出好多年前丰产河里绛红色刺鼻的工业污水的画面。我愣了一会儿,问,污水浇地能行吗?能啊,今年一些地里就浇了污水,我们污水都抢不到,河里很快干巴巴。我心里暗暗叫苦,老家的那方沃土会变成什么样子?收获的粮食人还能吃吗?我不再说话,也无话可说。我转念一想,现在政府对污染治理力度很大,排污水的造纸厂已经彻底关闭多年了。既然污水敢排放,肯定处理过,中水是可以利用的。我沉吟了一会儿,就安慰菊姐姐说,上游排下来的水,可能是已经处理过的中水,中水可以浇地的。菊姐姐笑了,说,我不懂的。反正清水比污水好,污水比没水好。我强调说,不是污水,是中水。菊姐姐说,中水是个什么水?反正排下来的水,是被用过的污染水。我只好苦笑了。我没见过那水,不敢再说了。我知道,又不知道。谁能全知道呢?我解释不清。但我在心里大喊:苦哇,哭哇,我亲亲的土地,养育家乡人的沃土,几时能有清澈甘甜的水浇灌啊?

老徐一本正经地问我,听人说你干了作协主席?还能赚几个钱花?我笑了,说,我干作协是兼职,不赚钱,一分钱没有。老徐一脸失望,咳咳,不赚钱,你还干什么干?城里人干什么都要钱,住房子都要物业费,你个大野巴(方言,傻瓜)。我哈哈大笑起来,却难以向老徐解释清楚。

我解释不清的,还有眼前的雾霾。知道它就在我们周围,却不知道它的源头在哪里。是谁在制造雾霾?跟谁去说理较劲?有种被四面包围却只能喊叫,无法抗拒的悲哀。谁能摆脱这种悲哀呢?不知道。说不知道但又知道,说知道又不知道。请原谅我这么绕,事实就是如此。我们就像被雾霾埋葬一样,心中有莫名的虚空和悲凉,竟不知道对手是谁。

2002年冬始至2003年夏,肆虐全球置人死地的SARS病毒横行,现代医学和高明的医生也没有特效药来抵抗SARS病毒的致命袭击。我们知道SARS病毒存在,却不知道它来自何方,迷茫的那时那刻,不知道SARS病毒是在接触中传播,还是在空气中传播。防不胜防的人们,不敢外出,不敢聚集,人人自危,无限恐慌,不知道上帝、佛祖、真主在哪里,能不能保护人类赖以生存的生命系统,也不知道人类要经历多大的劫难。那时,谁也解释不清。

老辈儿人常嘱咐我:不要多说话,你明白的事越多,越要闭嘴。不然,句句都在撒谎。一些事不能说出来,说出来就碎了。我越琢磨越觉得老辈儿的话,深刻又睿智。许多事我们说不清楚。

在众多迷茫中,人们渴望有居高临下的清晰视界,渴望把那些知道又不知道的混沌状态消解。可是,没有消解。

老家的人和事,在我的脑子里慢慢地陌生起来。随着时间的推移,我认识的老人都陆续离世,庄里的年轻人我很少有机会认识了。离家几十年,我近期又回家看了看,整个村子彻底变了样,富裕而新潮。老房老街老树没有了,老路小桥没有了。我的老家,还有多少能引起我回忆的东西呢?那些有幸被时光挑选后留下来代替消失了的大多数,呈现在我面前,可供使用的,只有土地了。土地不管属于谁,怎样分割,它依旧在那里,搬不走。我们有没有善待养育过自己身心的一方热土,给这块祖辈生息的土地浇上清澈的水,撒下饱满的种子,给予它真诚的汗水和永远的爱恋呢?会有吗?我觉得应该有。

我站在老家的河边,看着冬日里枯萎的芦苇在风中摇曳,思绪流淌成秋夜里幽幽的河水,眼前呈现出左一群人,右又一群人。葱绿的田野里,一群挥汗如雨的青年男女在田里锄草,欢笑的歌声响起,锄除的青草被毫无节制的午阳晒蔫了,一阵阵干香升腾起来。场院的月光下,一群男女老少剥玉米,吵嚷着忙碌着,一个老爷爷声如洪钟,在讲"鲁提辖拳打镇关西……"。我很想与他们打招呼问好,但我做不到了。回不去的时光,回不去的年华。有的人离开人世,有的人已经苍老,有的人蹿高长大,我离开那个时空的层面,只能遥想一下,如同旷日持久的单相思。我看得见那段时光的场景,它们看不到我,也不理我,我已然走远了,钻不进密不透风的乡村精神内核里,任凭我跺脚喊叫、弯腰大笑、唏嘘泪流。

老家来人了,对我来说,是个值得高兴的事情。有个值得念想的老家和老家人,吃着老家土地上收获的喷香的粮食,日子是美的。我上学离开老家,并不清楚每一个离去都是出发,每一个出发也是离去。现在看来,野心和静心,都是弹指一挥间的事,世事苍茫与人生的沧海桑田是双胞胎。

谁能料想"老家来人了"一声声惬意的问答,会在以后消失呢?为什么这样说呢?我家的亲戚都已经在城里居住多年了。庄里的大多数人家,在城里买了商品房,许多孩子在城里上学了。我也帮菊姐姐在城里一个小区里买了一套价格适中的楼房。过上几年,菊姐姐一家也会来城里住。菊姐姐说,老家庄里已经没有小学,孩子们都到外庄的中心小学上学。乡村的一切再美,没有人居住,等于抽掉了乡村的筋骨。想一想,空空的房屋,空空的街道,空旷的土地,少有人的声息,就甚为失落。旧农事、老物件、老艺人、娶媳妇喜庆的鞭炮炸响、送殡的白衣长队咿咿呀呀的哭声、河中一群孩子游泳嬉戏的场景,都会渐渐消失,我就一声长叹。想到庄里立春日家家户户"打囤"、七夕节姑娘们"乞巧"、春节锣鼓高跷满街跑的乡风民俗,会云散在历史的长河里,我真有蚕茧一样撕扯不完的乡愁。

　　快过年了,年味依然不浓,以前备年货、买新衣、收拾家居、自己动手写春联、亲朋好友热热闹闹团聚的兴奋劲,被沉默代替了。年节的日子在生活里掀不起多大风浪,说不上人们的生活越来越理智淡泊,还是越来越缺乏热情和温馨的人情味。从城市到乡村,一群人呵呵欢笑互致问候的场面,越来越多地被低头玩微信,独自一人对着手机的傻乐代替。众声喧哗的热闹春节,被网络、微信的转发、点赞一通乱吵,搅得可有可无。乡村的沉寂,城市的快车,资本的狂飙,在人们的生活中交叉,越来越成为不同层面上的现实。存在中的某些事物,归入说不清道不明的混沌之中,很难说美或不美。

　　城里的人向往乡下的安宁和随意,乡村的人艳羡城里的繁华和生活的便捷。其实城市和乡村都有自己的门槛,善于与外来者划清界限。一些偏见的隐秘的通道,是外来者短时间无法适应的。每个欲望的转角处,都有苦涩和伤口,往往这些,能够吹熄热望的灯盏。乡村精神流浪的苦闷,城市万花筒的眩晕,林林总总,承载着生命中的许多不堪和不愿,看起来满镜子的"花红柳绿宴浮桥",一伸手就碎了一地,刺伤你的皮肉,血流不止甚至露出骨头。

也许不久的将来,城里人的老家是乡下,乡下人的老家是城里,所有人的老家是地球。

(发表于《红豆》,被《散文选刊》转载,被选入《红豆散文双年选》,被选入《中国好散文》)

伸　　展

  我的后背沿着两只挺直的手臂，向着大张的十个手指尖，努力向前伸展，一股向前的力量如汩汩流淌的水，缓缓地前行。身体深处有遥远的讯息微微松动，穿过肉体内部曲折的幽径，虫鸣的低处，交错的檐角，沿着脊柱向指尖慢慢靠近，两只手像大地上蔓生的植物伸着长须，拼了命地去找寻前面那棵可以安身立命的大树或山石。一时间，安静的外表与活跃的内里和谐相处，思想沉浸在安谧的音乐中，感觉头顶似有一朵明亮的花灿然绽放，花瓣微微颤动，香气散发出来，在神秘的空间中不停地开放伸展。如果手臂手指再坚持一下，也许就能像透明的桃花水母般柔软灵动，清雅而有节律的伸缩弹动。我整个人的心身，渐渐进入安谧的氛围中，饱含爱意的图景在不断生长。

  好久了，我和城市里的许多人一样，每天伏案工作，除了手和大脑不停地忙碌，身体的其它部位都静静地待在一处，自在安闲着。生活和思维落入程式化的陷阱，身体中的皮肉和筋骨慵懒着，一天天，无用武之地，沉郁而暗哑。当感觉浑身酸疼不堪时，我就找去医生诊疗按摩，按摩之后缓解一段时间，过后又故态复萌。朋友建议说，你去锻炼一下吧，于是就有了文章开头的这个场景。

  每天上班，做着同一种工作，固定的上班路径，固定的作息时间,固定的交往人群,我越来越团在一个圈子里。舒适,安宁,一切顺理成章,人活得越来越封闭萎缩,麻木而重复。特别是滴水成冰的冬天,或是热流滚滚的夏天,我会快速地钻进有空调的房间,在办公桌前,工作、上网、吃饭也不动,打开微信叫外卖。有时候,腿脚一天竟走不了几百步路。上班到单位,下班回家,都是开车进车库,然后坐电梯。每天晚上回到家后,看电视玩电脑读书,然后洗刷上床睡觉。白天,所有的忙碌在大脑中跃迁往复,偶尔,从办公桌前站起身,伸个懒腰,端起茶杯到窗子前,看看风雨云岚,就觉得自己木化成《诗经》里的一株夭夭华桃。生存不易,工作生活的压力让人焦虑不堪,一个主动装在套子里的人,想打开飞翔的翅膀,不是没有想过,也仅仅是想过而已。在阳光下沐浴,在星光下漫行,都成为记忆和向往中的波函数。

人世间劳累的人们是相同的。人在社会中浸泡,不得不弯下身子去。木心说,他初到纽约,一贫如洗,只能外出打工,给人修理古董,一个小时打工收入三块五毛钱。他说:"我觉得当时困难比文革还要厉害,因为文革时,牢里还有饭吃,这个,在美国是没有的。坐在地铁里面,总是腰要弯下来,就觉得很痛苦。"生活中艰难和困苦往往让眉心打结,嘴巴紧闭。因了对外界的恐惧和陌生,人们不得已就团缩脆弱的身体,来保护自己。他曾经说过一句话:"不早熟,不是天才,但天才一定要晚成才好。"木心这块金子,经过几十年的磨砺后,终于发光了。木心的后半生和死后,舒展开来,他的画作被大英博物馆收藏,多篇散文和小说被翻译成英语,与福克纳,海明威等作家的作品编在同一教材中,成为美国大学文学史课程范本读物。虽然木心离开了人世,但我们可以从他的十六本小说散文诗集中找到他,从陈丹青的文学回忆录中感受到他,在2015年冬开馆的乌镇美术馆中看到他。他的作品,杂,静观,干净,熨帖。我们能够看到他经受无数磨难后,饱读诗书,其思想和艺术的自由伸展。

网络上传播着一幅办公室打工族的一组画像,从类人猿,到直立人,到智人,到近代人,到现代人的演变过程。先是身体蜷曲,因为劳动慢慢伸展直立,后来坐立直腰工作,再后来身体越来越蜷曲,最后身体蜷曲勾着头,变成电脑前类人猿的模样。我看到这幅戏谑的"人类进化图",便觉得这幅图把人类的生存发展,表达得惟妙惟肖。现代人坐在电脑前,夜以继日的忙碌,好像再次回到了蜷曲的类人猿模样。

我们的身体,为何因慵懒而放弃伸展呢?我终于下决心放弃开车,改变团缩在电脑前的生活。一日傍晚下班后,步行回家。途中,放开腿脚,摆动双手和肩背,可是感觉太慢了。走累了,就站定休息一会儿。眼见暮色苍茫,城内华灯初上。大路上车流不息,右手边的绿化带,悠然钻出了一只野猫,它站了一下,就快速闯过大路,越过隔离护栏,一股劲地往路对面奔跑。不巧,一辆速度很快,大灯闪亮的轿车将其大力撞远。野猫踉跄几步后,尾巴陡然直立起来,翘起的尾巴像一根细长的棍子,砰然而奋力地指向天空,野猫的身体绕着竖直的尾巴,在路中间急速地团团转,团团转,转了一段时间后,歪歪斜斜地转向路边,野猫的尾巴和身体颓然倒地,然后一动不动窝在路旁。我心里很着急,可有护栏阻挡,没有人行道,我过不了马路。无数车辆依旧快速闪过,嗖,一辆,嗖,嗖,一辆接一辆,在对面的路边,野猫身体不停地颤抖着,我的心随着野猫抽搐而震动。

傍晚的人流车流如海,谁都没有理会刚刚发生的这一切,只有我无奈而心疼地站在大路的另一边,关切怜悯的眼神,直直盯着那只野猫,希望它缓上一会儿,能慢慢地站起身,钻进路旁的树丛中去。可是,没有,野猫颤动了一会儿,一动不动了,死寂的身体瘫散开来,死死压向大地。传说猫有九条命,可这个野猫无声地死了,它死于一生中最后一次冒险。

我惊诧于刚刚发生的一幕,心里无限悲伤。撞死它的司机已经走远,也许他压根就没有注意到一个鲜活的生命死于车下。野猫竖直的尾巴,痛苦团缩的身体,它像冰上不停转动的陀螺,在我脑海里旋转不已。野猫在生命尽头缩成一团,这种痛楚万分的团团转,狠狠地刺痛了我,挺长时间,我都忘不掉这刺伤我眼睛和心灵的一幕。我在想,不管身体还是心灵,生命居困厄无助之时,往往是蜷缩弯曲的,不能自在伸展。想想自己越来越团缩在一处的工作生活状态,可不就像这个野猫一样,失去了对环境的掌控力,即使偶尔冒险,却也再无敏锐的洞察力和行动力了,这状态太可怕了。我应该日日伸展腰背和四肢,像小树迎着朝阳和夕辉开枝散叶呢,可我为了薪酬和些许浮名,活成了自我囚禁的奴隶。

"请您让坐骨扎根,脊柱向上延展,十个手指大大的张开,沿着双耳两侧高高举过头顶,双手合十,随着呼吸,两手慢慢放下,轻抵眉心,再触心轮。大家跟我一起做 OM 唱颂,深长的吸气,呼气,——噢——嗡"随着瑜伽老师轻柔的语音引导,我开始做瑜伽练习。

我的身体久不锻炼,僵硬而笨拙。看到瑜伽老师和同伴都能自如地做各种动作,我很羡慕。少年时,我身体的柔韧度好,一字腿(大劈腿),后折腰遍地走(翻肚四脚蛇),倒立脚贴墙(蝎子倒爬墙),这些高难度的动作,都是小菜一碟,可是几十年的时光流逝,这些童子功归零了。即使简单的下犬式,我两只手跟小兽的爪子一样,手掌铺不平,用不上劲,坚持不了几分钟就四脚坍塌,肚皮脸皮全赖到地板的垫子上了。我不敢当老赖,赶紧抬动笨拙的身体,向上爬起,撇眼看看周围的人一脸认真,又看靠近我右边的人,趴在地上后背不住地抖动,哈,她在偷偷地笑我。想到自己丑死了的野路子动作,我也忍不住地笑。为了不影响别人,我尽力压抑住不笑出声,趴在地上的肩膀也抖动起来。

我在心里对自己大声说:喂喂喂,你不要塌腰,歪腿,耷拉胳膊,伸展,伸展哦,你没电啦,还是 wifi 信号被屏蔽?那么灵活的大脑,肢体咋就笨成硬木头呢?对,你要让身体伸展,像藤蔓一样柔软妩媚,到达肢体能够到达的空间。工作忙碌,生活不易,真正能放松伸展的机会和时间很少,珍惜哦。

在我俯身做大拜式,撅着屁股沉不下去的时候,教练温柔地鼓励着。"请不要跟任何人比较,到达您可控的舒适范围。对,尾骨慢慢下沉,伸展整个后背,对,您做得很好。"可不是吗?不跟别人比较,一比较,就会出现某种优越感或自卑感。对,我只跟自己比较,一点点的进步,一步步向前。人不跟别人比较的时候,就自觉近乎神人般完美了。

轻柔的音乐一直飘荡在大厅内,光线和氛围笼罩着一种细腻的美感，一股股柔和内在的力量，涂了各种色彩贯穿到身体的各个部位，缓慢而深长地呼吸，伸展放松肢体的每个部位。一段时间练习后，腰背终于修长挺拔，没有酸痛感，婷婷有范了。连续多日的练习后，身体有了明显的变化，如一阵清纯的风摇晃出千万朵希望之花，四处飘荡着宁静和放松。身体储存的忙碌和拥塞，在血肉筋骨的谐和伸展中，渐渐回归春的生机。十个手指，十个脚趾，如同长须向空间伸展、攀援。一些被时光损伤的灵活敏感，被灰尘埋没的光彩，从时空中一点点找寻回来，一些嗜好和暗疾，在一呼一吸之间，被清扫一空。出离的，隐藏的，僵硬的东西，从哪里来的，又还回哪里去。我任性地伸个长腿，胳膊抡个圆，弯个大腰，不是没有能力哦，谁还偷笑？哦哟，几个月的时间，我就造就了一个大的惊叹号，在习练瑜伽的人中自在伸展，举手投足惊飞那些曾经偷笑的呱呱鸟。这下，我可把自己给骄傲坏了，上班走路也比以前有兴致多了。

　　身体伸展了，给思想驰骋提供了一个云淡风轻的好机会。饱满的思想原地刮起旋风，紧咬着自己的尾巴，到达一定高度就像孔雀开屏一样伸展开来。这种伸展，开辟一个巨大的平台，如海天相连处溅开云霞朵朵，精微而广大的空间里，数学之美伸展而飘逸。叛乱的，熙攘的，漂泊的，在一定的规则里听从指令，我们不知道上天的指令在哪里，但地球能够存在，人能够成为地球的主宰，不能不说是一个奇迹。许多的不解和迷惑，让我们感觉似是有一只无形的手，在轻轻挪动某个重要的棋子，重新排列布局地球上的人和物。世界万物各有规则和奥秘，让你找不到头，看不到尾，摸不清，感觉一只无形的手无处不在。老天的作为是自由伸展的,而人类的活动是有局限的,不管身体,还是空间。

国界是人们团缩在一个地域和空间里的标志,不同的大陆上,一个国家连着一个国家,人不可以四处游荡,迈进一个地域要有护照。暂时在地球各处走一圈还行,想长期居住就要获得国籍。有的地域,人不能随意出入,你还是缩在原地好,因为伪装了的"炸弹"早已等候多时了,任何不顾危险的好奇和莽撞,都会付出血的代价。所有的国家在大地或海洋中设定里了自己的界限,虽然这界限人的眼睛看不到,但这无形的圈子,是一种坚硬地保护,也是一种严词拒绝。如果不经允许随意越界,则麻烦大了。思想的伸展也是有限度的,许多空间和壁垒是人未知的,人不能进入某些空间,身体,思想都无法进入。相对于思想,人体局限性更强大。

"放松,放松你终日忙碌的大脑和身体,伸展你紧锁的眉心……"瑜伽教练轻柔的声音,带我进入一种安宁的状态,竟有些睡意覆盖过来。独立的个体,自成一片天地,对周围事物的感知清晰起来,渐渐身与神,合二为一,身体虚无,像躺在一片云彩里一样,飘飘忽忽。人在母体中蜷曲,降生到人间得以伸展,最后四肢伸展着撒手人世,什么也带不走。在苦难时人蜷曲着身体,快乐时才展开拧紧的眉头。皮肉筋骨在大脑的指挥中,冲锋陷阵或偃旗息鼓的日子,过了一天又一天。活着的身体里,存有几番安定与慈悲,也有几番激动与苦楚。人说,筋长一寸,寿长十年。虽民间俗语,说的不一定准确,但有一定道理。在瑜伽练习中,身体努力伸展,忍耐酸楚甚至疼痛,放松后,宁静的心境,汇聚的能量,便回到身体中。超然冥想,浑然忘我里,身体环境洁净起来。自省,知足,热情,坚定。思想的伸展,也回到平凡的生活之中,一时感慨万千。像我这类办公室的劳动者,身体和思想,是否有从伸展到蜷曲,从蜷曲到伸展交替往复的过程呢?想一想,还真有。

人类有长达250万年的时间,在地球上自由游荡,靠采集和狩猎为生,为饥饿的肚肠而战。改变人们生活方式的是一场农业革命,人类种植小麦豌豆,驯养羊牛等等,人们为了易得的食物定居下来,自己乖乖走进了农业革命的陷阱,蜷缩在一片庄稼地里,不愿意出来。时间久了,人们蜷缩在适宜作物生长,适合动物驯养的地方,日出而作,日落而息,一代代的繁衍生息,随遇而安地活在地球一隅。人蜷缩在自己的圈子里,不去其它地方,也不容他人进入自己的领地,假如有人向伸展爪牙,那就会发动一场争夺土地的战争。现在,科技飞速发展,人的食物极大丰富,人们过上了前人不敢想象的奢侈生活,越来越多的体力劳动,被机器所代替,好像人只需要有头脑,就可以活得风生水起。生命生活舒展开来,人们坐火车坐轮船乘飞机,到世界各地旅游观光。人们好像又回到了可以呼啸山林,自在游荡的生活。人们把身体的伸展和思想的伸展,扩大到地球的每一个角落,甚至飞出地球走向太空,伸展到无限遥远的时空。更借助科技,伸展到人无法到达的维度。现时的人们,越来越神通广大,无所不能。

现代人的生命过程和生活空间被大大的延展了,人们过去所认知的许多东西被快速淹没。一些行业和职业,毫无征兆地被凌空粉碎,不见踪迹。譬如手机微信支付,改变了人们随身带现金的习惯,在一定程度上消灭了历史悠久的偷窃行当,以偷盗为生的人不得不改变思维,另寻活路。真实的,虚构的,主观的,客观的,发生了很多变异或转换,人们生活的广度和深度变化很大,关闭了一些窗口,打开了无数大门。以前由活生生的人构筑的历史,很短的时间里,也许有非人类参入进来,智能机器人的自我成长和思考,让人类感到后怕,人类或许毁在人工智能手中。无论我们愿意不愿意,诸多危险已经靠近人类,强烈而直接的呈现,所辐射出的力量不可阻挡,这种不可控的伸展要了人类的命,人类像一头巨兽,已经感觉到未来危险的大势,汹涌而来,想逃却不知方向,也不知所终。人类的伸展太过放肆,是毁灭还是其它不得而知。人们开始焦虑,杞人忧天,惶惶不可终日。人类如果发展到不可控的境地,一切变化的太快,就像那只没来得及做出反应的过路野猫,时代潮流携裹着不可预测的残酷,被消灭,突如其来。而且,随着科技的巨大发展,隆隆的浪潮撞击常识和规则,各种超越如果不加以限制,会将人类带向死亡的深渊。也许,社会发展的一定程度,人类的对手不再是人,而是人类创造出的人工智能——"超级人类"。

说远了,还是回到人体本身。前吠陀时期起源的瑜伽,基于一种奥妙无穷的精神戒律,目的是让人的思想和身体和谐共生。瑜伽一词起源于梵语,意为"结合"与"同一"。在瑜伽修炼者看来,瑜伽修炼从身体开始,然后是呼吸,思想,最后是内在自我。人们可以通过感受天人合一的状态,自我认识,克服通往"解脱"或是"自由"过程中的困难,达到人类精神和肉体的提升。瑜伽作为印度河流域的文明瑰宝,在印度得到了极致的发展,它不是一种宗教,整个过程从身体开始,然后是呼吸、思想、最后是内在自我。它让人们生命中的烟魅,诡谲,在身体的一呼一吸,一伸一展中,达到人最高水平的感知和体悟。它的最高境界不是"人体"的炫技,而是精神的高蹈。

人类自身是一个矛盾体,有了无数自由,却选择自我囚禁;冲破囚禁,却又放荡不羁。我们对生命和生活的释义,往往浮然盈表,不可及里。我们的身体和思想,都应适度伸展,打破自设的藩篱,又明白生命的界限。

在纷纭世界中,我们修习自身,升华精神,也觉悟着比自身更强大外界的力量。神奇的事物在生命缝隙里,渗透进来,点醒你我,譬如瑜伽,野猫,木心,智能机器人,无影无踪的思想,人类的未来等等。人世间偶然的一瞬,让在时光中恍惚的我们,突然一愣,继而有所思,有所悟。人类的身体有疆界,是有血肉的人,不是机器。人类飞翔的思想,伸展的爪牙,不可太长太烈,需明白自己最终要到那里去。

(发表于《安徽文学》)

九 月 之 光

　　连绵而至的六七八三个月,在我的感觉里混而为一,它们都被花红叶绿簇拥着,我有点分不清了。到了九月才稍有醒悟,旧生活与新秩序各站一边,我终于分辨得差不多了。时间和空间的延宕,让我渐渐看清外界和他人,也看清自己。眼前的气候和景色有些变化了,人们开始忙着收获,野地里的庄稼和树木,在炎热里摇头晃脑簌簌弄声,仿佛要抖落身上的某种多余的东西。人和植物们的感知是灵敏的,九月之光从天上地下不同的方向汇聚围拢而来。

　　时序站上了悠远沉静的高地,大自然散发出壮丽肃然的九月之光。酝酿许多时日的秋雨,穿过山山水水,坐了云朵,乘兴赴会。雨水带给植物们以根脉的滋养,叶片焕然一新,也激发其自身成熟的芬芳。雨点敲击着,一连串动感的节拍,唰唰,哗哗,沙沙,轮换着喧腾、唱和。此时秋意飒飒,斜斜的雨帘迎风飞扬,清梦一样,欣悦而自由。因春意而生发,因夏暖而蓬勃的植物们,此时要做的首要事,就是一直向前走、结籽、结果、成熟。春夏的花朵再美,也无法与秋天的果子相比,饱满果子的内涵与光亮是花朵始终绕不过去的。

生命的果子

　　一场秋雨过后,中午的太阳依旧是热火连连的。九月之光照耀大地,河水一如往年般清澈了,水面上映照出蓝天白云,满河都映照出茸茸絮絮的白云,碧水映衬之下,云朵的清雅之美比花朵更甚。空气中有一种成熟的香甜气息,许是各种果子的味道?也许是,也许都不是。那可能就是世之物华混合而成的秋的味道。粉里透红、绿中透黄、紫中透亮的果子,是苹果,是李子,是香水梨,是海棠果?成熟的果子有一种令人垂涎欲滴的诱惑,谁不喜欢这些甘美多汁的果子呢?单单气味和色彩的表象诱惑就让人心神不定,总绕不过那种埋藏在骨子里的追随与采撷的热望。果子们都是开过花的,经过了喧闹和绚烂,它们用成熟来表达更高的生命层次。任何花朵所表达的意蕴,都没有成熟之美。果子是植物能量的聚集,也是它们延续繁衍后代的途径,更是保护种子传播种子的特殊手段。要想尝到果子的滋味,就要做好充分的准备。没有做好准备之前,就一定要止步。因为果子也有苦果和毒果,给人的伤害有时是致命的。

　　细想季节里穿行的花朵和果子之事,便觉得收获多多。植物如此,人也如此。看到某个评奖,招致人们议论纷纷,吵吵嚷嚷。细想,在最后的荣耀面前,当事者谁也没有必要说不公平。如果你没有足够强大到让人们绕不过去,那你就没有必要发声,只要能绕过你,你说了也白说。应该一直向前,拥有强大的实力和才华,站在高处,让你的成果丰硕到人们绕不过去。当然,你不屑与之为伍,不愿与之相比,那是另外一回事。

　　人们常常只站在地球的一隅感受外界,不能站在宇宙之内或宇宙之外观察地球,用高阔的眼光看人生,看人们的日常生活。我们宅在地球的某处,只看到眼前的人和事物,只看地球上的人间烟火,感受不到眼睛看不见的东西。有限的生命之中,人们往往来不及对人类的精神世界和共同的精神问题有高端的探索,来不及为人类做出贡献,就被时间淹没,离开人世。智慧的人们对社会对生活对生命的研究成果是多样的,丰满甘甜有益有爱的研究成果,缀满人类前进的路途之上,但也有的研究成果未必甘甜多汁,或许会结一些苦果和毒果。这些果子不会给我们的生活以裨益和营养,相反会残害我们的肢体,危及我们的生命,弱化我们的精神向度。还会影响后一代的文化认知及价值取向。

　　九月之光照耀,时序赐予我们一种廓清纷纭的力量,让人和物回归理性思考。传承前人的精神成果相对容易,有所创造就艰难得多。我们要分辨清楚,有所创造。每一个生命都有一个秘密力量给予其内里的支撑,通过一个不请自到的象征和途径来诠释自己。精神的庇护和激励,是一种无形而不朽的东西,赋予人和动物以生存的巨大能量。人活着,为生活而生,为生活而活。生活本身,生活的现象,生活的天赋,与生俱来。如果人的生活不正常了,不知天高地厚,不懂人情世故,就要设法调节,总在激情或颓废之中,那肯定离结束不远了。平静和温和是生活的底子,没有底子的生活不长久。

　　生活中的喧闹有许多,世俗的、历史的、乡土的、传统的、生存的,但人类精神的、哲学的东西却少。即使有,人们也往往不在意不思考,以至于生活得琐碎且混沌。在黄河入海口,苍茫辽远的海滩上,黄河泥浆奔涌,义无反顾地向大海奔去。黄河下游的浪,真的不能说是水波,就是翻滚的泥浪。我们日常的生活像极了黄河之水,开始清流潺潺,流着流着就变成混汤了,泥沙俱下,上下折腾,遇到浩瀚的大海立现原形,泥沙杂物沉积,不少兴风作浪的东西毫无尊严地死在海滩上,初始的清水从中分离出来,终归入大海。也许这浩瀚的大海就是立见生活状态的有效试剂。当我们明白了这些,我们的生活就要拒绝污浊,减少不必要的折腾,走向安宁静雅,最后的归宿才能够成为顺理成章地寿终正寝。某种意义上来说,人的一生没有美好精神的支撑和滋养,便不值得活。精神的依傍,就像时序之光,明亮而美好,更给人们生活的力量和勇气。

中国文化博大精深,细细体味中国文化,我越来越觉得中国文化是向内用力,让人们生活的越来越宅。特别是走进儒释道的框架之下,就更难扩开视野,光大思维,所有的痛感都被麻醉,宏大和深刻渐渐付之云烟。人与人错综相连,家族宗亲、同学圈、战友圈朋友圈,整个社会是一种人情社会、熟人社会,对内事情好办,对外一脸冷漠。不乏被所谓的亲人、铁哥们骗得一无所有的例子,被骗钱财也被骗情感。其实,我们人与人之间,应该相互亲近相互关爱,更需要理性光辉的照耀。所谓的亲兄弟明算账,许是对这种状况的表达和明示。

时间的光芒

秋的云朵飘过天空,云朵过后,天空依旧空无,秋云飘散无痕。天空有鸟儿飞过,却不见翅膀的痕迹,天空有雷声响过,却没有声音的记忆。天蓝不见底,云随风飘去。于是联想到李白的诗:"云青青兮欲雨,水澹澹兮生烟。列缺霹雳,丘峦崩摧。洞天石扉,訇然中开。青冥浩荡不见底……"李白的诗,意境宏伟,磅礴的想象,浪漫缥缈,一句"青冥浩荡不见底"就让历代人为之折服。不见底的青冥给我们留下了无限想象的空间,天空的秘密李白那一代人搞不清,我们依旧不能全部破解。再如唐伯虎在他的一幅《白日升天图》中题诗道:"只见白日升天去,不见青天落下来。有朝一日天破了,众人齐喊阿怪怪。"这首诗给我们的启迪更多,只见白日升天去,不见青天落下来。是不是在说宇宙在不断膨胀,许多天体正在离我们而去,离我们越来越远呢?有朝一日天破了,众人齐喊阿怪怪。天破了,是不是在说我们至今还没有完全研究清楚的虫洞呢?这首诗的寓意,不同的时代不同的人有不同的领悟。大俗或大雅,大智或大愚,精微和宏大尽在其中,这样想来,便觉得唐伯虎的人生之果丰满硕大,人生境界达到了某种层次,已经超过他所处时代的思维和精神的向度。如果一个时代的精英伟大,他们不仅仅属于所在的时代。他们死后会慢慢发光,照射人类后世,给后世的人以长远的影响。他们站在足够高的历史巨人头上向前走,他们的眼光是俯视的。

望着无垠的天空，见一朵白云飘过，只一瞬就遮挡了耀眼的太阳光，光线从云朵的四周流丽而出，引发我的思绪驰骋，一连串的追问喷涌而来。霍金研究的黑洞，爱因斯坦和罗森研究的虫洞是不是在云朵之中呢？有足够的暗物质维持着虫洞洞口的敞开吗？虫洞把平行宇宙和婴儿宇宙连接起来，能给我们提供时间旅行的可能性吗？是不是通过虫洞我们就可以在多维空间里穿行？人类对多维空间、相对论、量子力学、宇宙、虫洞、时间机器进行了越来越深入的研究和探索。许多未知的东西等待科学研究，等待科学家对其解码。人类的飞天梦，在时间中穿行的幻想，或许在不远的将来便可实现。不知何时人类通过虫洞能够到达时间空间不可分的多个宇宙。我们同时代的人也许体验不到了，相信在不远的将来，地球上的人们能自由驰骋在空间和时间里。

　　现实和理想是不同存在的状态。不管人的想象多么狂放，飞翔在空中还是遨游在宇宙，现今的人最后还是要回到地上，回到当下的生活中。现实的生活是人存在的根基，没有安宁平衡的生活和心理，疾病和死亡的威胁就尾随而至。我到了一个陌生的地方，门卫的三句问话，让我深有感触。你是谁？你从哪里来？你要进去干什么？朴实的几句话，就把你搞明白了。这些问题你要如实回答，回答了你才进得去。我们的人生也是这几句话：你是谁？你从哪里来？你到哪里去？这是自古至今哲学家的追问，也是我们对人生的追问和终极思考。这个问题现在有，以后也会存在下去，我们一直在迷茫，往往不能给出满意的答案。

生活本身

　　生活是活生生的个体活着,生活之果的身上有五谷有蜂蜜,还有可见或不可见的壮观,了解生活,便能感到它的呼吸心跳,用尽全力唤醒它,让精神的泉流穿过生活的身体,从两肩处长出一双羽翼,转化成一切可见的事物,美与丑的人,优与劣的物,一并爱恋并轻轻地唤一声,生活安好。

　　记得王安石的一首《秋云》:"秋云放雨静山林,万壑崩湍共一音。欲记荒寒无善画,赖传悲壮有能琴。"人类文明与生存法则在秋天里表现得残酷又美好。秋云放雨,世事皆有因果。即使对宇宙的科学研究,也不违背广义相对论和因果律。苟日新,日日新,浅灰或深红的色调是镌刻在时光上的铭文。生活不是等待塑造的材料和物体,万壑归流,或赞或叹,都是人的心态。人们在生活中刷新自己,再造更改自己,生活中有着九月岚烟里人和物发出的混合气息,枯瘦的干树枝,肥沃的湿泥土,夕阳西下,落叶纷纷的小树林,"赖传悲壮有能琴"。能琴,它来诠释九月之光的悲壮和美好。

　　康德说,有两样东西越是思考就越是敬畏,那就是头顶的星空和内心的道德律。秋云秋雨,花开果熟,眼前的九月之光展现的丰姿,我们看得见。浩大的精神,神秘星际时空,光耀你我,我们看不见。不管看得见或看不见,都融于我们生命的广阔里,生活的底色里。我们由此得到了一个完整的世界,这是一种宁静而大美的存在状态。

人们在天地之间品味生活,不能不感谢九月之光的理性照耀。生命的果子、时间的光芒、生活本身,于你于我都很重要,但愿你我都因九月之光的照耀而有所醒悟。

顾城与火道

渤海边长着翅膀的风忽闪着人间冷暖,上天入地,自由自在。风儿偶尔悬停,是因为缺少太阳的召唤,被天幕上的蔚蓝或暗黑迷惑了。此时风站在高处,远远地打量天底下的芸芸众生,只要人们不过分愚蠢和胡作非为,风就很有气度地把云和雨赐予人们,把冷或暖运过来,静静地看着人们在四季里忙碌或悠闲。如果人性中的恶,跑出来玩火,那风就推助火势,毁灭世间的一切不自量力。火道村的风也是这样的,在这个村子里居住的一些人和物,常常借着风的力量起飞或湮灭。不知有何因缘际会,火道村的风竟然赐予年幼的顾城一双隐形的翅膀,托举着他打通不同的精神维度,飞向诗歌的殿堂,可是,没能阻止他在烟波浩渺的海岛上幻灭。

丙申秋日,我和诗人夏海涛、李荣等,到火道村寻找顾城生活的过往,寻找顾城曾经的影子和足迹,寻找顾城起飞和幻灭的心路。我们一行人像干熟的黄豆荚中一碰就起爆的豆子,车门一开,一连串地弹射出神态各异的六个人,眨眼间,我们就被火道村一粒粒收入囊中。村子里的空气清新微甜,没有城市中金钱窜动和人群忙碌的味道,一种安逸自在的氛围无声无息地弥漫过来。我们站定了抬头看,村子上空湛蓝的天,邀来了阳光和白云同来,和谐新美。很久没有这样打量天空了,这里的湛蓝攫住了一行人空蒙的目光。村子有布局整齐的房屋,通透的街道,有到处晾晒的玉米棒子,大豆秸秆,村子街道两边的花草,活得甚是旺盛。村子里是否存在着不可见的事物,是否晾晒着顾城的诗和远方,我们一点都看不到。村子里的人不多,他们观察不速之客的眼神好奇而友好,并不多言,善意和平静挂在脸上,自然而然地接纳着我们。我们知道,这个村子里的人是见过世面\见过高人的。村里人曾与世之文武高人朝夕相处过。先不涉远史,与我们同时代,村子里出过一个将军李福泽,他参加过抗美援朝,当过国防科委基地司令员,1955 年被授予少将军衔。诗人顾城在这个村住过。您知道顾城吗? 知道,北京来的,后来离开了。我们问,村里人平静地答。

  火道村是山东省渤海边的一个小村子,西边有一条古老的潍河,河水汤汤,一直流入北面的渤海。火道村离潍河也就三里路,离海边不到十公里。1969 年冬天,顾工从北京下放到山东省昌邑县东冢公社的火道村,顾城随父亲顾工来到渤海边的农村,一家四口住在这个小村子里。平时他们很少和村里人打交道,偶尔出门,四个人一同走,顾城的父母很亲密地挎着胳膊走,村里的大人远远地看,惊异而不解。身穿补丁衣服的小孩子,咬着手指或衣襟看热闹,眼睛一眨不眨地盯着,甚是好奇。首都北京来的人,与村里人迥然有别,竟这样公开地表达情感。至于这一家四口为何到村里来住,大部分人并不知详情,只知道他们是北京下放的,是知书达理的"文化人"。村民对顾工一家并不歧视,还多有关照。火道村,虽是海边偏僻的小村子,但人们对文化人很尊重,尊师重教是辈辈相传的风俗。顾城的姐姐顾乡,在当时的昌邑县东冢中学就读。十三岁的顾城没有上学,他跟随父亲读书、喂猪,或在大自然中干活、奔跑、玩耍。村里的人和东冢中学的老师们常常大惑不解,乡下人的孩子全都上学,无一例外。老顾家一个挺好的男孩,正值上学的年龄,为何不上学呢?当时在东冢中学任教李兴华老师,是顾城姐姐顾乡的老师。他就很纳闷,顾工这样的大知识分子,怎么想的?

"昌邑县,东冢公社,火道村;取火的道路,在那里可以找到火,'火道'。我觉得这些名字都很有象征性。"—摘自顾城自述。那时,这个贫穷小村子的一部分历史印记,被懵懂的"破四旧"小闯将砸个稀巴烂,看得见的外在,已经随风而逝。顾城对火道村有他自己的理解,这种理解有其独特的意味,他是获得这村子文化传承秘笈的人之一。

火道村因何命名?我看到火道村口的石碑上这样刻记:世传唐王征东,在村南高坡上驻防训骑,欲渡海讨高丽国,常至村中取火,唐王赐名火道。基于这段刻记的文字,我们可以这样解读:荒蛮时代,渤海边荒凉的盐碱滩涂上,草木稀疏,只有裸露的盐碱地和大片望不见边际的碱蓬。唐军选择一高地驻扎下来。将士们在此横马立刀,剑戟盾牌,往来演习,操练战术,训练骑勇。广漠的滩涂上,马蹄声喧,喊杀震天,将士们的战术武艺日渐精进。某日,火种不继,无法生火做饭。将士们远远地见有一个小村子,炊烟袅袅,人气升腾。唐王便派遣兵士,打马北去,踏踏的马蹄声响起不久,兵士很快到达一个无名的小村子,向村民取回火种。几次解困后,唐王赐名"火道"。

顾城一家住到历史久远的火道村,住在小村东面的一处民房里,一待就是五个年头。"火道"在少年顾城心里有一种独特的存在高度,他曾多次提及。顾城在《睡眠是条大河》这本书中写到:"这个村子叫火道村,火花的火,道路的道,非常有象征性的一个名字。说是在那里可以取到火,取火的道路,就是说这个地方非常荒凉,只有走到这个村子才能找到火。从这个村子走出去的时候,你可以看到最原始的天和地,正像中国古人说的:天如盖,地如盘,大地和天空都是圆的,你看不见任何其它人造的东西,也看不见文字,看不见书,你就永远站在这个天地中间,独自接受太阳的照耀。"顾城说出了他心中的光芒,太阳给了少年顾城巨大的能量,他借"火道",以火为媒介,打通了与古时村子的历史链接,从此神圣的生命之火,在他内心里熊熊燃烧。

老祖宗

顾城把在火道村喂过的一头猪叫"老祖宗"。很多人都会不解,猪为何称为"老祖宗",它是什么样子?这个"老祖宗"出现在顾工顾城父子俩在猪圈前的一张合影上。照片上,顾城戴着放下"耳朵"的雷锋帽,亮亮光线打在他平静略显稚气的脸上,眼睛有点眯,一种自然而然的神情。父亲顾工戴着单帽,面目清爽,一副眼镜有些反光的亮点,平静的脸不见苦楚和幽怨,左胸上方戴着一枚圆型的毛主席像章,他左手随意地搭在顾城的左肩上,父子俩融洽和谐。背景是猪圈,土坯垒砌的猪圈一角,一只肥猪,尖着长嘴巴,两只大耳朵前罩,猪的眼睛藏在后面,看样子这猪有一百多斤重,顾城叫它"老祖宗"。称一头猪是"老祖宗",确是有趣有故事了。可以猜想一下,顾城对这头猪很在意,尽心地照顾它,这头猪对他们爷俩也有感情,哼哼嗯哈的,在顾城父子身后叫,可照相时,猪憨傻,没露出眼睛,露出最不好看的尖嘴巴。说得没错,照相的人喊过一二三的口令了,这猪只识人,不识数,没好好露个脸。顾工顾城在猪圈里的这张照片,很有现场感,把人的感觉和思绪,腾空挪移到 20 世纪 70 年代。

照片上没看到顾城喂的"老祖宗"的眼睛,我却想到小时候家里喂的黑白花小猪的眼睛,它长长的眼睫毛,大眼睛双眼皮。有人说,小花猪赛貂蝉,小时候的我,大大地同意这种说法。如果单从眼睛来看,猪真是美的,我甚至觉得,花猪的眼睛比革命样板戏《红灯记》中演员李铁梅的都好看。顾城的"老祖宗"猪,每天都与他对视,他和"老祖宗"猪之间的真实交流,甚至比人更多一点。王小波的《一只特立独行的猪》,那猪百般武艺,富有传奇色彩。顾城的"老祖宗"的猪有啥传奇故事?我们都听不到顾城本人讲了,但我可以告诉你,顾城为何喊猪为"老祖宗",以及有关渤海边喂猪的诸多事。我是土著的昌邑人,家离顾城住的火道村不远呢。

海边的猪大都是吃菜吃草长大的。吃的最多是海边特有的碱蓬,当地人叫黄细菜。这种菜能在盐碱滩上生长,茎叶都是充满咸味的绿色汁水,叶子细长、圆滚滚、肉乎乎的,有点像多肉植物。春天,人们到集市上抓只小猪崽喂,喂到春节卖掉,杀了吃肉。春夏秋冬,猪先吃黄细菜,而后吃黄细种子,催膘的时候,人们才舍得喂点地瓜粮食。附近的村子里,大多数猪是圈养的。

偶尔,也有孩子会用绳子拴着猪腿放小猪,顾城放猪就是这样的。一条结实的粗麻绳,用手挽一个"煞猪扣",拴在小猪后腿上,孩子便赶着小猪启程了。出了小村子,小猪被赶上一米左右宽的乡间土路,路两边杂草野菜丛生,稍远的地方就是农田。能不能顺利地将猪赶到河边,可就是孩子的本事了。声势浩大的农田,对猪是无比巨大的诱惑,现成的吃食,能大快朵颐的美餐,就那么色香味俱全地摆在那里,哪有不吃的道理?猪的生活里就两个字吃、睡。一闪手,小猪蹽脚闯进路边的花草丛,只是翘屁股撅尾巴,肉色菊花一松一紧的瞬间,就彻底杀死了花丛的香。小猪哼哼着,抽搭着平阔的鼻子,抛起四腿,呱嗒着小蹄子,找准方向,蹭蹭地跳跃着找吃的。猪跑着跑着,就被各种食物诱惑了,不顾一切地挣绳子,小孩被猪拖得呼哧带喘。小孩子也有杀手锏,手里拿个小鞭子,实在拽不住了,就挽一挽手里的绳子,抡起鞭子找准猪头打下去,小猪"坠坠坠"地喊叫着走上正路,猪拖着孩子沿小路一阵猛窜。几次三番,只要到达了广阔的河滩上,孩子就胜利了。河岸高高,河水哗哗流淌,猪就可以放开了,猪啥都吃,猪用拱嘴掘地,吃蚯蚓虫子花草,也吃河边的蜗牛水菜水草,小鱼虾蛤蜊。只要猪不窜上岸边的高台,去祸害庄稼,小孩就随便它乱跑乱蹦,躺在泥水里打滚乘凉。孩子放心大胆地在河滩上玩,爬树捉鸟捉蝉,下河逮青蛙,摸鱼捞虾。夕阳西下,猪吃饱了,孩子也疯玩够了。小孩牵了猪,赶着猪一股劲地猛窜,一溜土烟儿地回家去。顾城的年龄虽然比我大许多,但顾城放猪的套路,跟我们小时候放猪的情形不差多少。

　　谁也不要认为小孩放猪是件容易事。事实上,猪不是随时可以放的,能放猪的时候不多。那时,农村贫穷,猪是家里的重要财产之一。丢了,伤了,损失巨大,一家人指望着把猪养大,过年时卖了,换回钱过日子。大猪不能放,小孩子拽不住。只有小猪可以放,天气不好,刮大风,下大雨,天太热,天太冷,放猪也是不行的。大部分时间,猪就是待在猪圈里坐享其成地当"老祖宗",春夏秋吃人们拔来的猪菜,冬天吃人们晒干的黄细种子、谷糠等等。顾城的猪叫"老祖宗",真是恰如其分。从春到冬,农家孩子的许多活计,都是围着猪转的。渤海边的人家养的猪,哪个不是"老祖宗"呢?

看看孩子们喂猪要干的活:到野地里割马齿笕、黄细种子、嫩青草。猪菜先用流动的河水洗净,再用大菜刀切细,才能倒进猪食槽。小孩子看着猪张大嘴颠着食物,扇着大耳朵,"卡塔卡塔"低头猛吃,心里高兴也悲哀,喂不饱的大胃猪,让小孩子不堪重负。喂猪的黄细种子,要到大河里浸泡。泡掉咸味,用清水反复淘洗,才能喂猪。天冷的时候,要给猪温食,猪食冻了,猪无法吃。饿极了的猪,嗷嗷叫,蹄子拱嘴牙齿一起上,又蹦又跳,又喊又咬,山呼海啸,小者撞坏猪圈门,大者越墙逃跑,除了不会爬树,猪的能耐大得很。猪惹出乱子,小孩需要承担责任,到野外四处找猪,甚至要包赔猪为非作歹后的损失。平时,小孩子要到野地里推土晒干,垫猪圈。猪圈要每天打扫,铲走猪屎猪尿,垫上干净的素土,有时要洒石灰粉消毒防虫。要给猪挠痒痒,捉虱子,每到小孩拿起木棍给猪挠痒痒的时候,猪立刻躺倒,一挠猪肚皮,它伸开四条腿,乐哼哼地叫。一挠它后腿边,猪自动就翘起腿,让人给它挠腿沟,猪眯着漂亮的双眼,美美地享受,幸福到要死的样子,实是不知死活地可爱又可恨。

小孩把猪这个"老祖宗",伺候得舒舒服服,熨熨帖帖。大人放话了:你养猪,猪养你。不然,你穿衣吃饭上学的钱,从哪里来?伺候猪,就是伺候生活的希望。过年时,一家人的衣食和脸面,全靠家里喂的这头猪了。顾城喊喂的猪为"老祖宗",真是看透了那个历史时段小孩子与猪的关系。

顾城与他的猪"老祖宗"朝夕相处,与农村的一切物华,贴心贴肉地在一起。这个京城孩子来到乡下,在火道村亲身体会到了农村生活的苦与乐,以及人情世故。村边流水湍急的潍河,广漠无际的渤海滩涂,都是他成长中的养分,给予他思想上的启迪和滋养。可以说,顾城诗歌上的飞升和哲学上的顿悟,是从在火道村伺候"老祖宗"开始的。

生命幻想曲

顾城放猪时,不像乡下的孩子一门心思地疯玩。他写诗的天赋开始与大自然共鸣,很多时候,顾城陶醉于大自然的美好之中。潍河和渤海滩涂的万千景物,进入顾城的心里,给予他心灵的安慰和无数灵感。

顾城在《睡眠是条大河》中写到:"我在那里找到了我的火。我在去那儿之前已经开始写一些小诗了,比如那首星星透出了天外的光亮,那是在北京写的。但是真正开始写,是在火道村外的潍河边上,那时候最明白的一首诗叫《生命幻想曲》。那首诗对我是最重要的,从那一刻起,我知道人的生命和万物生命有一个共通,而那一共通无人知晓——当一只鸟沿着河岸飞走的时候,我就变成了它的幻影。"

我们读一下顾城的《生命幻想曲》,读读属于顾城的那种灵气和美,感受诗人的妙语天成。

> 把我的幻影和梦
> 放在狭长的贝壳里。
> 柳枝编成的船篷,
> 还旋绕着夏蝉的长鸣
> 拉紧桅绳
> 风吹起晨雾的帆,
> 我开航了。
> 没有目的,
> 在蓝天中荡漾。
> 让阳光的瀑布,
> 洗黑我的皮肤。
> 太阳是我的纤夫。
> 它拉着我,
> 用强光的绳索
> 一步步,
> 走完十二小时的路途。
> 我被风推着
> 向东向西,太阳消失在暮色里。
> 黑夜来了,

我驶进银河的港湾。
几千个星星对我看着，
我抛下了
新月——黄金的锚。
天微明，
海洋挤满阴云的冰山，
碰击着，
"轰隆隆"——雷鸣电闪！
我到哪里去呵？
宇宙是这样的无边。
用金黄的麦秸，
织成摇篮，
把我的灵感和心
放在里边。
装好纽扣的车轮，
让时间拖着
去问候世界。
车轮滚过
百里香和野菊的草间。
蟋蟀欢迎我
抖动着琴弦。
我把希望溶进花香。
黑夜像山谷，
白昼像峰巅。

睡吧！合上双眼，
世界就与我无关。
时间的马，
累倒了。
黄尾的太平鸟，
在我的车中做窝。
我仍然要徒步走遍世界——
沙漠、森林的偏僻的角落。
太阳烘着地球，
像烤一块面包。
我行走着，
赤着双脚。
我把我的足迹
像图章印遍大地，
世界也就溶进了
我的生命。
我要唱
一支人类的歌曲，
千百年后
在宇宙中共鸣。

1971年盛夏自潍河归来

顾城用诗表达自己的内心，他不去上学，耳边没有"文化大革命"的政治喧嚣，父亲顾工用知识储存给他提供养料，让他生

活在相对静谧封闭的世界里,诗的世界,便是他的世界。顾城的诗思在潍河边被点醒点燃,他的视域广阔无边:

> 太阳烘着地球,
> 像烤一块面包。
> 我行走着,
> 赤着双脚。
> 我把我的足迹
> 像图章印遍大地,
> 世界也就溶进了
> 我的生命。
> 我要唱
> 一支人类的歌曲,
> 千百年后
> 在宇宙中共鸣。

年轻的顾城贯通了天地人,仿佛前人所说,开了"天眼",天地风云尽在他的感知之中。顾城的生命与诗紧紧连在一起,有了潍河边的生活,有了与天地对话的机缘,天才的顾城燃起了生命中的"创作之火"。风在吹,水在流,眼睛耳朵里的天籁之音,思想上的梦幻和庄严,连同情感成为一体,历史、现在和未来一以贯之,艺术之光照彻了顾城,诗奔涌而来,这种天地人合一的机缘,也许人们等了数千年数百年,终于有了喷薄的出口。借了一条"火道",从顾城身上喷发出来。

我们大多数人看世界像盲人摸象。我们一脸茫然地看着大千的世界,不知道人与天地宇宙交流,需要一条"火道"。科学发展到今天,我们通过卫星能够看到地球的整体,宇宙的浩渺,20世纪70年代的顾城已经把生命、地球、宇宙连接起来。我们眼中的物质只占世界的4%,我们看到的世界是有形的,我们认为它是客观的世界,但是96%的物质存在形式,是我们根本不知道的。不只是宏观和微观的世界我们要借助科技才能发现,更让我们震惊的是维持宇宙现有秩序的一些暗物质,我们还没有找到。所以,我在火道村忽然感受到了自己愚昧,自己的那些所谓的懂得和知道,多么渺小,完全可以忽略不计了。这样想着,我的身心一下子放松了,作为一个普通人,还有什么难以释怀的呢?巧与拙,多与少,大与小,真不用无尽地焦虑。人生的名与利,都可以坦然放下。

　　还要回到顾城为何不上学这件事上。我们众多人的眼里,不上学的人是特殊的。顾城是有想法的孩子,顾城不上学与自身,与父母,都有关系,如果没有顾工夫妇的同意,顾城再有想法,也会被父母劝导到学校去。顾工不仅是一个诗人,还是一个很有思想的知识分子,他不想让顾城在社会的大染缸里翻腾,就让顾城跟着他学习。顾工下放到一个军工农场,农场就在火道村东南不远处,农场的领导对顾工并不严苛,给他分配了喂猪的工作,某头猪记在顾工名下,上面有人问起,就说这猪是顾工在喂。顾工愿意喂猪就喂,他不喂,猪自然有人喂。顾工干不干活,人们都不在意,干多干少,也没有人说什么。大部分时间,顾工待在家里或是带着儿子顾城到潍河边、田野里,四处走走。顾城不上学,有大把的时间待在野地里,待在潍河边,渤海边。

顾城在《睡眠是条大河》写到,"在那些草中间,我听见蟋蟀的歌声,我想起法布尔书上说的话,它说,满天星星都看着我的时候,我觉得最美丽的不是星星,而是这个小小的蟋蟀的歌声,一个小虫子,拉着它的琴,在一个很小的土洞里,不是为了赢得观众,只是因为热爱,这个蟋蟀和我们人一样有它的生命,它的生命本身就是一首歌曲。"从这段文字里,我们看到顾城在潍河边,卧坐在草丛中,在夜色下看星星,听蟋蟀的鸣唱,目光凝视幽亮的潍河波光,梦幻的影子在河面上一闪一闪,波光和星光应和,水与火的连接,"火道"与"水道"连接起来。蟋蟀为它们遥远的交谈助兴,顾城在一旁感受它们,见证它们伟大的相会,水与火的密语,帮助顾城构筑起一个足够强大的精神王国。蟋蟀这个喓喓草虫,从《诗经》的高古里,一直唱到顾城所在的时代。蟋蟀给天才的顾城唱一曲心里的诗歌,顾城能够感受到它的热爱和生命的力量。夜风吹过来,湿润的空气托举顾城的灵魂,河边的那些灵慧,也加入到蟋蟀和顾城的诗意王国,有的拉着顾城的手,有的坐在顾城身边,畅谈世间万物,一同在天地或宇宙中自由飞舞,如同无处不在的风。

顾城的生命里,诗始终在,诗融进了他的生命里。顾城说,"……诗不到来不写,我发现了一个奇异的现象,文字会自己行动,像一粒粒水银,滚动或变成空气,每个字都是自由的,不再代表人加与它的意义。文字的自由给人的世界带来危险,也带来平白的语气和清朗的气象,它们最终汇合在一起,回到最初的梦寐之中。"顾城说出来的,也许就是他亲身的感受吧。顾城说:

"意外的是,一片干净的时候,一个灵性会到来,使生如蚁的人感到天空、季节的光耀,像神一样地美丽起来。"读到这句话,我们看到顾城所达到天人合一的境界,知道他诗歌之美,源自哪里。

农场的敞篷解放车如果要到北海边去干活,农场的人就把车开进火道村,在火道村街上喊上顾工:"老顾,走了,到北海边去喽。"这时,顾工就带上顾城,很快从家里走出来,一同上车。驾驶室的座位,总是给顾工父子留着。顾城和父亲坐在驾驶室里,没有风吹日晒,享受着乡下人给予特殊待遇。农场的一大帮人都坐或站在在敞篷车厢里,道路蜿蜒颠簸,车轮扬起一溜尘土,向北驶去。

北海的阳光暴烈,海风强劲,但景色绝美。海天碧蓝一色,海鸟起落飞舞,轻浪涌动,潮水退去,滩涂上海蟹海鱼蛤蜊"厚"得很,只要你有力气拿得动,随便拾,随便网,随便挖。在北海边,顾工愿意干活就干,不愿意干活,就四处走走。农场里的人,压根没打算让顾工干活,主要是想让心里憋屈的顾工到北海边,吹吹海风,看看海景,散散心。乡下人活得实在明白,心里明镜似的,不管什么"下放"不"下放"。

顾城的身旁是河边海边一群淳朴勤劳的昌邑人,他们的生活贫穷,为衣食奔波劳累,风雨寒暑,甘苦自知。他们的情感丰富,温良友爱,相互关连的情谊从不缺少,他们生活中的各种生命色彩丰裕,天空大地河流庄稼房屋,多姿多彩地环绕在周围。他们的认知是浅的,思想并不深奥,他们浅得纯净而透明。年轻的顾城,在父亲顾工的羽翼下,在渤海边自然的环境中自由成长,他的思想没有任何禁锢,一双明亮的眼睛,不见人世间的诸多丑恶和勾心斗角,他是大自然之子,是没有入世的出尘人。在火道村居住的五年,顾城虽然生活封闭,但大自然的风云变幻,充满想象力的潍河和大海,给予他宽厚的指引,他对大自然敏感和文学天才,得以全面发展。阔海长天,辽远大地等自然风光,隔绝了外来的纷扰,屏蔽了城市中喧嚣的高音喇叭,红旗招展,滚滚人流和震天的口号声。他思接千载,用诗空灵纯真的意象,哲思妙语,传达给尘世中的人们。"你一会儿看云,一会儿看我,我觉得,你看我时很远,你看云时很近。"顾城离云很近,我们也离云很近。人与人的距离正像顾城所说,或很远,或很近。伟大或者平凡的生命都需要幻想。刻板的生命中,我们需要一波又一波的波西米亚,需要生命的幻想曲。回望,生命幻想曲,顾城唱得好;前瞻,我们身在时光之中,懵懂而纯真;未来的日子里,我们崇尚自然,生命可以向着自在的方向走。

顾城的城

顾城说:"我的心,是一座城,一座最小的城。没有杂乱的市场,没有众多的居民。冷冷清清,冷冷清清,只有一片落叶,只有一簇花丛,还偷偷掩藏着——儿时的深情。"我们看到,顾城的诗构建了一个理想的王国,他的城是一个理想所在,云缠绵,水碧透,太阳月亮,花草虫鱼,如同活着的人,有着自由的生命和丰富的情感。1969年冬到1974年,顾城在昌邑火道村构筑了他是诗歌之城的框架,种出了不起的诗歌花树。顾城的诗具有朦胧之美,自然的韵律和纯净的特质,历经时光流逝,现时依然楚楚动人。

时光走到某一个点,总会有先知先觉的思想引领,拥有这些思想的人,历史会给他们带上一顶桂冠,顾城就是这样的一个人。他抛弃了包括顾工在内的老一代优秀诗人们在"文革"十年习惯了的大词和口号,把空洞无物的嚎叫扔到角落里。他从大自然、从人们的情感中汲取诗歌的养分,回到太阳、月亮、土地、河流、生命、死亡这些人类最原始的认知里。用古老的意象,来表达当时人的复杂情感,重新回归到中国的传统文化中,回归到个性化的语言中。但当时的诗界"大佬"并不赞同,感到这样的诗歌陌生怪异,不知所云,太过缥缈朦胧,他们把这些诗歌称为"朦胧诗"。写这种诗的,有一批年轻人,他们被称为"朦胧派"诗人"北岛舒婷顾城海子江河杨练于坚等。顾城也被认作"朦胧派"诗人的代表之一。现在看来,这一批朦胧派诗人逆风启航,他们对时代的引领、思想的解放,形成了一定的影响,朦胧诗并非朦胧费猜,而是自然美好的。人们读诗,可以像全知的上帝一样思考,像平民一样活着。顾城总喜欢把高高的帽子戴在头上,在他心里,是不是给诗歌一个冠冕,我们不得而知了。

关于顾城独特的帽子,朋友问他,他说头冷。在德国,外国人问他时,他说帽子是长城上的一块砖,这种说法感动过许多人。仔细想,顾城说头顶着长城的一块砖,确是诗意深远。

著名作家刘震云在《雨中想起顾城和谢烨》中写到:头一次见到顾城,我颇为惊奇。惊奇不是惊奇他的长相,而是他的打扮。他个头不高,却戴着一顶高高的、圆圆的、类似厨师在厨房里戴的烟囱式的帽子。几天后熟了,我问:"你能把帽子摘下来让我看看吗?"顾城坚决地摇了摇头。我又问:"你睡觉时,帽子摘下来吗?"顾城答:"那还是要摘下来的。"有一天晚上,所有的朋友,到顾城家欢聚。记得有人喝多了,在唱歌。记得谢烨忙里忙外。忙完,坐在一旁,看着大家微笑。这时有人告诉我,顾城所有的帽子,都是从裤腿上截下来的。刘震云的文章,让我们看到了顾城的另一面。

　　顾城的城是寂静孤独的。在火道村,他没有小伙伴陪伴,只有姐姐顾乡。野外的河流草木小鸟小动物等等都是他的伙伴,他把大自然中的一切生命都看作伙伴,大自然中的生命逻辑,生命盛衰,生命轮回,顾城看得清晰。他的头脑中,有了异于常人的与大自然交流和融合的渠道,拥有了对大自然的精微观察后的感悟。在一些细微之处,顾城挖掘出隐秘的奥秘,这些奥秘是他用饱蘸爱意的情感换回的,是用时间和呼吸滋养的。在火道村生活的五年,顾城走进了大自然,在大自然中感悟大自然。从大自然中获取大量丰富的素材,为他以后诗歌创作备足了养料,储备下滋润心灵的浪漫情怀。他走出火道村后,在社会中看大自然,目光更加锐利而独特。尘世和大自然一样,在尘世中看尘世,与走出尘世看尘世角度是不一样的。他说:"我是一个任性的孩子,我想在大地上画满窗子,让所有习惯黑暗的眼睛都习惯光明。""黑夜,给了我黑色的眼睛,我却用它来寻找光明。"只有充满孤独感的人,才能写出这样打动人心的诗句,只有静静思考,默默爱这个世界的人,才能发出这么清晰而坚定的声音。多年以后,顾城用黑色的眼睛,在激流岛上找到了什么? 我们不得而知。

顾城的城里，诗歌的风格是精巧的。诗歌是他与世界连接的通道，是他生命中的"道"。他对自然持有的态度，让人感觉眼前有闪亮的绿枝摇动。自然、自在、自由，顾城在大自然中自我教育，自我感悟，没有老师规定的条条框框束缚，自我提问，自我解答，按照自己的意愿将度过的时光和读过的书，重新组合创造，形成自己的一种思想结构，这种结构是具备创造性的，内心到达某个点后，继续向前，也许是即兴的蔓延，也许是有目的的出发，但这些前行，都是有灵性的，不是枯燥而刻板的。繁杂和简洁都表达了作者的心相，顾城的思想就是那样的。

顾城的诗歌是有继承的，他有意无意地传承了中国古代的道教观点，这与他在火道村，在潍河边，在渤海边生活有着很大关系。火道村在出入山东半岛的咽喉地带，自古就是兵家重地。浩阔的滩涂是军队演练战术、习练武艺的好地方。向西不远处的瓦城，有香火鼎盛的孙子庙，庙中供奉的是孙膑。沿渤海一带曾是孙膑的采邑，道家崇尚自然的处世思想，深深地浸润了这块土地上的民众，民风民俗，人们的举止行动，一思一语都有道家思想的延续和传承。顾城在这里接受了阳光月光潍河渤海，也接受了这里的食品、语言以及风土人情生活习惯，道家思想融在海边生活的点点滴滴里。兵匪鏖战的不安定里，人们思想渴望自由和安定。天才的顾城恰恰在这个点位，进入古今海量的信息之中，在虚拟战争的冲天火光中，在兵来将往的操练中，传递出非战和武德之美，战死伤病的亡灵在顾城身边呼喊，暴力是人类的恶，战争是人类的愚蠢。人是大自然之子，把大自然的美好用诗歌传递出来,把人与天地的相知传递出来。

> 让阳光的瀑布,
> 洗黑我的皮肤。
> 太阳是我的纤夫。
> 它拉着我,
> 用强光的绳索
> 一步步,
> 走完十二小时的路途。
> 我被风推着
> 向东向西,太阳消失在暮色里。

顾城的城是艺术之城。艺术没有自由精神,无法拓展其格局。艺术如果过于喧嚣,应和时下俗世就流于平庸,无法到达人类精神的高峰。顾城说:"人的生命里有一种能量,它使你不安宁。说它是欲望也行,幻想也行,妄想也行,总之它不可能停下来,它需要一个表达形式。这个形式可能是革命,也可能是爱情;可能是搬一块石头,也可能是写一首诗。只要这个形式和生命力里的能量吻合了,就有了一个完美的过程。"顾城的艺术之城,用诗歌、绘画、书法搭建起来,他是一个天才,他生命中的能量是在火道村、潍河边、渤海畔凝聚起来的,从十三岁到十七岁,在他的人生观价值观生成之时,他孤独而自知,与大自然相知相通,世间火一样的能量传递给他。这个传递过程没有繁杂和喧嚣打扰,顾城在火道村羽毛渐渐丰满起来,顾城是一个获得了很大精神能量的人,他的诗歌演讲和思想,多年以后依旧吸引着人们关注的目光,而且流水一样连绵不断,把一份珍贵的文化遗产留给了世人。

顾城在火道村期间,他是自由的,不上学,不参加社会活动,很少与陌生人交往,他自知什么是自由。对于生活中的自由,顾城这样说:"自由并不是你不知道干什么好,也不是你干什么都可以不坐牢;自由是你清楚无疑你要干什么,不装蒜,不矫揉造作,无论什么功利结果,会不会坐牢或者送死,都不在话下了。对于惶惑不知道干什么的人来说,自由是不存在的;对于瞻前顾后、患得患失的人来说,自由是不可及的。"顾城的城是自然哲学之城,他认为"自然"是中国哲学的最高境界,是一种没有预设目标的和顺状态。

顾城的城,在新西兰彻底烧毁了,生活爱情生命一齐幻灭。顾城本是一个好诗人,但他最后走进了自己最痛恨的人性暴力中。悲剧的种子和历史背景,我们看清楚了,就能明白顾城和谢烨悲剧发生的必然。顾城和谢烨,顾城的情人李英,谢烨的情人大鱼,他们都犯了错。犯错由李英顾城开始,一连串的错,到顾城结束。顾城写《英儿》这本书是一个错误,这本书对情感纠葛中的三个人,都是一种伤害。顾城与身边的人一同往恐怖里走,谢烨一直期望顾城自杀谢罪,给顾城准备了 N 多种死法,感觉顾城不死就对不起她,而且谢烨实实在在地告诉了顾城。难道谢烨疯了?她那么美丽善良,怎么能这样对待自己深爱的人?难道这就是爱之深、恨之切?顾城跟谢烨说离婚,自己带儿子过,谢烨不同意,顾城只有一条路就是死。顾城最后的日子里,顾城和谢烨之间的内心之战,到了一种白热化的程度,谢烨顺着顾城多年一直叫嚷的死,推波助澜地让他沿着万劫不复的路上走。谢烨让顾城接受大鱼,像她接受李英一样,谢烨要把以前忍受的全都还给顾城。而且,他俩把儿子的抚养权给了博格,直至他俩死后,谢顾两家都失去了孩子的监护权。大鱼第二天就要上岛了,要到顾城的房子里来。顾城心魔狂舞,一阵激烈的争吵之后,他砍伤谢烨后自缢。顾城之城轰然坍塌。那一刻,我们看到的顾城和谢烨,是一对可怜的人,他们各自人性中的小恶,没有阻拦地长成大恶,活活烧死了自己。顾城在遗书中写到这场争吵和砍伤谢烨的过程,但孤独的小岛,孤独的夫妇,没有第三只眼见证,谁也不知道真相。后人只能从顾城和谢烨留下的文字中探寻,从友人和亲人的话语中探寻。顾城和谢烨的死,是由无数的因,结成的果。

新西兰激流岛的寂静,让顾城和谢烨的心智,在孤独寂寞中走失,他们傻傻的,永不回头,一任局面不可收拾。如果有诸多朋友在侧,顾城能够诉说和释放帮助,也许悲剧不会发生,谢烨有朋友劝解批评,也不会公然让大鱼上岛,把儿子的抚养权给他人。谢烨给自己留了活路,但没有给顾城留下生路。谢烨在与顾城相识时,给了顾城全身心的爱,承担了生活中的一切,把顾城溺爱成一个任性的孩子。顾城不会开车,不懂英语,生活自理能力差,谢烨失去了自我,顾城也失去了自我。当一份爱,让人不自知的时候,这份爱就有毒而可怕了。寂静的新西兰,风景永远是蓝天白云绿树大海,连四季的变化都不明显,日子无尽的摆在眼前,顾城是无望的,死是他最好的解脱。顾城离开了出生地中国,离开了他觉醒和灵悟的"火道",失去了出生地和成长地的滋养和护佑。顾城是强大的诗人,却是不能打理好个人生活弱小的社会人,他不是一个好丈夫、好爸爸,可世人谁又是完美无缺的呢?顾城的精神和生命的灵性,在激流岛上走火入魔,邪风助魔火,在一阵冲天的狂焰之后熄灭。正如顾城在《生命幻想曲》中所写,"睡吧,合上双眼,世界与我无关。"天才的诗人,他没有迈过三十七岁的那道坎。我们能给顾城的,只有一棒疼惜的泪。

除了天才诗人个性上的独特,更有西方社会残酷生存环境的推波助澜,让顾城走向人生的末路。美丽宁静地新西兰,却有着人间的丑恶和地狱的味道。生存时时考验着缺乏经济头脑的顾城。没有生活的经济来源,谢烨只好出门叫卖鸡肉春卷,维持生计。后来因喂鸡过多,喧闹,被人举报,政府干预,只好大量杀鸡,以至于激流岛血腥熏天。顾城坐在地上耍赖,只因为谢烨给儿子木耳买了一个1.99美元的玩具,窘迫的生活让顾城怕了,他没有一点安全感,不是穷到极致,断不会有这样强烈的反应,这种情形还是在好友著名诗人舒婷面前。可见异国生活的压力,让顾城多么孤独绝望。舒婷在一篇回忆顾城的文章里说顾城,"一直没过过好日子,一直都愁钱"。看到这里,一种怜惜和悲伤涌上心头。

1993年10月8日,顾城用斧头砍伤谢烨后自缢身亡,之后谢烨伤重不治而亡。顾城和谢烨都离开了人世,我们不多评说,只接受结局。也许他们命该如此,因为他们在平时生活中塑造的一切,都是朝着最终结局走的。外人不能体会他们所体验到的,就此引以为戒吧。我们应该更加关注天才诗人顾城的诗,他的诗给世人带来了精神之美,他的污点掩盖不了他诗歌的光芒。当然,诗歌的美也遮盖不了他巨大的污点,但顾城诗歌的光芒是他生命的主旋律,历经时间流逝依旧是光彩灿灿的。我们将目光放远,看顾城的诗,在诗歌的王国里闪光,看他依照自己的天命走完的一生。火道村起飞的顾城,一生走在他自己的"火道"里,但他离开了起飞时的初衷,就在一股怒火中湮灭了。

海边的风是长翅膀的,掠过无数纯粹的灵魂,顾城的灵魂会回到火道村吗?我不知道。火道村是世界的一隅,默默地存在着,保留着天才诗人顾城曾经的影子和脚印,保存着他的音容笑貌和苦乐哀愁,我们俯拾即是,无法一一叙说。我们在顾城居住的地方留影,捡拾破碎的瓷片和海贝壳,默听顾城生命中留下的各种声音,回身瞥见天空中白云和蔚蓝释放的巨大镜像,见生命的势和能,在时间中逗留,在阴阳转换中变异。顾城的"火道"令人欣悦,也令人悲伤。浩浩刀兵之下,一柄闪亮的斧头颓然落地。

我们一行人离开火道村时,满心满眼都是天才的诗人顾城(1956—1993)。夕阳西下,侧脸望去,当头罩着一抹蓝,天空中的难得一见"耶稣光"透过云层洒下来。天地辽阔,没有微言大义,就是一种寂静的感觉。

(2018年7月发表于《山东文学》)

第四辑　满江红

梦随王尽美 思想长风烟

铃铃铃,手机脆响,这么晚了,谁呀？我随手摸起枕边的手机,睁眼看显示,是一个文友打来的。

我参加山东省作协纪念建党九十五周年采访采风活动,五天里,眼睛脑子都塞满了历史中的党和英烈、现实中的人和物,以及不停移动的足履。革命历史旧址,纪念馆,展览馆,博物馆,烈士陵园。时代的风云变幻,国家和民族前行的脚印和踉跄,一帧一帧的画面在眼前翻腾,仿若花瓣花絮团团洒落,把我缠裹起来。想睡却怎么也睡不着,怎么写采风的稿子呢？正闭着眼睛云山雾罩地折腾。

接起电话,文友一阵问候寒暄,我嗯嗯地应着。正在筹建昌邑市丝绸博物馆的文友,要我再做爷爷思想工作,劝爷爷接受他们的采访。九十五岁的爷爷是柳疃丝织厂唯一健在的创始人,也是市里参加过当年公私合营的唯一健在的业主。这采访的事,我跟爷爷说过几次,身体健康思路清晰的爷爷都是一笑,不说话。从小耳濡目染,我懂爷爷的心思。我答应着,说再试试。文友开始大谈柳疃丝绸的历史,谈挖掘柳疃丝绸历史文化的重要性。他知道我参加了省作协的采风活动,就谈起红色丝绸之路——王尽美与柳疃丝绸的渊源,以便引起我的重视。放下电话,我脑子里迅速闪过王尽美英气逼人的年轻面孔。采风时,我在诸城看过王尽美的照片,也读过他的事迹。王尽美去世时年仅二十七岁,让我唏嘘感叹,敬佩而惋惜。我的脑子一下子清晰起来,这下有了,对,就写王尽美吧。我心中有了方向,想着曾与自己同饮过一条潍河水的王尽美的诸多事迹,想着他在人生旅程中所进行的精神突围和思想探索。一挨枕头睡去,翻身跌进睡梦的温柔乡。

清波荡漾的潍河之上,我逆水溯源,两只手臂仿佛上下扇动的翅膀,高高低低飞起来,飞在潍水碧波之上,田野高山之上,城镇村庄之上。我看到蜿蜒起伏,树翠花红的沂山山脉,一望无际的昌潍大平原,也看到了王尽美的家乡——山东莒县(现诸城市)依山傍水的大北杏村。朝阳下,这个坐落在诸城、莒县、日照交界处的村子恬静安宁,绿色掩映的乡村美景,透出一股清丽之气和梦幻之思。

我推启穿越时空隧道的大门,来到二十世纪山雨欲来风满楼的中国。风起云涌的革命时代,我跟随在王尽美左右,眼睛如阔大的历史镜头,拍摄着那时百姓柴米油盐的日常生活和直抵人心的工运烽火,记录着当时漫天而来的思想风暴,同时感受到来自欧洲的共产主义旋风席卷世界各地的不可阻挡之势。

1918年,出身佃农家庭的王尽美考入山东省立第一师范学校,这在当地是街谈巷议的大事。王尽美原名王瑞俊,字灼斋,1898年6月14日出生,自幼聪颖好学,曾在地主私塾陪读,后于枳沟镇高小毕业。王尽美在家务农两年,晴耕雨读,时时关心国家大事,阅读了大量的进步书刊,立下了救国救民的远大志向。能考入省立师范学校,对王尽美来说,可谓蛟龙入海正当时。

春末夏初的一个早晨,王尽美背起简单的行囊,惜别饱经风霜的祖母、母亲和新婚的妻子去上学。临行之前,他登上村前的南岭之巅,眺望着山清水秀的家乡,万千思绪化作气势磅礴的诗句。诗曰:"沉浮谁主问苍茫,古往今来一战场。潍水泥沙挟入海,铮铮乔有看沧桑。"二十岁的王尽美,年少多思,他远大的志向和改变社会现实的决心,从这首诗铿锵的音韵里冲天而出。只要大地上有苦难,有不平有血泪,就会有热血青年担当起振兴中华的重任。潍水泱泱,泥沙入海,人世间的种种罪恶与荒唐,都交与古往今来一战场,都有铮铮铁骨的英雄豪杰,引领时代,给凄苦懵懂的众生带来无限希望。诗中,王尽美高阔的精神向度,不凡的气概,随忧思飘来,读来为之一震。

1921年春,王尽美与邓恩铭等在济南三和街75号,发起成立山东早期的党组织——济南共产主义小组。7月,他们一同赴上海出席中国共产党第一次代表大会。会后他有感而发,写下《肇在造化——赠友人》一诗,"贫富阶级见疆场,尽美尽善唯解放。潍水泥沙统入海,乔有麓下看沧桑"。抒发了自己为解放全人类,实现尽善尽美共产主义崇高理想的激情。为此,他把自己的名字改为王尽美。一句"尽善尽美唯解放",把一个青年才俊献身共产主义理想的坚强信念,救国救民的历史亮度,以及阳刚遒劲的思想内涵,凛然地表达了出来。好一个光明磊落的王尽美!

时光的脉动里,我跟随王尽美年轻而忙碌的身影走着。1921年中共一大之后,王尽美负责护送共产国际代表尼克尔斯基回莫斯科。这次重要护送，便与我的家乡山东昌邑有关，与柳疃丝绸有缘了。据《昌邑织造》记载，王尽美找到王相千策划护送计划，王相千组织昌邑柳疃背绸包的一群伙计，连番接力护送。

清中末期，柳疃丝绸早已闻名于世。经营丝绸的贸易之路四通八达。柳疃丝绸"下南洋"（马来西亚、菲律宾、印尼、新加坡等）的商号，买卖做得山高云接，盆满钵满；柳疃丝绸"下北洋"（俄罗斯、蒙古、朝鲜等）的商号也做得风生水起，金银满仓。背绸包的商人在世界各地赚下大把的金银，往家乡寄，只写中国柳疃就可以，柳疃街的银号遍布全国各地。柳疃丝绸的诸多商号财大气粗，官道黑道白道，路路畅通。这条丝绸贸易之路，为王尽美等革命者与国内的各方联系，大开方便之门，也为他们打开了北上苏联的秘密通道。

这是1921年的秋天，小桥流水，青砖黛瓦，柳林风荷，曲院回廊的江南美景，留不住革命者匆匆的脚步。一个烟雨迷蒙的黄昏，风华正茂的王尽美头戴礼帽，一身灰色长袍的商人装束，带领共产国际代表的尼克尔斯基悄然离开上海。中共一大，令代表们激情澎湃，在王尽美心里也燃起一团火。十三位才华横溢的革命者，两位共产国际的代表马林和尼克尔斯基，各自慷慨激昂的发言还在王尽美耳边回响，众多革命者思想家的声音，让他大开视野，豁然解开囚禁思想的锁链，感觉自由而畅快。王尽美身边这个有着亮额头、高鼻梁、一双忧郁大眼睛的尼克尔斯基神态安详，有着与他年龄不相配的沉稳。同是年轻人，王尽美眼神清澈，周身充满激情。虽然一静一动性格各异，但他们有着共同的革命热望,都已融入了共产国际的历史洪流之中。共产主义的波澜,把他们推到历史的重要位置。身为领潮人,他们不觉得自己有什么特别之处,但他们已经进入了中国革命史的浓墨重彩之中。

王尽美负责送尼克尔斯基回苏联。他们公开的身份是经营柳疃丝绸的商人,一行随从的人是王相千安排好的,背柳疃绸包的伙计,个个机警、聪慧、身手不凡。有打前站的,有殿后的。他们的吃、住、用、行、安全,都被安排得悄无声息且滴水不漏。

王尽美和尼克尔斯基一行人走在崇山峻岭之中,两侧逼仄的山崖把人围在其中。仰望,大树、藤蔓、杂草、苔藓团团绿色直奔云端,山石仿佛随时会扑过来,逼人时刻警觉。错杂的石阶被千年踩踏,形状已不周正。仰头看天,就不敢走路,低头走路,就不敢四顾。人生的道路,国家的道路,人类发展的道路,曲曲弯弯,坑坑洼洼,有几多能预知困境的人,能在茫茫旅途中,找到休整的支点和落脚点呢?命定的机缘里,许多隐喻和象征与路人遭遇。王尽美知道,共产主义理想的社会形态美如满月,渺小的个人与历史的深邃,坚强的信念与肉身的微茫,时刻提醒他,想在历史的来去浮沉中站稳脚跟,就要殚思竭虑地去奋斗去探索。

临石壁,面深涧,短暂休憩。王尽美和一行人卸下色彩艳丽的丝绸包袱,喝口水,吃点干粮。我发现,王尽美的思考侧影仿佛停留了一个世纪。王尽美在欢苦悲辛、爱恨情仇里,深深思考,他形而上的思想光芒,追逐着无始无终的人类发展进程。

我不顾个人的卑微,趁这个机会,大胆与王尽美、尼克尔斯基进行思接百载的思想探讨,探讨社会发展的可能性和最终形态。

我说:"历史上,走在时代前面的威严而残酷少数人,统御着一方,建立起他们自己的自由王国。但走在后面渴望平等的多数人,常常揭竿而起,比如陈胜吴广等等,高喊着王侯将相宁有种乎?将少数人建立的相对富丽的自由王国砸个稀巴烂,历史迂回,从头重来。这种状况总在反复,封建社会常是这样,所以中国几经朝代更替,发展缓慢。"

王尽美说:"共产主义社会的光芒,正可照亮你心中的黑暗,用暴力推翻封建主义资本主义社会制度,建立共产主义社会制度,最终国家消亡。"

尼克尔斯基说:"不但中国的历史进程中,有迂回反复,资本累积的自由王国,也同样如此。今天暴富,后天一贫如洗。消灭阶级,消灭对立,提倡社会和谐。对,是'社会和谐'。这在《共产党宣言》中早有论述。"听到这里,我满脸羞惭,百年过去,我的思想高度仍不及他们,顿觉思想和心灵成长的前路,漫漫而悠长。

我用手抚摸着柔软如心梦的丝绸包袱,眼见包袱上莲花的边饰清美典雅。我一时觉得,王尽美走在革命的道路上,走在思想探索路上,也走在红色丝绸之路上。

恍惚间,石阶上包袱中的丝绸,从遥远的古代走出来,热热闹闹地搭起华屋,垂着华幔,摇动着风的清唱,裹着美人的窈窕,飘散着春风抑或夏花的韵律,把零碎的时光织成丝路花雨的文化浮雕。同时,华丽的丝绸背后,隐藏着闪亮的兵刀,鲜血倾注一地,黑色死亡的气息笼罩着,还有千里凋敝的万年忧伤。我正不知所措,瞥眼一望,王尽美用手全都接了过去,不一会儿,丝绸在王尽美手中抽离了现实生活,删除了残酷、冰冷、丑恶,转换到非物质属性的过渡状态,萌发出一种壮丽的美和精神的纯真气象。神奇的变化让我目瞪口呆。

我跟王尽美说:"我们家乡的丝绸华美,但现在已经走到了历史的拐角处。我总在想,如果有一种情形,蚕茧的温柔乡里,是不是能住进一些灵魂,以曼妙仙姿连接大地和天空,疏离金戈铁马的战争,永远地保留那些超验和梦幻?"王尽美说:"对真善美的生命,给予其钢铁的意志和强壮的身躯,这些花瓣祥云的丝绸,就用来包扎为众多民众幸福而流血的伤口,也包扎伤害众生的刀剑,褒奖那些人间的诗情画意吧。你看,敦煌莫高窟中壁画里飘在空中的《飞天》,正是沙尘和战争之外的精神舞者,它们虽然历经千载,依旧高高在上,理想主义的光芒以及精神之舞,世代相随。"

充满机锋的谈话,在一路跋涉中连绵不断。山路水路,城市乡村,古道关隘,险阻坦途不停地转换,王尽美的身影和足迹,也在不断向北移动着,度过了一个个早晨中午和夜晚。一行人带着希望与欢愉,辗转多日,终于安全到达满洲里,共产国际代表尼克尔斯基,顺利回到苏联。

1922年1月,第三国际在苏联莫斯科召开远东各国共产党及民族革命团体第一次代表大会,王尽美与邓恩铭、王象午、王复元、王乐平等作为山东的共产党、国民党及产业工人代表,参加中国代表团出席第一次代表大会。王尽美负责带王乐平等参加大会,还是在王相千的周密策划下,昌邑柳疃背绸包的伙计,再次掩护王尽美、王乐平等赴苏。王尽美又乔装绸商北上了,肩上是绮丽柔软的丝绸,心中是坚强如钢的信仰。寒风凛冽挡不住革命者探索救国救民之路的热情,肩上五颜六色的柳疃丝绸为他们撑腰壮胆,既能掩护身份又能赚取银两。他们昼行夜宿,再次顺利到达满洲里,后进入苏联。

这红色丝绸之路的革命史鲜为人知,这与昌邑人不喜张扬的敦厚性格有关。这条由昌邑人搭起的通往海内外的丝绸之路是经济、文化、思想诸多方面交流的通道。名扬海内外柳疃丝绸,除了与清宫慈禧太后、李莲英有关,与《红楼梦》曹雪芹及其家族有关,还与革命前辈王尽美密切相连。早期的中国革命是走在丝绸贸易之路上,有一种冥冥之中的吉祥护佑,氤氲在人们周围。革命同志与诸多昌邑人共握古老丝绸的神秘灵光,结下牢不可破的友谊,建立起可以托付生命的相互信任。柳疃丝绸是美丽的,也是有灵性的,它照耀着人们脚下漫长而艰辛的路,遇山遇水、遇风遇浪都能化险为夷。不管背绸包的行路人,脚下如何踉跄,他们内心都以一种古老的祝祷为念,逢凶化吉,人财安然。红色丝绸之路对早期中国革命做出些许贡献,让我这个柳疃丝绸的后人甚感荣耀。

多才多艺的王尽美对于音乐颇有造诣,作词谱曲、吹拉弹唱精湛娴熟。莫斯科会议期间,在各国代表团举行的联欢晚会上,王尽美兴致勃勃地用中国乐器三弦,弹奏了中国传统乐曲《梅花三弄》等曲子。那优美的旋律,令人心旷神怡,吸引了在座的每位代表。有一次,他到莫斯科公园游玩,即兴吹起了横笛,那悠扬的笛声飘荡在公园上空,吸引了众多游人,游人们竟兴奋地踏着优美的旋律跳起舞来。

音乐是无国界的。王尽美和苏联友人共同唱起豪迈激昂的《国际歌》，唱得人人热血沸腾："从来就没有什么救世主，也不靠神仙皇帝，要创造人类的幸福全靠我们自己……这是最后的斗争，团结起来到明天，英特纳雄耐尔就一定要实现！"我，应该也在这情绪激昂的人群之中，大声歌唱着。唱着唱着，我仿佛看到：瞿秋白一袭长袍，从容地走在被杀害的路上，临刑时，他坚定地高唱着自己翻译的《国际歌》，他为了自己的信仰而昂然赴死，用歌声向敌人宣布："英特纳雄耐尔，一定要实现！"

在莫斯科会议期间，王尽美等代表受到列宁接见。会后，他们留苏考察三个月。苏联的城市风景、乡村旷野、文化艺术、共产主义思潮，新奇而富于理想的社会观念，为王尽美打开了广阔的视野，让他信心满满。

王尽美已经看清，十九世纪中叶，西方世界进入了无产阶级和资产阶级尖锐斗争时期。在文艺复兴运动影响下，工业革命、思想革命、政治革命此起彼伏，马克思、恩格斯作为哲学、政治、经济、思想的集大成者，站在历史的高处审视社会，思考人类社会的发展方向。他们于1848年2月发表《共产党宣言》，以《共产党宣言》一书吹响了革命的号角，向全世界公开说明了自己的观点、自己的目的、自己的意图，并且拿党的宣言来对抗关于共产主义幽灵的神话。在中国国内，两千多年的封建社会末路穷途，社会矛盾突显激烈。人们的思想观念发生了深刻变化，开始反思传统的社会思想和国家思想。许多智者已经觉察到以资本为核心的发展模式存在巨大危机，对资源和环境过度消耗；全体民众的利益,长远的发展的趋势,被不同的利益团体绑架;财富已经向少数人集中。为寻找一条新的社会发展道路,人们把目光转向共产主义的理想社会。

"四面荷花三面柳,一城山色半城湖"的古城济南,王尽美在认真研读《共产党宣言》,不时凝神思考,不时提笔书写。我看到,他手中拿的是1920年8月首版的中文译本《共产党宣言》。书中写道:"资本是集体的产物,它只有通过社会的许多成员的共同活动,而且归根到底只有通过社会全体成员的共同活动,才能运用起来。因此,资本不是一种个人力量,而是一种社会力量。因此,把资本变为属于社会全体成员的公共财产,这并不是把个人财产变为社会财产。这里所改变的只是财产的社会性质。它将失掉它的阶级性质。"王尽美读得如饥似渴。我也在读,边读边抄,马克思、恩格斯的这种观点,直到一百七十多年后,依旧令人耳目一新。

"共产主义并不剥夺任何人占有社会产品的权利,它只剥夺利用这种占有去奴役他人劳动的权利。有人反驳说,私有制一消灭,一切活动就会停止,懒惰之风就会兴起。这样说来,资产阶级社会早就因懒惰而灭亡了,因为这个社会是劳者不获,获者不劳的。"王尽美大声读着,为之叫好! 我读着,心中的对社会制度优劣的疑问消失大半。这段话值得记在心里。我端端正正地摘抄,方正的汉字玲珑俊秀,跃然纸上,耳边有一个声音响起:"这些革命理论比思想浅薄的花红柳绿、虫声唧唧,更有助于人心灵的成长。"九十多年以后的许多人,提起马克思恩格斯的共产主义理论,便不屑一顾,有几多人认真读过研究过,且能够读懂弄通呢？又有多少人随着时代的变化活学活用，在发展中探索，成为马克思主义的忠实践行者呢？

最早的《共产党宣言》译本，是陈望道翻译的。这个中译本，我采风时在山东东营见过。一本封皮残缺、纸张泛黄的小册子，由于排版和校对的疏忽，封面的书名被错印成了《共党产宣言》。这本书已经成为国家一级革命文物。与它相关的历史故事和实物，已经拥有一个纪念馆的规模，这个纪念馆建在山东东营市的刘集村。

王尽美完全接受了马克思主义，他能够运用马克思主义的观点，分析当时中国的实际情况，唤起各界有志人士的革命思想觉悟。1922年7月中旬，王尽美赴上海参加中国共产党第二次代表大会，向大会汇报了远东各国共产党及民族革命团体第一次代表大会精神及列宁对中国革命的重要指示。会后，党中央派陈为人到山东帮助建立中共济南支部（直属中央），王尽美任书记。

王尽美长期的忘我工作和艰苦生活，使他患了肺结核。1925年春节前夕，王尽美在济南与基督教徒连续进行3天大辩论，因疲劳过度吐血晕倒，住进医院治疗。时值国民会议促成会和工人运动蓬勃开展之际，他心急如焚，毅然出院，抱病赴青岛投入战斗，广泛联系群众，到处开会演讲。领导工厂工人大罢工，6月，肺病复发。病危期间，他请青岛党组织负责人笔录了他的遗嘱："希望全体同志要好好工作，为无产阶级及全人类的解放和为共产主义的彻底实现而奋斗到底。"1925年8月19日，王尽美同志逝世，终年二十七岁。

时光倏忽,历史沧桑。我一个趔趄,跌到公元2016年的5月10日下午,中国共产党山东省党史陈列馆的王尽美和邓恩铭的雕塑前。这座王尽美、邓恩铭的雕塑大气伟岸,雕塑下部刻有四句诗:"四十年前会上逢,南湖舟泛语从容。济南名士知多少,君与恩铭不老松。"这是1961年8月21日,董必武同志在去武汉途中,深情地怀念起王尽美,在列车上挥笔写下的一首《忆王尽美同志》。

雕塑之南,绿树花草四合,阵阵幽香随风飘来。我和山东作协的四十多位作家们围成半圆,杨学峰书记站在中间,他在作纪念建党九十五周年采风采访活动的动员讲话……

一道亮光袭来,我恍然从梦中醒来,天光大亮,一束灿烂的日影透进窗子。醒来后的我一时慨叹不已,回味梦中的时代云烟,自笑梦中的言语与对话不足考据,全是我一人杜撰。想来,那只是一种情形的梦幻表达吧。我因王尽美短暂而精彩的一生而百感交集。"尽善尽美唯解放"的人啊,二十七岁的美好年华,兴衰的皮肉,硌疼的筋骨,盛不住王尽美这个伟大的灵魂,他的灵魂随云天远去,但他留下了一段闪光的历史。他的业绩、贡献和思想,凝结成民族心灵的一部分,也成为我们这个国家一段永恒的记忆。

几代人的艰难跋涉,近百年的奋斗里程,中国发生了历史巨变。毛泽东主席有段著名的话:"我们应当相信群众,我们应当相信党,这是两条根本的原理。如果怀疑这两条原理,那就什么事情也做不成了。"细细领会毛泽东主席的话,仍能感到如雷贯耳。

狄更斯在《双城记》开篇这样说:"这是最好的时代,这是最坏的时代,这是智慧的时代,这是愚蠢的时代;这是信仰的时期,这是怀疑的时期;这是光明的季节,这是黑暗的季节;这是希望之春;这是失望之冬;人们面前有各种各样的事物,人们面前一无所有,人们正在直登天堂,人们正在直下地狱。"我觉得,我们的时代是一个伟大的时代,等待我们全身全意投入变革,尽善尽美唯发展。时代赋予我们新的机遇,各种理论思潮一并涌来,在人们面前眼花缭乱地晃。众多清醒的人们开始反思,不断审视和批判,但请记住马丁·尼莫拉牧师那首著名的忏悔诗——《起初他们》,诗这样写:

他们追杀共产主义者——我没有说话,因为我不是共产主义者;

接着他们追杀犹太人——我没有说话,因为我不是犹太人;

后来他们追杀工会会员——我没有说话,因为我不是工会会员;

此后他们追杀天主教徒——我没有说话,因为我不是天主教徒;

最后他们奔我而来——却再也没有人站出来为我说话了。

当今,中国经济发展与世界高度关联。推进"一带一路"("丝绸之路经济带"和"二十一世纪海上丝绸之路")的合作发展,这是借用古代"丝绸之路"的历史符号,实现经济融合、和平发展的新理念。建党初期政治上的"红色丝绸之路"与当今经济发展的"一带一路",都是实现伟大中国梦的重要组成部分。实现伟大的中国梦,应该有无数个像王尽美这样,为人民幸福而献身的英雄志士前赴后继。中国需要信"马"信"共",需要理论创新,我们要站出来说话,站出来做事!人类的文明以及幸福生活,除了一代人又一代人努力去追求,去做,还有其他吗?全世界无产者,联合起来!生生不息的共产主义大道之行,始于足下!

(发表于《时代文学》,获辽宁省纪念建党九十五周年征文大赛奖)

那么近　那么远

难得这样一个晴朗的好天气。风把一树清气打下来,落在我脸上身上,凉凉的感觉沿着皮肤上的毛孔簌簌而来。在六月雨后的清凉里,我随数十位文人才子走在山东惠民的土地上。远望长空浩瀚,白云团团开散;树茂草丰,麦浪波涌香远;道路通畅,各种建筑图景静列默然,当崭新的晨光在遥远处升起,天地之间的人和物沐浴在花朵般的闪亮里,我与万物深情相依,慢慢又深深地呼吸。天蓝得如同胸前奶奶送给我的蓝宝石吊坠,润润的,晶莹透亮,融着一种贴心贴肺的欢喜和清凉。远处近处都那么安宁,不见匆忙和杂乱,整个一座惠民县城宛若小鸟般欢唱着。早就听说惠民历史文化悠久,我来一探究竟。

我从远远的潍河而来,短短的时间里,从陌生到熟悉,我与文人才子们情感渐近,与周围的环境渐近,就觉得似曾相识。是的,有缘千里相会,也许,与之相见是生命中的必然。我的情绪回到了久违的活跃之境,灵魂渐渐沉醉其中,并有了难得的发现和感悟。

我的思想随古老的文字和瓷器降落在惠民前朝的时光里,空气中悬浮着遥远生活延续至今的真实和素朴,土地上存在着一种曙光先照的文化传承。茫茫鲁西北平原上的一个边远小城,沿革了各个时代不同的名字,厌次、乐安州、武定府、惠民,曾有秦始皇、孙武、东方朔、朱高煦等皇族、官员到过或居住过,广阔的、富贵的、残酷的、精神的交锋和无限的孤独,都曾经随皇帝、皇子、皇妃、官员浸润过这块土地。居住在这里的一颗颗柔弱而粗糙的心灵,在黑暗处怯怯地亮着,烛照出一些醒悟和不朽,创造并熔铸了这个历史文明之城。

远在先秦,混沌和野蛮被智慧与文明打败,思想巨擘孙武的祖先,居住在此地,家族传承,后世创造,思想脉络和智慧的历代凝结,用一部《孙子兵法》留存于后世。读过《孙子兵法》,便惊诧于惠民有如此浩大的精神气质,还让我突然感到一种恐惧,一种来自远古的恐惧。曾经刀枪剑戟,兵来将往,杀机四伏,血色黄昏中万马嘶鸣,喊杀阵阵,物化的世界在这里不停地死去,不停地诞生。继而,我又有一种对先人的崇拜和虔敬。浩瀚的物质和精神海洋,荡涤过处于黑暗和混沌中的万千生民。历朝历代,都融在他们生命的足迹中,他们慢慢找出一种秩序,在众人合唱中提起一口清气,弥漫后代的身心。于是,天神的思想被孙武领回了家,他的智慧凝结成瑰宝,他的思想走得那么近,又走得那么远,他让当世的人循兵法百战百胜,让后人的后人读兵法,领悟到无限的希望和光明,直到现在的我,还为他旷远的思想而顶礼膜拜。《孙子兵法·火攻篇》"主不可怒而兴师,将不可愠而致战";《孙子兵法·谋攻篇》"是故百战百胜,非善之善也;不战而屈人之兵,善之善者也。故上兵伐谋,其次伐交,其次伐兵,其下攻城。"孙子重视慎战、伐谋、伐交,追求"不战而屈人之兵""安国全军"的安定国家、保全军队的东方战略思想,时至今日,越来越彰显其理性和智慧的光芒。

在时间的长河里，我与这个地方和这里的人相距不远，它们所发出的声音和旋律，与我的生活感觉建立了一种绵延不绝的联系，更有甚者，仿佛写在久远的粉黛额头和花样云鬓之上。恍惚之中，我就是王府里一位花容丽服、环佩叮当的女子，千百年来，我在同一个地方，在不同的时代变身，在其"同一性"中抵御着时间河流。我的小楷书法册页里这样记着：1417年（明永乐十五年），成祖朱棣的次子朱高煦徙封乐安州，将州衙改设为王府。

朱高煦是明成祖次子，在储君之争中落败，他来到乐安州，空有一身武艺无法施展，心情苦闷怨恨，常在府中花园散心，在女子和琴棋书画中寻找安慰。我似乎嗅到了远古传来的一缕梅香，那梅开在峭壁之间，开得失意、落寞，清晰如月光冽冽，又淡缈如被谁的俏指丢掉的红帕。我一遍遍揣想，朱高煦身边的女子中有我吗？如果没有，我弹奏的古琴声中，怎会融进王府屋宇的巍峨、水榭楼台的清雅和刀枪剑戟的勇武之音？……如果没有，我怎会为汉王朱高煦的郁郁不快而歌声清越？……如果没有，我的画作里怎会有王府屋面正脊的花样兽脊、悬月屋檐下美人倚栏远望的侧影？……

这块土地上尘封的往事，随着神灵的召唤，在雷声暴雨狂风中变得一片混沌，微茫虚妄的灵肉在彻夜的诵经声中低沉又升腾。朱高煦智勇双全，为明成祖登基立下赫赫战功，他来到乐安后，募练精兵，觊觎皇位。宣德元年八月，他在乐安起兵造反，明宣宗亲征，朱高煦出城投降被废为庶人，囚禁于逍遥宫后被烧死。同年，王府被改为武定府。成王败寇，历史是胜利者写就的，历史残酷不仁？历史公正无私？其真相如何，后人不得而知。天地无语。

时光从武定府衙正脊两端正吻兽的仰天静候里走来,从府衙的撇山影壁、旌善亭、申明亭、照壁、辕门、石狮子里慢慢逝去。我一步步从远至近,我看得懂拥有皇天后土的上苍,在这块土地上搅动风霜雨雪、瘟疫灾害,放任战争和流血,熬煎众生,也赐福于荒芜之地的百姓艳阳和甘霖,以春华秋实、笔墨纸砚,赐予他们特有的智慧,吹亮了东方文明的一缕晨曦。人们蒙昧的日子过得太久了,远去的祖先痛苦地醒省,留给我们悲怆的昭示,让我们慢慢领悟。人是世界的过客,荣辱是人的感受,生死是永恒的。

历史记载,朱高煦确实居于此地多年,孙武祖地真在此吗?历史考据自有历史学家细究,我们姑且不去触及,只说镇国之宝《孙子兵法》吧,这是走向世界的经典。我们从小读书就知道"知彼知己,百战不殆"如此等等,兵法谋略是人类的大智慧。中国这块古老灵性之地诞生了开掘世界文明源头的先驱孙武,《孙子兵法》的厚重伟大,使得在两千五百年之后,作者孙武仍有数不清的知音和崇拜者,他们虔敬,他们研究解读,薪火相传,用阳光一样干净的精神,去延续守护,去解析其神质,把古时生命的结晶以及生存的智慧投射到现时的人世间。

春秋之后的历朝历代都把《孙子兵法》当作兵家文化瑰宝,当今世界风云变幻,《孙子兵法》的"和平与强兵"构成了我们"和平威胁"的战略思想,《孙子兵法》"全胜"的理念和追求,超出了战争本身。及至中国改革开放,经济大潮奔涌之时,《孙子兵法》成为商界乃至政界的精神经典。掀开历史的尘土,双手抚摸人类童年的面容,得到的依旧是绚烂无比的纯美,古老的智慧,历久弥新。一部《孙子兵法》,一部人间是非曲直的大书,一部人生规划和谋略指南。《孙子兵法》是我们坚强的精神拄杖,也是中华泱泱大国傲然屹立于世界民族之林的文化根基。你随时可以触摸可以翻看。再棒的兵法,没有结合时势而读,都达不到一定的思想高度和精神空间,领悟不了其现时的张力和精髓。历代统治者都知晓水能载舟亦能覆舟的道理,如果没有治国惠民之智慧,统治者的皇宫大厦会土崩瓦解。他们左手运作兵法,右手施惠于民,才让国家长治久安。《孙子兵法》是中国传统文化的重要组成部分,也是世界文化宝库中的极品。如果我们能沿着惠民的历史,读懂人性的美丑,读懂国家社会,那就善莫大焉。

惠民是一个充满文化魅力,诱人耳目,能把人的想象激活的灵性之地。我们从中得到的裨益,远远超出它平静的外表,那一段城墙,一缕地气升腾的讯息,把物化或精神的东西,通过一种灵性之音涌入我们的灵魂。你借助一个器物、一段文字、一角景色,可以走进你所想要去的任何一个时代,你可以在时空里漫步,在地老天荒的星云之下静立,与远古的人和物对话,感受历史的瞬间和永恒。

我离开山东惠民,心里还放不下,放不下历史的辽远苍茫,放不下《孙子兵法》的神妙,放不下一种纯民本的思考。惠民,现时武定府衙和孙子兵法城建筑群的外在景色之美,都浸泡在历史的骨子里,它离我们那么近,那么远。

(发表于《人民文学》,被选入《齐鲁文学作品年展》)

提神的流年

乙未年的秋天,在这个冷暖轮回的痛点上,在繁茂与萧瑟交割之时,我来到鸭绿江边。从没有过的感触震撼了我,心里的冷暖,肉体的冷暖相互激荡,一直幸福着的心颤抖了。

落日的余晖中,我伫立在吉林长白县的鸭绿江江边,长白县是个小城,人和车都不多。如果不是在中朝边境这样的要冲,很像许多人向往的桃花源,水云涧。鸭绿江对岸是朝鲜的惠山市,不见车来人往的繁华。不知道朝鲜人民在鸭绿江的另一边干些什么,丝毫看不出世界上工业城市所共有的显明特征。一条鸭绿江将人与空间切为两半,又进而把人和时间切为两半。

傍晚的时光倏忽而过,不觉已是夜色四合。鸭绿江水自东北向西南而来,江水的声音清晰地传来,水声清泠泠地响。横亘在我面前的是一种光的轨迹,微弱浅淡的光点,在空壳似的晚风中摇来荡去。江左侧是夜光下朝鲜的山川房屋寂静的暗影,有萤火虫一般点点衰弱的流光,若隐若现,无力地扑棱一下,沉在无尽的黑暗里。江右侧可以看到中国长白县灯火阑珊的夜景,各色声波光波如秋光中五颜六色的树叶,红黄绿褐,橙青蓝紫,组成一连串强弱不同的光谱和音律,轻笼覆盖着小城的上空。无边的景色和野地气息传递出说不出的况味,悲欣交集的世界离我不远。

江边的冷风迎面吹来,留给我一种鲜明和清冷不可思议的感受。昨天,鸭绿江的源头长白山天池那边下雪了,好大的雪。江水把那里的冷传递过来,我感受到了遥远的冷,也仿佛偷窥到了鸭绿江源头的洁白与冷艳。我好几次向夜幕伸出手,尖细的指尖闪着柔光,十月秋风从我的手指缝隙里流过,冰凉是流进心里的,手指有被冰冻起来的后怕。我从南方温暖的海边来,不知道北国山里的秋这样的寒。我穿了浅色裙装,真有点不合时宜。不是美丽动人,却是瑟瑟冻人了。冷冷的氛围里,静静地打开了江边故事的开端。

两个盲流的流年

我来鸭绿江边是探亲的。探亲,多么温馨的一个词,亲人在远方,带着深深的情意和思念,不远千里来探望。丈夫舅舅家的两个表哥在20世纪70年代,"闯关东"来到吉林长白朝鲜族自治县。在长白机场,亲人们彼此眼里噙着泪花,一别十几年,见面不容易。两个表哥家现在共有二十二个人,一同来欢迎我们,好多人我第一次见,血浓于水的亲情是千里万里也隔断不了的。大表嫂小表哥都说,知道山东老家要来人了,我们心里高兴啊,彻底打扫卫生,收拾家居,迎接亲人到来,我们高兴得好几天睡不着觉。饭桌上,小表哥笑着调侃说,我们兄弟俩先后来长白县,是两个吃不上饭的穷光棍,是一无所有的盲流,两个盲流在这里讨生活四十多年了,娶了媳妇生了孩子,有这么两大家人,嗯嗯,真是知足感恩,国家政策好啊。

大表嫂看上去有些老了,但依旧那么清秀。十几年前她回山东老家时,让我惊讶的不只是她漂亮,而是她用头顶东西的高超技艺。大表嫂跟朝鲜族的女人一样,习惯用头顶东西,上街买了东西盛在包里,她用头顶起来,两只手臂自由地摆动,走路时身材窈窕,惹得一片路人新奇艳羡的目光。大表嫂告诉我,她习惯这样了,在鸭绿江边洗好了衣服放在盆里,用头顶着回家。我学着试一试,身体东摇西晃,头和脖子端不正,包包瞬间落地,惹得家人一阵笑。那时就想,何时有空到长白县看看,看看朝鲜族人的生活,看看鸭绿江,看看大山里的森林,捡个蘑菇山野菜啥的。

大表哥当兵退伍之后来到长白县,正是血气方刚的年龄。他开始独自一人在异乡讨生活。一个人在外闯荡,苦和累,辛劳和委屈,都要自己默默咽下,拳打脚踢,咬牙瞪眼地坚持着。山东汉子的执着和憨厚,为他打开了新的天地。开始在林场工作,后来到县生产资料公司当职工,再后来当了公司经理,再后来积劳成疾身体垮掉,生病去世了。大表嫂四十二岁就一个人带着四个未成年的孩子辛苦度日,二十多年了一直没有改嫁。说到这些大表嫂唏嘘泪流。一辈辈的传承,不是开始,也不是结束,他们都走在中间,走在时间的中间,走在空间的中间。

小表哥20世纪70年代末投奔大哥来长白县,刚来时大表哥对他说,你来这里看看,住几天就赶快回山东老家,时间一长,就宕下了。混好了,你不愿意回家,混差了,你没脸回家。小表哥告诉我说,我从老家来,隔着鸭绿江一看,人家左岸的朝鲜有楼房有铁路,人间仙境啊,与仙境只是一江之隔。那时长白这个地方比山东老家好啊，有大森林，能吃饱饭，我怎么也得想办法留下，最后留在了长白县。那时最大的梦想就是吃饱饭，不出牛马一样的苦力，过上富裕的日子。他种过地，挖过煤，在林场干过，娶妻生子，后来当了长白县西岗参场的场长。近些年，国家改革开放，政策好，长白县各方面发展快，生活富裕起来。小表哥一脸满足地说，我退休在家，一切都好，我们家的日子，在长白县属于中等水平。我刚来长白时，给我一万个脑子也想不出现在生活的好。我不仅实现了梦想，而且超出了梦想一万倍。而鸭绿江左岸一直是老样子，我来长白四十多年了，他们那边没有多大变化，与我们这边对比很强烈。我来长白探亲，第一次见小表嫂。小表嫂是个漂亮而健谈的人，我们一见如故。她眉飞色舞地告诉我回山东的经历，也告诉我为何这么多年再也没回山东。

小表嫂是长白县一个村支书的女儿，支书家的千金，嫁给山东昌邑帅气的穷小子，很有些下嫁的意味。小表嫂第一次回山东，大儿子只有六个月，她用东北妇女常用的布兜，把孩子背在身上，步行坐车，一路颠簸，因为晕车，受尽磨难，走了半个多月。回到山东老家，一切都不适应。小表哥想吃朝思暮想的家乡味道，便和父亲一起到海里捕鱼捉蟹了。天不亮就走，顶着星星才回家，扔下媳妇在家里受尽了难为。小表哥刚出生，母亲就去世了，小表嫂没有婆婆，家里没人指点，家务活不知道应该怎样做。她说，她特别害怕山东老家做饭用的风箱和栏。

小表嫂说，在长白县，漫山遍野的森林，木头多的是，做饭点上火，大木头桦子呼呼燃烧，很短时间饭就做熟了。山东可不是这样,做饭没有木头,要烧草。下了雨,草淋湿了,点火后浓烟冒出来,还要不停地拉风箱,不拉风箱,火就灭了。一个背了吃奶孩子的外地媳妇,在灶间烧火做饭,用力拉风箱,咕哒咕哒咕哒,草木灰噗噗从灶口喷出,喷了一脸的浓烟,一脸的草木灰。火灭了,重新点火。做一顿饭,锅上灶下,站起身,蹲下身,不住地折腾,孩子在背上哭,我在灶上哭,一脸一头的草木灰,我看见风箱就怕死了,咕哒咕哒,听见声音更害怕。说到这里,小表嫂那被烟熏火燎的生动表情,惹得一家人哈哈大笑。

再说山东老家的栏。栏是喂猪的,一间草棚,一个大坑,坑边关着猪。人也在栏里上厕所。我背了孩子到栏里上厕所,推开栏门,一头大猪嗷嗷叫着迎上来。我吓死了,哪敢上厕所啊,赶紧退回来。一个外来媳妇,害羞啊,不敢吱声,也没人问,但内急憋不住啊,又大了胆子战战兢兢进去,一边解手,一边与嗷嗷叫的大猪打架,吆喝,用树枝赶,上一次厕所就是一场战役。家里吃的差,还没得烧,我实在是不适应,赶紧回长白县。那时家里穷没钱,带回山东的钱,都被打肿脸充胖子的孩子爸留给老人了,我们只留了回程的路费。从家里带的饭,在路上吃完了,也没钱买。一番番的折腾,晕车,饥饿,回长白的路上我就没了奶,孩子饿得哭,我也哭。那时,我就下决心,再也不回山东了。小表哥不住地向小表嫂眨眼睛示意,不让她说。谁知小表嫂更来劲了,反而大声说,你不用使劲挤眼睛,挤眼睛也挡不住我说话。我就要说,这么多年了,我今天公开说出来,痛快极了。一家人哈哈大笑。

我告诉小表嫂,现在老家昌邑是渤海沿岸的一颗明珠,经济发达,物产丰富,环境优美,是全国百强县呢。四十年变化太大了,老家的人们生活富裕,做饭用天然气,上厕所用冲水马桶,高速路、铁路、公路都经过,交通发达,从长白机场坐上飞机一个半小时就到青岛机场,机场大巴直接就把人送到昌邑了。你和小表哥回山东家看看吧,也许你住好了,还不愿意回长白县呢。小表哥接这我的话,对小表嫂说,如果你愿意回山东,我好好陪着你,前几年回老家看了,眼红呢,山东比我们这里发展快,一个乡镇的规模跟我们县城差不多,人们的日子过得美啊。小表嫂笑着答应了。

　　一家人坐在一起,说着多年前生活的种种艰难和苦楚,许多历史的细节,稍稍触碰一下就令人泪流满面。现在听来好笑的故事,就是那时流泪流汗,甚至流血的真实经历。小表哥母亲早亡,是吃着我婆婆的奶长大的,两个表哥小时候穿的衣服鞋子,全是婆婆亲手做,兄弟俩对婆婆一家人的感情深厚,两个表哥与大伯哥和丈夫情同亲兄弟。同色的历史背景下,不同的家庭,有着不同的喜怒哀乐,历史的巨流河波起浪涌,很多的历史事件和往事,都能从亲人的谈话里找到源头和来路,也一次次的显影,钩沉,拆解,组合。历经沧桑的眼睛里,闯关东的人,一个人的风流云转,就是一个令人震颤的长篇传奇。他们一个个艰难地趟过青年中年的长河,慢慢走向老年。岁月已逝已远,参不透的人生奇遇,诉不完的流离动荡,往事流年,除了年代不同,那些艰难困苦,爱恨情仇不比电视连续剧《闯关东》里的朱开山一家逊色。他们说起去世的大表哥,说起苦难贫寒的家庭,他们说得动情动心,唏嘘叹息,我在一边听得满面泪流。这似乎只是说了一个大家庭的遭遇,其实这里面,人生老病死,历史潮汐,历历在目,声声留史。改革开放四十年,一个大家族几代人的奋斗史,也是我们国家由弱到强的发展史。

大表嫂四个孩子,小表哥的三个孩子都已成家立业。晚辈们带上孩子,一大家人与我们一起到长白的各大饭店吃饭,其乐融融。孩子们延续当地风俗,个个能歌善舞,唱歌朗诵表演,水准很高,豁达幽默的大家庭氛围,让他们的生活充满乐趣。大表嫂在税务局工作的女儿,跟我开玩笑说,小婶,你回山东给我妈物色个后老头,让老太太嫁过去,这样我们就有理由多去山东了。一家人听了笑得很开心,大表嫂也开心地笑。朗朗的笑声把以前生活中的那些苦难和不如意,一扫而光。

世间光影

我们一同去参加朝鲜族的婚礼。朝鲜族的婚礼,我只在电视电影上看过,亲临其境还是第一次。婚礼现场在鸭绿江边的一个山坡上,江水从山边欢快地流走,秋光里,满山色彩斑斓的树叶搭起天然的背景墙,一个有朝鲜族特色的秀丽院落,几幢有朝鲜族特色的两层楼,各种树木山石,把小院子装扮得喜气洋洋。

天阴晴不定,时而下小雨,时而停下,旁边的山头雾气升腾,很有伸一下手就能摸到云雾的感觉,这里的云雾洁净如雪,白雾拂面润润的冷。潮潮的空气,时暗时亮的天光照耀,人站在地上,有些不真实的感觉,在这样的仙境里,好像人插上翅膀就能飞起来。

　　朝鲜族的服装真美,鲜艳的小上衣,宽大的长裙子,把新娘装扮得仙女一样美丽,独特的头饰发簪闪闪发光,油光水亮的头发戴了花冠饰品,头发盘起,闪亮的长发簪,衬起新娘俏丽的脸,有种说不出的妩媚。拾级而上的新娘走在花环中,风姿绰约,仪态万方。新郎是个帅气的小伙子,戴一副眼镜文质彬彬,一身华丽的民族服装,明黄的上衣袖口滚了浅蓝金黄淡红的边,配上粉红的马甲,深紫色的裤子,黑皮鞋,看起来干练潇洒,满是悦目动人的书卷气。这时,我忽然觉得人和仙消弭了边界,人的想象之中,仙的外在,不也就是这个样子吗?新娘新郎在中间跳舞,亲戚朋友手里拿着花,围着他们一圈又一圈,一起敲鼓跳舞唱歌。而后,在歌声和音乐中,新娘被众人簇拥,坐进用木头做的花轿里,四个女人抬着花轿转圈,所有人跟在花轿两边后边跳舞。新郎在轿子窗边拉着新娘的手跳舞,盛装的婆婆公公在轿子前欢快地跳舞。公公婆婆的舞姿都很美,他们的喜悦是发自心底的,用歌声和舞姿表达出来。一个漂亮的儿媳进门,儿子成家立业了,真是值得庆贺。朝鲜族的、汉族的、男女老少都在跳舞,一个大院子鼓声阵阵,一圈人又一圈人,舞成欢乐的海洋,花的海洋。鲜艳的朝鲜族服装太美了,袖口裙角衣领都绣了精美的花朵,大红,粉红,湛蓝,雪白,翠绿,金黄,蓬起来的曳地长裙像盛开在大地上的花朵。

　　……阿里郎阿里郎阿里郎哟,我的郎君,翻山过岭路途遥远,春天黑夜里满天星辰,我们的离别情话千言难尽……

　　歌声、音乐声在山间回荡。鸭绿江边的好山好水好风光,才配得上这样颜色明丽的衣饰,才能有这美艳的姑娘和帅气的小伙子。朝鲜族是一个能歌善舞,勤劳智慧的民族,他们的婚礼简约而欢乐。这里人与人相亲相敬,朝鲜族人汉族人在一起唱歌跳舞,民族和睦相处,虽然语言不通,但善意流淌在人心里,我们也加入欢乐喜庆的行列,满脸笑容地跟着跳舞的队伍跑来跑去,我用手机不停地拍照,分享他们的快乐,给新人真诚地祝福。新郎走过来送我一枝玫瑰花,好多人一脸羡慕。小表哥的儿媳跑过来对我说,小婶你可真幸运。一个国家和地域,民族团结,人人相亲,让人很有人间天堂的感觉。

新郎新娘坐着缀满鲜花的高档轿车离开了,我的心还沉浸在欢乐婚礼的氛围中,耳边回响着那首反复吟唱着的《阿里郎》。众人合唱的歌声悠扬,旋律动听,委婉缠绵的歌词,蕴含朝鲜民族独特的风格和情感。歌中表达着人们坚强的信念,他们用不断地坚持和等待,去超越悲哀,怨恨,伤痛,直至实现梦想。无怨无悔地坚守和隐忍,是朝鲜民族文化的鲜明个性和生命美感。两个表哥的家人在这里生活了好多年,已经融入这个地域的生活和文化,他们可从朝鲜民族隐忍坚强的文化内涵里,获得追求美好生活的无穷力量了吗?我想,他们做到了。我们去参观朝鲜族的民俗馆,精美的刺绣占了一大面墙,细密壮观,花朵山水,惟妙惟肖。朝鲜族的刺绣技艺独特,看他们民族服装就略见一斑,栩栩如生的绣花,色彩艳丽,鲜活得像能采摘下来。我被许多手工制作的铜器吸引,特别是朝鲜女子长长的发簪,甚为精细。腰刀、匕首、各式各样的铜锁等等,摆放在架子上,可以近观,也可以盈手一握。朝鲜族的能工巧匠技艺精湛。我不住地慨叹,各个民族都有精英,高人在深山哪。我问小表哥,这里为何有这么多铜器?他说,这里附近有铜矿,朝鲜那边有一个很大的铜矿,铜矿走私严重。朝鲜人私底下就想换口吃的。同是朝鲜族人,一江之隔,我们这里的生活水平,与江那边是云壤之别。

来长白一定要吃朝鲜冷面,小表哥很认真地说。正宗做朝鲜冷面的是一个国营店,延续许多年前的规矩,先交钱买票,凭票吃面。大厅宽阔,人满为患。还没有吃到面,就感到这朝鲜冷面店热火火的人气。大厅里,所有人都是一种泰然祥和的神态,不着急,不赶时间,来吃面朝鲜族人和汉族人,不管认识与否,坐满一个个圆桌,热情地说话。圆桌互相紧挨,桌子和板凳的密度大,有的地方塞得紧实,人挤过不去,但人们不在意这些,心满意足地吃,开心自在地笑。

我很好奇朝鲜冷面到底是怎样做出来的,就让小辈儿带着,去看做冷面的。我站在操作间的门口,眼巴巴地向里望,服务员忙得紧,我不时地退后一点,方便忙碌的她们出进。做熟的热面,放到一个大铁筛子里,师傅把筛子放到大水池子里淘洗,哗哗,水花四溅,流淌的冷水不断加进池子里,面条不断淘洗,一遍又一遍,淘洗好了,面条根根透亮,师傅用手扯断,放进一个大盆里,大盆被放到案板上。这时,另一个师傅将盆里的冷面继续扯短,放进一个个大瓷碗里,一排排的大碗只一小会儿就被填满了,放上各种调料,放上剥了皮的熟鸡蛋。师傅的手太快了,我还没回过神来,冷面眨眼间就做好了。动作麻利的服务员进来,端上就走,很快就把冷面送到各个食客的桌子上。当我坐在桌子前享受一碗冷面时，口舌的享受上升到一个新层次，从外到里的爽。酸酸甜甜辣辣的冷爽，清清凉凉滑滑的醇香，正宗的朝鲜冷面就是不一样。吃过了冷面，我知道了亲戚们在这里年复一年的生活，也看到长白县人们日常的生活状态。两个表哥在劳累困顿的流年里，他们在端起朝鲜冷面的时候，也许会想起山东老家，想起远方的亲人，那孤独和思念就如同着长长细细的冷面吧。

小县城生活很方便，大大小小的超市，物品琳琅满目，天南地北的商品这里都有。吃穿用应有尽有。饭店酒店吃饭住宿很方便，价格也不贵。菜市场离亲戚家很近，在半山坡上。远远就看见街边的卖菜人分列两边，几个大一点的摊贩撑了遮阳棚，很多人就是把菜随便放到地上的，一家挨一家，半条街都摆满了。看到一大堆洗干净的山野菜，我不认识，就走上前问，这是什么菜？卖家告诉了我名字，我始终也没搞明白，也不知道那几个字怎样写。我问这森森细细的菜怎样吃？卖家说，用盐腌着吃。我吃过朝鲜辣白菜，酸辣甜的鲜鲜味道，这山野菜也是那种腌制法？没细问。野山蒜用江水淘洗得干干净净，碧绿的叶子白白的蒜头，很亮眼。山葡萄，山梨，苹果长得都比山东小几个型号，尝一尝，皮厚且酸涩。这里的年积温少，天气的寒苦让水果们也萎缩了身子，一脸不开心的清冷。想想山东昌邑老家的西永安葡萄，卜庄大梨枣，都昌红苹果，山阴大甜梨，石埠的大西瓜，立刻幸福得云里雾里。老家是辽阔的平原，没有山里的幽深清静，水果们也随着山东的地域特点，个头硕大，情绪热烈，色彩饱满。

长白山的人参，就那么放在地上卖，一长串堆着。有的洗干净了,白白胖胖的像人参娃娃,有的还沾着黑黑的泥土(沾着泥土保鲜,能放好长时间)。想到我们山东老家人对人参的那种宝贝程度,不免慨叹,这里的人真是富有,人参像菜萝卜一样放在地上卖。

刚刚捕上来的鸭绿江里的鱼一条条摆在地上,有的鱼还在蹦。我看鱼的样子很像鲤鱼,只是比山东的鱼瘦一点小一点。我已经吃过这种江鱼,味道极鲜美。这些鱼活在不断流淌的江水里,这些鱼生活得很奢侈,这里的江水比我们喝的矿泉水还好。

小市场的卖主大多是家里种了菜,或是到江里捕了鱼,到林子里挖了野菜、中药材到这里卖的。卖了卖不了,都不打紧,人们生活富裕,不缺吃穿,不缺钱。买菜的人也不多,有合适的买一点,没有合适的,就随便逛逛。人们都那么悠闲,不见急匆匆的脚步。来到这里,我也悠闲起来。回程飞机票已定,这几日就安心在长白县了,一切都不着急。长白县手机信号时断时续,有时干脆没有信号,听人说是朝鲜使用了德国进口超大频率干扰屏蔽设备的原因,长白县这边就电话打不通,微信看不了。我们急也没用,就顺其自然乐得自在。难得这种清静安宁的日子,不上班,也不必看时间,慢悠悠走路,慢悠悠吃饭,慢悠悠聊天,一时觉得天下大同,平安自在,悠哉悠哉。细想,人世间没有那么复杂。就像著名的奥卡姆思维一样,舍弃一切复杂表象,直指人类生存的本质。今天的人们往往自以为掌握了许多知识,喜欢将事情往复杂处瞎捣鼓。人若澄澈,世界便澄澈。人若简单,世界便简单。守住做人的本分,便安宁自在。一钵饭,一杯水,吃饱喝足,人本安详。

森林内外

推开侄子家楼房的窗子,一眼就看到湍急流动的鸭绿江水,也看到对岸朝鲜光秃秃的山,左岸的山上树很少,只是长着低矮的草,更多的是山石裸露。秋日的艳阳,隔了玻璃晒在我身上暖洋洋的,闲适安逸心境中,有意无意地看眼前的街景和楼房,也看街上散淡的人,慢腾腾走来走去。一眼瞥见左岸的山坡上腾起了烟火,便问侄子是怎么一回事?侄子说,朝鲜那边烧荒种地。唉,山都秃了,还烧,在那么陡峭的山坡上,种地难啊,粮食产量也低。他们吃不上饭,也是没办法的事情。越吃不上饭,就越开荒,越开荒,环境越差,恶性循环。他们砍了树木烧木炭,冬天不供暖,没有电。我们这边现在封山育林。

小表哥跟我说,这里的山多树多,人活着在林子里,死了也在林子里。这里还是土葬,没有火葬。人死了,装了棺材,埋在山上。大哥去世了,葬在这附近的山上。他多年前身体透支得厉害,早早结账了,唉,四十多岁就走了。他一生打拼,比我还艰难,没来得及享受奋斗后的果实,就永远地住在深山老林里了。我唏嘘叹息说,想一想,人活着碌碌无为或拼搏奋争,都难以有一个完美的姿态,人活着多么不易啊。小表哥说,我和老伴的棺材,儿子都给备好了。我听了就笑,说,很遥远的事,你们准备那个干什么?小表哥说,是啊,人总会死去,生死都看得开,看着棺材,看到死后的归处,心里很安宁。现在就望死而生,安安心心地活着。我问,坟墓在山上,天寒地冻的,又全是石头,怎么挖?小表哥说,挖不动也得挖啊,总要把棺材埋到山上,人入土为安。我点头称是,人活着森林养活人,人死了,皮肉养活森林,人与森林同在。

世界上的玄奥与人的迷茫,向着时间和空间流淌,有效的对抗往往很少达到目的。人的身体和观念都在神奇地变化,以时间和空间为经纬,扩大着人世间界的洪荒之感。对我们这些茕茕立世平凡人来说,如果有来世和灵魂的存在,就能抵挡死的恐惧和焦虑,那该是多么大的安抚和慰藉啊。不管世事怎样变迁,生老是社会的大话题,人们生活幸福也是社会发展的目的之一。

侄子开着自家的新轿车,带着我们去森林,看山里人参种植的地方。我第一次见到种在地里的人参。人参地在相对平坦的山坡上,周围全是茂密的森林,种人参的地是砍伐森林后才有的。种植人参很奢侈地占据森林中最肥沃的土地。人参地的泥土是黑色的,厚厚腐殖土,踩下去软软的,脚下颤巍巍,泥土中腐烂的树叶还看得清。这块人参地不大,不见有人看管,看得出,这里民风淳朴。人参地四周用塑料布围挡,围挡有多半米的样子,靠近围挡的塑料布。我看到间隔一定距离,就有一个盛了水的塑料桶埋在土里,不知做什么用,就连续看了几个,明白了,桶中水里漂着死老鼠,原来是捉老鼠的。人参种在一个个畦子里,周围有排水沟,一畦子一畦子的人参苗,上面遮挡了塑料小拱棚,我弯下腰往里瞧,人参的叶子有些蔫了,可能是天冷的缘故。有的畦子空空的,许是收获了吧。侄子说,现在人参种植少了,砍伐林子种人参很难被批准。人参不能长期在一块地上种,人参这种植物霸道,对土质和环境要求很高,人参地种几年就没法用了,要还林,再栽种小树。我问,不能在原始林子里种人参吗?答,能啊,但产量极低,也不好管理,人参长大需要很长时间,现在,人们急功近利的多。

森林里的路很窄,车子一直在绕着盘山路走,走得很慢。我们的车子开到黑河林场,这里有一处萨满文化旅游区。长白山是世界萨满文化的母源地之一。

这里主要供奉着三尊神像,长白山女神佛库伦、托梦天母阿布卡赫赫、子孙娘娘佛托妈妈,神像样貌俊秀色彩鲜艳,远远望去威仪满满。这里还有一个圣山祭坛,九个原始部落的图腾,用长白山红松雕刻而成,九个萨满神柱各记录着一个古老神奇的故事。萨满生长在这片森林里,他的舞蹈和歌唱都与这片森林有关,与这里的人和生灵有关。此时记起米沃什的一首诗,心中一震,与之轰然共鸣。诗中这样写:"岛屿和大陆的萨满们摇动他们的拨浪鼓/但不会唤醒,不会唤醒被杀的那人。/我看到发霉的祭坛,庙宇变成博物馆,/我听见一支胜利的歌,他们不知是哀悼之歌。/他们在"已完结"的盲目光线中擦拭眼睛,/寻找带有善恶字母的碎碟子/当高傲的思想说:"让命定的落下,落下吧。/让新种族接受这礼物,它的道德。/让它统治大地,在废墟上起舞。"

旅游区没有人讲解,我一个人慢慢看文字和雕塑,基本上能了解旅游区的概况。让我大惑不解的是,祭坛旁边有一个阴阳柱。一个硕大的男性生殖器雕塑很突兀的矗立着,不免让人脸红。萨满文化与人的生殖繁衍联系很密切吗?不知道。

以前,森林在我的脑海里就是一个名词,连续几日在森林中转来转去,我大致有了一个感性的认识和较为清晰的轮廓。森林是一艘渡人的航船,从不拒绝沉潜与离弃,所有的喜怒哀乐,都化为素朴的营养,归入地球不断流淌的血脉。有森林能够带领人和万物共赴声势浩大的生存和死亡。森林是人类的栖息地,也是每个人走向远方的通道。现时,时间流逝,最后时间死亡,我们祭祀先人,也会被后人祭祀。隔世呼唤的亲人最好不要表达那么多悲伤,扬扬手,道一声如意吉祥。

山水境界

山沟里秋意俨然,坐在去沟里的敞篷车里,环顾两边的山水影像,秋天的身影是佳人峨冠博带的雍容华贵,秋之声便是金风飒飒,落叶飘飘,落果叮咚。惊叹,是所有新到这里人的共同感受。我们和表嫂表哥感受不同,我们觉得世界上还有这么美丽神奇的地方,值得一见。表哥和表嫂两家人感受有诸多的不同,眼睛里既看到景色的变化,也看到时间在流淌。

车行在山沟里,有微风清亮亮地拂过,空气是那种流进血液里的透彻,身体吸饱了负氧离子,人也精神焕发。树层层叠叠排到蓝天之上,云朵就在彩叶上飘,一团白云趋近,晃悠悠下界嗅嗅气息,云与树目光短接,竟然有些暖意。秋天的山野香气很劲,眼里望不断的草和树,石头和苔藓,饱满,泛滥了说不出的柔软慈悲,一个声音在这里响起来,佛经的梵音来自遥远,大抵在时间之外,在内心,在空茫里,在头顶环绕。冥想来自创世纪的第一个早晨,清平的世界,种种生命的滋味细细参悟,石头和美玉并陈。我的感觉如宋人包恢所说,隐然潜寓于里,而其表淡然若无外饰者,深也。

下了车,就步行。走进沟里,没有其它交通工具了。我看到一双双不停迈步的脚,各种脚各种鞋之上的人,有着不同的来路和去路,他们的人生境界不同,走到这里,就走进了他们生命的一段旅程。我们一行人,从山脚踏着木栈道向上攀登,阳光透过密密的树枝叶子,落到地上的并不多,斜斜照耀的光线,能进林子再跌落到地上是个例外。遮天蔽日的树林是一个树的海,山,树林,我,空气,水,都是森林大海中微小的一分子,空气中是森林的味道,各种植物的精气分泌挥发出浓香,树木的光合作用生发出大量氧气,我大口呼吸,身体有被清洗的感觉。天然的氧吧,负氧离子,溪流,紫外线,共同创造出一个令人神清气爽生存空间。这里的环境保护做得好,如果可以变身的话,我愿意变成游在这森林里的一条鱼。

弯弯曲曲的木栈道附山就形,远远望不到头,树枝树干、野草、藤萝挡住了视线。石头和树身全都长满碧绿的苔藓,一棵棵粗大的树,枯萎倒下,用手触摸参天古木,树身上苔藓凉凉的,生命之感传递过来,不能对话,就用心思和大树苔藓交流吧。移步换景,我边走边用手机拍照,一根根粗粗的藤萝沿着山石攀援而上,石头的缝隙里汩汩的水流涌出,有瀑布飞流直下,或丝丝缕缕铺开,水,不由分说地倾倒下来。人到了,境界就到了,登上不同的高度,视野就不同了。人是会被环境影响到的,我被周围的环境环绕,原始森林的感觉涌来。自由就是这里的本位,一切都不着急,这里已经存在了许多年,还会存在许多年。各种生命生长荣枯,生老病死,都不被打扰,记得王维那首《鹿柴》"空山不见人,但闻人语响。返景入深林,复照青苔上。"此时,颇有共鸣之感。

上到山顶没了路,瞭望一番就下来,回到山脚。我找了木凳坐下休息,我的思绪却没有止息,瞬间飞得辽远。山间的风景有层次,高高低低各有不同。人的生存状态和山间的风景竟是那样神似。我们大部分人都是生活在山脚的芸芸众生,就这矮小葳蕤的草木,眼中看到的就是山脚。有能力的志士能够爬到山腰,在山腰上能够领略山林的气派。最具实力的少数人能够登到山顶,可以成为王者,一览大山的全貌和美景。你是什么层次的人,能够看到什么层次的景色。在低处,你的眼中是草和小树,看不到参天的古木和色彩斑斓的林间,由此想到自己,年轻时抱怨世界上有那么多的不平事,因为层次不够,所以目光短浅。世界上的美好和庄严一直在那里存在着,美好的人和精神的端庄的思想一直在,攀登到一定高度才能见到。那些一脸茫然的人,那些趾高气扬的人,那些宽厚温和的人,那些精明睿智的人,那些愚笨可怜的人,各种人等,各种脸色,就是不同的人生层次。世界就在那里,有卑微有伟大,我们的层次到哪里,就能看到什么样的风景。不是世界有多么龌龊,多么丑恶,而是我们修为的层次不到,没有一览众山小的境界和气度,还没有领略人世间大美的眼光。国家的境界也是如此,一个国家更需要有境界高思想深远的领导人来掌舵,只有这样,在通往人类幸福的航程上,会减少许多迂回和波折。我眼睛看着簌簌飘下的落叶,沉浸在自己遥远的思绪里。大表嫂过来坐在我身边轻轻喊我一声，我才回过神来，大表嫂握着我的手，默默无言。此时，我感受到她的沉静，半生辛劳练就了她宽阔的胸怀。她负重的身体和心灵，在操劳中没有诉说，只有对待生活的坚强和力量，好日子就在她手上，她的勤奋中。她朴实而执着的精神内核，把水一样的"柔"和"刚"，融于了岁月的细节中，默默生长着善意和温暖。

我问小表哥，这里为什么叫望天鹅风景区？小表哥说，"前些年，这个沟里还有人居住，修正药业公司购买了开发权，把这里做了旅游景点，人们才搬出沟里。以前住在这山沟的人很少走出去，不知天荒地老地劳作生活，我在这沟里挖过煤，山东老家的人写封信，我一个多月后才收到。每当仰望天空，看到天鹅飞过山沟的上空，我就知道天要冷了，望天鹅啊，天鹅捎去我无尽的思念，望着天鹅飞，我就泪流满面，叫望天鹅风景区可能有这个意思吧。"我点点头。走到风景区的一个木牌子下，我看到文字介绍：从空中俯瞰，这座山看上去像一只天鹅，因此叫望天鹅风景区。我不知那个解释好，我宁愿相信小表哥的解释。

我们下到沟底小溪边，我用手试一下湍急的流水，水冰凉。抬头望天，碧蓝碧蓝，蓝得让人心里没底，李白的那句：青冥浩荡不见底，煞是精准。白云忽忽悠悠飘着的，站定一会儿，白云飘走了，又来另一朵云。站在沟底远望，蓝天在头顶上方就是蓝得密不透风的一道深沟。小表哥说，你录一下，让老家里人看看山里的美景。我用手机转着圈录像，周围的山水树木和人尽入画面，五颜六色的树，哗哗流淌的溪流，在溪边游玩的人。小表哥说，你向上录一下树梢和白云，我仰起头又转一圈，树梢，蓝天，山,旋转成一个圆圆的洞口,我最渺小,站在洞底里,望天鹅的感觉一下子找到了。是啊,在遥远的年代,四围的山野把人盛在里面,人们仰望天空,飞翔的向往是融在骨子里的,天鹅来了,带来了山外边的消息。天要冷了,天鹅到南方过冬,山里的人要做好准备,以躲避风雪交加的极寒。望天鹅的人们,多么向往像飞翔的天鹅一样,能看到大千世界,能够有一个广阔的视野。

现在,国家经济繁荣,人民安居乐业,交通发达,信息交流迅速,很佩服手机强大的功能,出门在外,订票、订宾馆,付款,拍照,打电话,录音,发微信,甚至走几步路,有什么爱好,常去哪里,手机都记录得清楚。手握一枚手机,分分钟一切搞定。前人望天鹅时,一定想不到,他们的后人竟然有神一样的能耐,更想不到普通百姓,能过上神仙般的幸福日子。我感觉,现代科技的发展让人们神勇无敌,神通广大,神乎其神。

再上木栈道,去看火山爆发留下的四棱柱山峰。把脚放在一块覆盖绿色苔藓的玄武岩六棱石上,我看到断裂处它黑色坚硬的质地,用手摸一下,冷冷的。一股山泉从它的缝隙里哗哗流出,冷秋的空气与它的温度完全一致,瞬间,一个以它为主旋律雄浑的交响乐,似是响彻成一首恢弘的史诗。小表哥走在前面,我们又跟着他向上攀爬,一步步的台阶像登天梯,目光平视,看不到别的,只看到许多脚后跟在不停地向上移动。我一边爬,一边低头想。现今社会有一种汹涌的力量,挟裹着我们向前走,前面有人,后面也有人,我们在时间和空间的中间,向着美好和希望前行。小表哥一家,大表嫂一家追求美好生活的信念,照亮了他们家人的生活,虽然辛苦,却步步向前,他们与无数拼搏向上的国人一样,过上了好日子。

　　我站在大山的脚下,感觉自己是构筑美好家园的小蚂蚁,一只劳碌快乐的小蚂蚁。经历了年轻气盛目空一切的眼光,那时,看山不是山,看水不是水。现在,中年世俗的眼光占据了我的心灵,看山是山,看水是水,是踏踏实实地生存。也许等到老年,一切看得开,就又能看山不是山,看水不是水了。也许那个时候,我的境界就到了。如陶渊明所言,登东皋以舒啸,临清流而赋诗。

　　世界那么大,一个人与一条江,与一群人,与一座小城,与另一个国家相遇,存在某种机缘和巧合。我们依照生命的惯性,努力地活着。民族、国家也在不断地成长强大。人和国家一样,没有对比就没有感叹,仅仅四十年代时光就留下巨大的差别。有一个高阔境界的胸襟和眼光,有一个充满活力的领导集体,有一个改革开放的正确方向,对我们的国家和人民是多么重要。无数与你我,与小表哥大表嫂一样的小人物,努力工作生活。过着幸福的日子。这神州大地上的流年,正向着人间正道走,向着中国梦的方向款款前行,与改革开放的国家大势步步相随。

　　(发表于《西部》,获《西部》纪念改革开放四十周年征文大赛奖,获山东省纪念改革开放四十周年征文大赛奖,获2018年山东散文排行榜奖)

浅蓝　深蓝

我们头顶的天空变化多端，出神之望是从蓝天开始的。天空浩瀚无极，如若自由的翅膀纷飞在人们心里。李白的诗句"青冥浩荡不见底"一语击中我们的观感。对于天空，有人敬畏，有人探求，有人熟视无睹。浅蓝深蓝是一种抓不住的阔达和豪放，人们只能在它的边缘静默或呼啸而过，留下关于蓝的记忆。蓝一直在人们的目光里，蓬勃生长着众多神秘和希望。

我居住的渤海海滨小城昌邑，环境优美，地灵之处生长出诸多人杰。古人和今人生命的光辉，散布并流传在这块土地上。四季轮回里的天海蔚蓝，一直在众生喧哗中绵延不绝。丙申秋日里，这里的天空又蓝得夸张。我拍了多张照片留存，还觉不过瘾，就打开微信拍视频发给远方的朋友，让朋友跟我一同分享即时有现场感的蓝天。朋友立刻语音回应，惊呼，太蓝了，这还是天吗？这让我很得意。

天空无尽的蔚蓝里，有一种壮美并非蓝本身。北京时间 2016 年 11 月 18 日 13 时 59 分，中国神舟十一号飞船返回舱，在内蒙古中部预定区域成功着陆。景海鹏陈冬进驻天宫二号，进行了为期 30 天的驻留，完成了一系列空间科学实验和技术试验。中国人洞开了航天科技的希望之门，也开启了有民族自豪感的尊贵殿堂。喜欢天体物理的我，兴奋得无以表达。这种中国人创造的天空之蓝,不只是我一个人的得意,是中国人的成功和荣耀,是人类智慧的光辉在闪亮。

之后不几日,我到沿渤海建设工地参观调研,忽的一下被另一种蓝震撼了,似是有大片一敲就当当响的蓝玉,不只是景象诱人,而是声色共聚的。我感觉发视频分享只能看到表象,已经不能表达清楚诸多的信息流和画面感,我就用文字来叙说,分享于您吧。

我坐上面包车,与十几人一同去海边。车窗外的林木、村庄、企业,一幅幅画面倏然闪过,秋天的壮美与萧瑟之感,像电视连续剧般扑进眼帘。车行到渤海边防潮堤坝上时,道路迂回蜿蜒,颠簸难行,但周边的景色仿佛变身为制作精良的美国大片,迎面的视觉冲击力强大,似是撞得脑壳咚咚响,耀得瞳仁镜子般光闪闪。

天空之下的渤海滩涂,盐田,对虾和海参养殖池,一片连一片,长无边界,横无际涯。一切全是硕大而空旷,苍茫而辽阔。蔚蓝的长天和暗黄的大地主宰着这里,人渺小的如同难以在盐碱地扎根的植物,更像悄悄过路的一抹微云。荒漠烈风里,有一种粗粝雄奇的气象扑面而来,憾动人的心魄,抓住人的灵魂,往高处引领,往深处提升。此时,一些我熟悉的物理学名词,从我脑海中纷繁地冒出来:超弦、亚原子粒子、弦的交响曲,超空间,量子……如此等等。只有在这里,我才会产生这样的思维和联想。因为这里依旧留存着少人打扰的空旷和激烈,神秘和堂皇。或许只有这里,才有对应宇宙的弦的交响曲呢。

我觉得时机和现场的景色难得,赶紧拿起手机拍照,但堤坝上的道路蜿蜒,凹凸不平,车子上下左右颠簸,我的手机稳不住,顾了拍照,就稳不住身体,稳住身体就无法拍照。在几番较量中,手机竟然从我手中跌落。我面露窘色,赶紧低头在车座下四处找手机,所幸手机无碍,拍照的事只好乖乖放弃。两手牢牢抓住车上的靠背,随着车上下蹦跳摇晃。

"滩涂长风烈,天海浩瀚蓝。"一句诗应时应景浮现在脑海,还没来得及抒发诗意,一侧身,堤坝外的海水里,一大片蓊郁的野草样植物,冲撞了我的眼光。我很好奇地问同行的人,答,是海草。我应一声,没说话。此时,我在心里狂放地惊呼:啥啥啥!海草?我就在这海边长大的,从没有见过这种草啊,是近几年才有的?定睛细细看,海草确实生长在浅海里。海水那么咸苦,潮水那么恣肆,它们竟然生长的那么好。忽然想到,水稻大王袁隆平种出了海水稻,难道这些草与海水稻有关?

我从小在海边吃稻米长大,知道海边种水稻是为了改良盐碱地。在泛白的盐碱地里种稻子,能让稻子不惧海水短期浸泡,我小时候想过这事,但长大后就明白,这是痴心妄想。了不起的当代人!袁隆平等人的"头脑风暴"席卷了千古认知,把千古难题化解了,把痴心妄想变成现实。青岛海边的盐碱地里竟然飘出稻米香,人,向着神的方向走了。一霎那间,我思绪远行,天空、大海、生活、认知,如潮水般涌来。我在心里慨叹着,人真是太神了,神通广大,神勇无敌,神乎其神!

人随车走,车行在伸向大海的堤坝上,视野中的画面不断变化。海水由浅蓝变成深蓝,蓝色在水中深沉无边。我知道,海水浅的地方是浅蓝,海水深的地方是深蓝,我们看到深海了。海天一色的蔚蓝里,人被涵盖其中。蓝,上通天心,下接地脉。层层叠叠着的神秘,蕴涵了无限与深邃,海水的蓝,把时间放进去,那就是汹涌与呼啸;把人和物放进去,就是死亡和重生。蔚蓝里,那些我们搞不清望不见的事物,就理解成一种空明自在吧。

我到过云南的洱海、澄海等,心里不明白为什么当地人把湖叫做海。在四川九寨沟,人们把水池子叫做海子,熊猫海、箭竹海、火花海等等,这些海子就是沟或池的样子,生活在海边的我,在心里偷偷哂笑一番。后来我考据研究弄明白了,把湖、沟、池称作海,是身居大山的人们对真正大海的一种神往。地球上沧海变桑田,海洋变陆地,并不稀奇。大山里的一些少数民族,他们的祖先曾经生活在海边,大海是他们祖先述说的充满神性的美丽世界。那些遥远而神奇的蔚蓝,让人们魂牵梦绕。他们认为大海是古来已久的精神故乡,有了海子在身边,他们就能得到祖先护佑,生活能够顺遂幸福。他们把有水的地方称作海子,是语言的美好和精神的高蹈。

车子带我们一行人沿海边转了大半圈,终于停下来。下得车来,海风吹衣撩发,劲拂脸庞。我凝望着远方的海天,感受到远方大海澎湃着的巨大能量。抬望眼,太阳站在高处,排兵布阵。伸进海水里堤坝的前后左右,除了海滩就是海水,滩涂接受也反射着灿灿阳光。明亮和灰暗,浅蓝和深蓝,各自嚣张得无法无天。蓝意浩浩,令我敬仰而着迷。心向往之,追踪着它,无所顾忌地一头扎进蓝色的魔幻里。

本以为海边单调寂寞,我却发现为所欲为的思绪,在这里生长得葱茏而茁壮。无限的空间感,放大着生命的能量场,擢升了思想的高度和层次。人的潜意识有一个秘密通道,一些不被常人察觉和感知的物华,一些艺术家画家作家一直在追寻。他们时刻捕捉的那种神秘意境,就在这眼前的蔚蓝里存在着呢。

人的心灵层次是可以用浅蓝和深蓝来表达的。画家们把人们不曾察觉的,但可以展示的某个瞬间,用各种磨痕,擦痕,光点,不同的色层表现出来,他们的画代表一种状态,呈现人的内心世界。那些人们不曾知晓的秘密,许是在深浅不一的色彩里潜伏着,就像我喜欢的梵高的名画《星月夜》一样,炫目而奇幻,引发无限想象。海明威的《老人与海》呈献给我们的海世界,历经时间的流逝,给予一代代人精神的启迪和思想的跃迁。海明威说出了他在人世间获得的一种"深蓝",一种大海与人之间的情与势。文中"老人正梦见狮子"的结句,保持了人对美好事物的向往之态。

对于蔚蓝的大海,我们的认知很有限。空旷的海边,撞进我们生命里的一些事物,与我们一起相互映衬,相互鼓舞。灰白色的海鸥鼓动翅膀,边飞边叫,清丽的声音在蔚蓝里打着旋,翻着跟斗,恩赐给在这一区域的人和海天。我觉得,这声音似是为叫醒灵魂而准备的。欧欧,欧欧,随着这清脆的声音,我的目光远行,海中有一块褐色的土地从浅蓝里渐次露出来,海鸥成群的落在上面,静息时个个昂着头,互相依赖互相关爱。这些毛茸茸的头,密密麻麻,它们是不停运动的,你休想数得清,人的眼睛只能看到一片鸟。周围环境里,一旦有一丝摇动的信息,无数翅膀就快速展开,往深蓝里钻,把叫醒的那些灵魂闪得滴溜溜转,而后无着无落,最后也被淹没在蔚蓝里。

我站立在堤坝上，很有海拔的高度感。这的确是海拔，这里的海滩没有任何的遮挡，越上升，视野越开阔，堤坝外汪洋的海面，平静得如一整块闪光的蓝玉，海水毫无飘飞之意，安宁地亮着眼睛，看着我们一行人说话交谈，走来走去。我知道海水的平静只是暂时的，几小时后就会涨潮，潮水会一股劲地涌动起来，咆哮激荡而来，人们愣神的功夫，海水就占据这里，大海就蓝得与天空一般，海天一色了。

　　堤坝内黄褐色沙泥在薄薄的海水里沉寂着，偶有皱褶和凹陷，遥远的天际线，让眼睛没有了用武之地，滩涂苍茫成线，而后模糊不见。稍近处，滩涂上有几个人在弯腰劳作，看不清他们在做什么，有人说是挖蛤蜊的。眼前，有一只长腿尖嘴的大海鸟，海边的人都叫它"长脖子老等"，因为这鸟总在孤独的等，超有耐性。半天不动地方，等着莽撞的小鱼虾出现在它面前，它瞬间出击，一饱口福。"老等"这种鸟，白的是白鹭，灰色的叫苍鹭。眼前这只鸟是苍鹭，我不知道它在等什么，等小鱼小虾？在时间和距离的雕刻上，这只苍鹭是老师，值得我们认真学习。它的单纯和梦想，延续着一种生命的生生不息。它等待，不着急，任周围的世界变化多端，它熬得住，内心始终有一种坚守。有韧劲的坚守，是一种独特的生存智慧。

　　天地之间，最繁忙的是人类。人类的匆忙和不停改变，深深地镌刻在自身的生命里。著名量子物理科学家潘建伟说，"看到即改变"。量子信息的互动，即心灵的自由和思想的独立性。许多事物引发我们探索的动机，也许就像潘建伟所说，爱情的动机在某个方程里呢。

我听到有人喊,看,绞吸挖泥船。我回头望去,远远地,一条条小船在浅水里停着,小船已经停止作业。这里的十八艘绞吸挖泥船,是围海造田的主要工具,人们把浅海中的泥沙吸挖出,装在长52米,直径6米的吹填袋里,这些圆滚滚的袋子硕大无比,像巨大的泥沙长龙,有序地叠加排列,它们迎着海浪整齐地垒筑起来,建成一道阻挡海水的大堤坝。堤坝底层宽上层窄,由50万个泥沙吹填袋高筑,海水从吹填袋细网眼里析出,风干后,袋子里的泥沙变得坚固无比,我抬起脚用力踏了一下袋子,里面硬硬的,如同混凝土般坚硬牢固。

人对事物和环境的改变,并非一帆风顺。听说这里一次特大风暴潮,让围海挡潮工程遭受了巨大损失。大海的狂潮把堤坝搅得七零八落,一些吹填袋被巨大的海浪彻底吞没,护砌用的石头被海水冲得无影无踪。人的某些行为,在大海面前,像小孩子玩得积木那样不堪一击,但人们没有气馁,打起精神,收拾残局,从头再来。

人们用血和泪,喂养着这片滩涂和浅海。原本荒凉广袤的滩涂,被人们浩大的气场所笼罩,也被人和无数喧嚣的机器所塑造。滩涂被从外在到内里改变了,围海造田的堤坝,以不同寻常的样貌,呈现给这个世界。这是渤海滩涂上的无中生有,从无到有,注定是艰难的。看到巨龙一样静卧的堤坝,绵延着伸向远方。我鼻子酸酸的,眼睛潮湿了。心里被一种浩大和无畏充填着,被一种奋斗的精神感动鼓舞着。我曾经干过工程施工,知道施工过程中,需要多少辛苦和汗水,倾注多少心力和智慧,还要有多少齐心与合力。天佑民生,天纵勤勉啊!伟大的人,了不起！同来的一行十几人站在巨龙般的坝体上,被惊叹得谁也不讲话,也无话可说。人们静静地站立看,望远,望近,与滩涂和大海默默交流。

有人打开潍坊港的建设平面图给我们看,我看到浅蓝和深蓝里的各种标注。图纸里,广袤的滩涂被浅蓝覆盖,围海的堤坝,紧紧护卫着各种养殖区,贝类、鱼虾、海参、盐田。建设中的万吨级码头,伸进深蓝的大海里,静静的港湾,为众多轮船虚位以待。浅蓝,深蓝里的未来画卷,如同天体物理学一样令人着迷。

人们对地球的影响和改变已经巨大,移山填海,河流改道,挖矿建楼等等,还有眼前用泥沙和石头垒筑的防潮堤坝,堤坝改变了海水原有的流域面积,改变了滩涂的寻常样貌。按照地质学家的观点,人类进入了地质史上的"人类世"时代。"人类世"的到来,对地球的改变不可限量。某种层面上说,现代人就是古人崇拜的神,人们有手机、微信、电视、各种大型机械,还能指挥智能机器人,由此;人们拥有了千里眼,顺风耳,还力大无穷,现代人能想到的大都做到了。研究量子的科学家还试图做到,人像孙悟空那样有无数个变身,一念之间,可以变换时空。现代科技和科学研究,把人的想象力推向极限,好像只有想不到,没有做不到了。科技发展让人们拥有了神一般的力量,可不就是神通广大,神勇无敌,神乎其神！我毫不犹豫地把这些赞美的词语,再重复一遍。

面朝大海,人的身体被海风吹得像一张薄纸。人的智慧能够围海造田,但我们无法阻挡时间的流进流出。留不住的时光和阳光,还会从耳边呼啸而过。这样的一些暗流涌动,我们看不到也无法阻止。

看着浅蓝、深蓝的一汪海水,摇动的海水攫取了我的魂灵,我恍然变身成纷繁跳动的浪花,一猛子扎进大海里。海水自由自在清凉狂放,四面围剿的海水之力,激得我耳朵嗡嗡响,身体中的每个细胞都释放出巨大能量,缩小又膨胀而后虚无。风吹海水的声音传来,从太平洋、大西洋、印度洋北冰洋海底传过来。我沉迷在其中,听着听着,心里的声音就不是虚无飘渺了。众多的声音里有洋流、大鱼、巨轮、潜艇、水手的汗,珍珠的泪,章鱼的触手,鲸的呼吸。还有深蓝和浅蓝里的厚重和苍白,是海妖塞壬的歌唱,是孤独的海浪跳着高呼喊,是无尽宝藏震动着的明亮之声。这个时段,我听到了超想象的细微和宏大。

我浮上海面四望,眼睛只看到浅蓝和深蓝。如果地球上海量的信息给予人们,那么,这些信息像海中露出的冰山,只是整个世界信息量的一点点,影像图片声音,我们感官能够得到的,就是浮在海面的部分,更多地隐藏起来不被人所知。但这些缺席者隐藏在我们生活中。大量的留白,没有明确的时间和空间,只是一种指向和暗示。诸多的背影、轮廓,放置在一定的场域,便启发我们的思维,复活原有的样貌,给人更多想象的体验。它们以缺席的方式,严正地强调自己在场,就像宇宙中的暗物质一样,我们看不到,并不是它们不存在。毕竟人的视觉听力感受力是受肉体限制的。

海边的诸多信息是一种诗意的释放,它们的存在是一种无法用影像和声音来表现的东西,正如波兰诗人瓦夫什凯维奇的诗句:"是的,只有在这些过往年代的宏大空间里,有一些空气的山丘——那是埋葬可笑秘密的坟冢,还有说到半句就收住的诅咒,那里埋葬着赞美和下定义的努力……"现实中,很少有人能建构这个时刻,这种放逐会持续引发人们的追求。大海的背后,存在一个更为宏大的世界,这个无极就是从浅蓝到深蓝。

大海只有温度变化,季节不甚分明,冬夏春秋的物候气象只在陆地,季节都是人们自己定的。我觉得,人似是有一个可以介入深蓝的理由,因为大海精神的迷阵,开始把四维的丰富景象,挪移到我们普通人能够感知的三维里来,时间在这里弯曲了。远古《山海经》里写出的彼时,生长有现时的东西,现时人们体验到的,蕴涵了彼时的意味。在超空间里,人的身体突破壁垒建构新的存在形态,通过"虫洞"自由往来,一念之间就变换一个维度。航天航海科技是人类实现诸多梦想的通道,宇宙信息量巨大,所有的诞生和死亡,附着和填充着生命的细节。我感觉发现太空的秘密和纯度,与发现大海的深邃和奥妙一样,遥不可及。

当我飞远的精神穿回现实,眼前是空空的天,遥遥的海。一汪浅蓝,又一汪深蓝,兀自活在流动的时间里。站在海中的堤坝上,我感觉自己脆弱的身体,渺小得如草芥尘沙,可以忽略不计了。我爱恋着眼前丰富多彩人世间,但我杞人忧天的坏毛病依旧改不了。

海风扯着蔚蓝的一角舒畅地飞,像一个不用归巢的鸟儿,从这片海到那片海,一直一直地飞。涨潮了,我和一行人站在被海水浸泡的堤坝上,吹着海风,望着天,望着海。此时,我被海鸥叫醒的灵魂飞起来,漫游在海天的蔚蓝里,回过头,看看自己红衣飘飞的躯壳,看看这个又爱又恨的世界,忍不住一声赞叹,又一声长叹。

(发表于《飞天》)

大王的神谕

好长时间没来河边了,难得有闲。我边走边欣赏着河边雨后的景色,满心欢喜地收纳着沿路的美和好。夏日的野外郁葱蓬勃,植物如越野赛似的抢时间,以各种姿态占领空间,叶绿花红,千姿百态。一夜豪雨后,空气湿润,植物和泥土的味道升腾起来,青草之味尤浓。草叶尖上噙着水珠摇摇欲滴,天光投进珠子里,万千变幻的镜像魔法般藏在里面。你一碰,全没了,美属于水珠自己。花蕾花瓣被水珠点缀,娇艳成美人的腮。美人往往不好惹,你最好只远观近看,别动手。大树小树被洗浴一新,摇着枝叶颤颤地舞,滞留的雨滴时不时落下来,敲一下你的脑壳。嚯,雨后的树是调皮蛋,别站在他下面。河边的景色很像一幅人为绘出的画,该有的美都有,那些丑陋的、惹人恼的东西,全不见了,特别是我讨厌的毛毛虫踪影全无。难道有诸虫子的天敌在我身后保驾护航,吓得它们闻风而逃了?这样想着,我狐假虎威地颇得意,似是大王派我来巡山,春风得意腿脚灵便了。

近三年,连续干旱,河里水很少,甚至算不上湿地,不少河段变成了水草丰美的草海。河中茂盛的芦苇杂草一人多高,很安静,风儿也不来,它们静静地站着与我对望。感觉不对啊,这里的草丛太静了,似乎比以前少了很多东西。疏离、陌生、空寂,耳根眼眸都太清净了。我在河边生活很多年了,河边不是这样的,出什么问题了？我用力想了一下，明白了，这里没有蚂蚱虫子大蝴蝶小飞蛾蜻蜓和各种鸟儿的喧闹了。这些活着的小生命都去哪里了？难道真像家中小朋友所说的，脚趾丫丫开大会去了？如果是农田林田还说得过去，人们为了让庄稼树木生长得好，喷了农药。这里不该是这样的，难道有一种附着了魔法的网，把虫子飞蛾蝴蝶们都收走了？

我的脑子里一下子闪现出一张硕大的蜘蛛网，它们全进了一张网？进了蜘蛛这种阴谋家的口腹？我打了一个激灵，哎呀，我怎么也没看到蜘蛛网呢？去年秋天来河边，大大小小的蜘蛛网到处都是。走在林间小路上，不经意时会撞破蛛网，挥手拿掉粘在头发上的网，黏黏的，一些飞虫飞蛾的尸体挂在上面，心里一阵懊恼，咋不睁大眼睛好好看路呢？我留心看四周，走了很长的路，仔细寻，连一张编制简易的蜘蛛网也没见到，更别奢望找到一张精致的蜘蛛网了。这里出了什么问题？

抖落时间的羁绊，我脑海里出现了多年前见到的大蜘蛛网。青砖砌顶的古民居，上翘的檐角凌空欲飞。老宅正屋与西屋檐角之间，高低错落处，有一张透明的蜘蛛网。夕阳下蛛网随风轻摇，金色的光从网中透过来，网上有小飞虫小飞蛾被粘了翅膀，扑棱几下，就停下，缓过劲，再挣扎着动几下。大蜘蛛沿着蛛网的丝线，快速地来取战利品。这张蛛网有精密的纹路，有弹性，有黏度，轻盈又晶亮，美若天成。硕大的蛛网透光透风透雨，却是飞虫飞蛾们难以闯过的生死之门。乾坤朗朗，一张阴谋的网却一直张开着，这玄幻之网，虫蛾们闯不过，似是一种宿命。大人常嘱咐孩子，别去蜘蛛网下面，蜘蛛尿撒在人身上会长毒疮。

是的,别去那些幽暗和偏僻的角落,生死的皱褶里,没有诸多物华的提醒和影响,你有翅膀有力量也飞不过暗算。弱肉强食的大自然,内里外在,藏有无数秘密,不谨慎就吃苦头。人世间也一样,很多时候,有些人很像老谋深算的蜘蛛,他们已经织好了网潜伏着,坐等猎物莽撞地闯进来呢。波兰诗人米沃什说过,如果你热爱大自然,你就应该热爱人类的市场竞争。因为人类的竞争和大自然的物竞天择是同一个法则。是的,人和大自然息息相关,有美也有龌龊,有生也有死亡。我们接受美的,并避开恶的,人才活得智慧。

蜘蛛是世间满腹经纶的魔法师,它以小纽扣一样的身体,编制出富有艺术感的网,蕴含着天成的禀赋,貌似学问幽深。人与物常常是相通的,不管是必然还是偶然,小小的蜘蛛给予人们多重的教益和灵感。小蜘蛛的确能量不凡,从某种意义上说,它甚至能够决定英雄拿破仑的成败呢。

1874年深秋,拿破仑带领法军进攻荷兰,荷兰人打开河流的水闸,用洪水阻挡法军。拿破仑在撤退、进攻、原地待命中犹疑。正准备撤退时,他接到手下"大量蜘蛛正在吐丝结网"的报告,拿破仑做出了就地待命的决定。蜘蛛吐丝结网预示干冷天气即将到来。不久,寒潮果然袭来,河湖冰封,法军踏冰前进,攻陷了荷兰的乌德勒支要塞。在气温较低而又干燥的条件下结网,蜘蛛的这一特性,帮助拿破仑打赢了一场战争。

英国的将军威灵顿在一场战斗中吃了败仗,仓皇而逃。他躲进一农舍避风雨,他沮丧苦楚,茫然无措。他看到墙角有蜘蛛在风中结网,蜘蛛一次次地失败,一次次重新吐丝结网,刚要成功了,风吹来,纤细的丝又被吹断了,蜘蛛不气馁,不放弃,无数次努力之后,终于将网织成。威灵顿将军大受鼓舞,带领军队重振旗鼓,投入战斗。直到在滑铁卢之役打败拿破仑。想一下,就感觉到,从某种意义上说,拿破仑成也蜘蛛,败也蜘蛛。缠缠绵绵的蜘蛛弱小又强大。不管在精神上,还是在生存上,人与蜘蛛密切相连。

外国人对蜘蛛的诸多研究和著述,多是从科学方面而言。而中国人对蜘蛛的诠释,唯《西游记》中最精彩。蜘蛛精变成美女诱惑取经的唐僧,唐僧也脸红心跳,不敢睁眼,很难把持住。蜘蛛精是美丽又恶毒的妖怪,她们的老窝盘丝洞,华丽而美妙。在现代人心里,盘丝洞似是与情色搭边儿的,蜘蛛精之美是许多人心中的那个痒和疼。现代人向蜘蛛学习,像英雄的"蜘蛛侠"一样,越来越强大,一步步实现着心中的梦想。人们在大地上挖掘矿藏、隧道,修筑密布的高楼、道路、桥梁,挖掘水渠、运河、水库,在山上修筑层层梯田,在海中布下轮船,在天上放飞密密麻麻的飞机卫星飞船。但是人们也埋上炸弹、地雷,放出子弹、炮弹、核弹,布下潜艇、航空母舰、大网、水雷,发射军事卫星。想一下,人跟满肚子弯弯绕的蜘蛛有得一拼,甚至比蜘蛛更加强大,更加贪得无厌。人们爱同类也恨同类,爱自己也恨自己,只想自己过得好,不给他人他物,留出生存空间。人们这样用尽心思和力量活着,到最后会是什么样子呢?能活出梦想中的精彩吗?我不知道。

天、地、人这些高大上的烦恼,我总觉得离自己还远,想得再多也只是想。眼下这河边为何没有蜘蛛结网了呢?大王派我来巡山,我被蜘蛛魅惑了呀,百思不得其解。

　　忙碌中过了不少时日,河边静悄悄的不解之谜,就一直闷在心里。一日,我坐高铁远行。到目的地还要近四个小时,难得这么清闲,我闭上眼睛想睡觉,可睡不着。邻座的人一直打电话,听来是一个经销商在联系业务。我只好拿着手机翻看微信。抬头看,火车上的人大都这样,手里拿个手机,低头俯视,手指忙碌,一会儿傻笑,一会儿撇嘴,玩得嗨。小小一握的手机,魅力四射,把人们搞得神魂颠倒。人们沉在虚拟的网络世界里,网来网去。还别说,这手机可是个无价之宝,一机在手,呼朋唤友,没有办不了的生活之事,衣食住行,网上订,哪里还用跑断腿儿、说破嘴呢?一部手机遥控指挥,把人乐得云里雾里,大事小情一切搞定。人走几步路,手机都记得清清楚楚,人自己不明白自己,不了解自己,手机却很清楚,并做好了各种铁证如山的记录。人常去的地方,喜好,消费,交往,手机都一一记录在案,你翻看一下历史信息,会吓得后背发凉,被闹得做鬼脸吐舌头。手机把人管得一丝不挂,而且深入到人的脑子里,你想啥它都知道呢。文字,图像,声音,即时感,现场感,手机许多给力的妙处,营造的各种情势和意味,她的强大功能谁能比呢?我的文字表达与手机的本事相比,确是等而下之的。想一想,还真是怕了手机,怕了这种无处不在的网,又怕又爱。天罗地网后面,还有天罗地网,这话你得相信。

　　忽然,邻座打电话的人惊喜地叫出我的名字,我一脸懵。我不认识他,他对我的情况却很熟,甚是热情。他说,读过我的书《泅渡》,拿出名片自我介绍。我接了名片看,知道他是一家汽车销售公司的总经理。我们闲聊起来,我客气地问,生意好吗? 他说,汽车销售生意一般,现在做的航拍无人机生意还不错。航拍无人机? 我顿觉自己孤陋了。航拍无人机有多少人用? 摄影发烧友用的可不多,能赚着钱? 我一脸怀疑地问。他告诉我,无人机用途很广泛,不只是用作摄影。他加了我的微信,用微信发给我一个产品介绍。TL18T00 航拍植保无人机:广泛应用于无人机航空拍摄、遥感测绘、空中侦查、灾害监测、电缆巡线、农业植保等对移动性能要求高,设备载重大并需要较长留空航时的应用领域。实现了在大载重飞行留空时间长的优点。有效载荷和任务载重 10~50 公斤! 飞行时间根据配置,15~35 分钟,重量越轻飞行时间越长。飞行器采用八轴八旋翼的设计布局,可垂直起降、自动定点悬停的无人飞行器系统。可以应用于商业航拍、影视航拍、搜索、通讯、监测、侦察、植保等多种任务。

我大开眼界,航拍无人机这么厉害! 他告诉我,他正在开发无人机用于植保的业务,林业、农业都用,跟一些地方签了长期合同,喷洒农药收费,成本很小,每亩地每年收费 40 元。业务越做越大,本地和外地都很快推广开了。农民受益,病虫害控制得非常好,用户很满意。我问,航拍无人机每次能带多少农药,一亩地洒多少药,按什么比例喷洒呢? 答,载荷 10 到 50 公斤,一亩地喷多少药没仔细算过,只喷纯药,不加水。空气中弥漫的全是农药,浓度大,喷一次,地里非常干净,什么虫子也没有,一扫光。

我恍然大悟,刹那间明白了河边为什么那么寂静了。我在心里大吼一声,心被揪起来打,好像我是呼吸着纯农药的蚂蚱、虫子、蛾子、蜘蛛、蜻蜓,扭曲着身子,疼痛地翻滚着,毒,恶狠狠地要了我的命。等我喘过一口气,就从座位上离开了。我在心里哭泣,哭泣所有的死亡,哭泣有意无意的屠杀,哭泣弱小生命不得不面对的凶残,哭泣生命中的哭泣。天哪,老天,是人在作怪!人们设置了一张虫子们逃不出的天网啊,只要暴露在空气中,只要你呼吸,管你是行走的,爬行的,长翅膀的,吐丝的,谁跑得过飞行器?空气中浓烈的毒雾损毁它们的器官,蜘蛛编织再精密的网也无用途,它们再大的立世本领,也随风而去。天网毒雾之下,虫类谁都无路可逃,毙命,即刻毙命!

人啊,人!威武不可阻挡的人,就这样决绝。没有敬畏,没有悲悯。我为害虫说话?你很不屑?我要说,害虫是人给它们的命名,对人们种植的植物来说是害虫,对整个自然界来说,它们是与人一样平等的生命。生物多样性对于地球,对于人类来说,非常重要。

待我回到座位上,就闭着眼假寐。一路上,我默默无言。我的脑海里呈现出一种河边的寂静,可怕的寂静。人们眼中河边的美,很可怕,那是要命的美啊。霸道强悍的人,只顾自己过得好。小生灵们全不见了,人还会过得好吗?我心中无限忧虑,无尽悲哀。联想,联想翩然而至……

前几年,社会上招商引资氛围浓厚,大力发展工业,振兴当地经济。某个企业每天大量抽取地下水用于工业生产,企业驻地一村子的人,为保护耕地和地下水,与企业的人动了棍棒铁锨,不少农民被绳之以法。我当时觉得企业正当生产,抽取地下水有许可证,村里的人不遵纪守法,太过粗鲁野蛮。不几年,小范围的地下水被企业挥霍一空。近几年,天大旱,当地农民用井水浇地是妄想了,浅表的地层打不出水了,眼睁睁地看着庄稼旱得打蔫绝产。我深为自己当时的无知和袖手旁观而懊悔,哪怕自己有点同情心也好。大部分人常觉得,一些事情不关乎自己,就不多言。但恰恰这些事,与所有人都有很大关系,资源枯竭和环境污染,已经呈现在我们面前。一地连续几年的大旱,是不是与环境污染,与大量地下水资源浪费有关呢?是的,我们富裕了,城市建设"高大上"了,生活水平飞速提高。但是,如果经济发展建立在断绝子孙生路之上,这种发展能要吗?地下水枯竭这心中永远的疼,会让人们惊醒吗?难道只有切掉了一只手,才知道手有用途吗?

今年春天,微信群里有人说,飞机洒药杀灭美国白蛾,请大家不要露天晾晒食品衣物,尽量不要外出,出门带口罩。我看了信息,没在意,觉得与自己关系不大,不就是灭杀害虫吗?没想到,飞机洒药竟是这样厉害。这种手段太过决绝,杀死了美国白蛾,本土的蚂蚱虫子飞蛾蜘蛛等一扫光,没有漏网之虫。无数次看到无人机在飞行,在洒农药,洒除草剂,我熟视无睹,事不关己高高挂起。当我看到了寂静的春夏,寂静的河边,我感觉不对了。我用手机录了音,拍了照片,草丛中死一样寂静,庄稼地里一棵草没有,玉米地,高粱地,大姜地里寸草不生。那些看不见的杀虫药、除草剂,可都是经过人的手而喷洒的。我害怕了,惊醒了,心有惶惶,有点杞人忧天了。

提到绿色、生态、环境,我们就会想起美国生物学家蕾切尔·卡森。1962年,她在著作《寂静的春天》中,以许多惊心的事实,发出了旷野中的一声呐喊。对人类用现代化科技手段破坏自己的生存环境,发出第一声警告。希望唤醒人们不要使用化学药品这种蛮力,来对付昆虫植物,也呼吁人们尊重生命,不要自以为是。在当时的美国,她遭到了与农业相关企业的猛烈抨击和某些舆论的嘲弄,但是,历史最终证明她是对的,真理站在少数的她这一边。蕾切尔·卡森对人类环境意识的启蒙,对大自然的热爱,对人类未来的关注令人敬佩,她的勇气和远见卓识,对世界历史发展进程的影响是巨大的。西方国家走过的环境污染的弯路,已经给我们竖起了惊醒的路标。是否深陷泥潭,就看我们自己的选择和把持了。

19世纪50年代,西方的学者作家就已经意识到"人是世界中心"这个问题的严重性。对人与自然的谐和开始重视起来。我们中国人自古心中就有一种"天道",大自然谐和共一之道,提倡的天时地利人和的理念,由来已久。东西方文化有差异,东方文化精髓里阔达圆融的东西,更胜一筹。

老子曰:人法地,地法天,天法道,道法自然。这个自然在人类之上,又是人类最朴素的心相。自然是我们向往的境界,言禅,言道,大都如此。万物自然,人介入其间,对其影响巨大。让天道合乎人的观念是徒劳的,老子在"天地不仁,以万物为刍狗"已经说得很明确。天之所有,就是自然,"多言数穷,不如守中"。我觉得,人不可能从自然之境中抽离,不可以人为中心,以人灭天。虽然人已经成功地干预了自然中的生灭,但会受到加倍的报复。当人不能在自然中感受自身,不能坦然接受生死,那个属于人的感悟自然的灵性和慧能,就消退隐藏了。我希望人的这种消退,慢一点,再慢一点。希望自然和本色的东西,多一点,更多一点。

中国的古时,人们对天时十分敬畏,遵循各种规则。该播种时播种,该打猎时打猎,该禁渔时禁渔;一些动物不能随意伤害捕捉,生产生活中要遵守一些禁忌;对上天要有敬畏,明白季节的力量会钳制住一些东西,罪犯等到秋后才可问斩。顺天时,大自然风调雨顺,万物蓬勃,粮棉果蔬丰收,社会也会安宁。逆天时,人们就没得吃,没得住,没有安宁的社会秩序和环境秩序。乱世往往是从逆天而行开始,人祸加剧。田地荒芜,疾病蔓延,战火连绵,争斗不休,最终人口锐减,千里无鸡鸣。人们受到"天道"的严重惩罚之后,才重新走上安居乐业的正途,历史几番轮回。

读史明理,我们读四书五经,读《史记》《资治通鉴》等典籍,中国的历史文化给予我们后人很多的教益。天地人和谐时,社会与人呈现出一种美境。我们欣赏一下隋代展子虔的《游春图》,读一下唐诗宋词,就能看到古时的山水田园之美,也能感受到国泰民安的大国风范。时间走到充满现代气息的二十一世纪,我们留给后代人的应该比隋唐时代更加美好。我们有智慧有能力,延续老祖宗的天人合一理念,维护好青山绿水和万物繁茂之境,而不是独有当代人的畅快和享受。不管天上,还是地下,某些发展和进步是可怕的,我们对大自然的干预和改变是需要限制和节制的。如果人狂妄地把自己放到世界统治者的地位,不改变人是万物之魁、万物之灵长的惯性思维,就会导致社会、政治、生态的一系列问题。

宇宙浩渺，人类孤独。现代科学始终没有找到主宰世界的神，但宇宙的运行和存在，肯定有一种规则和秩序，我们就把这种精神之最、智慧之最、宇宙之核心，尊奉为我们的心中"大王"吧。人类在大自然中生存，是其中细小的一分子。遵从大自然之道，大和谐之道，便是"大王"的神谕。我希望一直俯瞰人类的"大王"，给予人类醒悟的机会和些许宽容，希望大王的神谕，能有越来越多的人领悟。我相信，我的眼里还会出现一些细致入微的东西，能看到飞虫的仪态万方的情态和况味：扇动的透明翅翼，灵动的触须，身体上斑斓的花纹，迷离的小眼神，柔姿纤腰的风情，卿卿我我的缠绵。还能看到四野的绿帘之下，一个个自然而绚丽的生物群落，那么妖娆，那么生机蓬勃。

　　人类应该是大自然的敬畏者和热爱者，更应该是维护者和守望者。大自然，大和谐，需要人们的心智和能量。一些沦落与下陷的作为，就此偃息吧。为了地球和人类的未来，为了生态环境向好，我们不做布下"天网"的毒蜘蛛，宁愿不要奢侈的美，贪得无厌的享受。要知道，天罗地网后面，还有天罗地网。我更希望"大王"的卫道者众，人类的好日子多。

2018 年 1 月发表于《红豆》，被选入《好散文（1978—2018）》

《一叶慈悲》后记

秋水长天,风烟俱净。生命的手指尖轻轻划过,大地琴弦上发出玉帛之音,秋的五彩斑斓里,我又一次站在了家乡龙池的土地上。

家乡的田野上很静,植物总是比动物安静得多。老天给了人并不聪灵的听觉,但我觉得足够了。人的听觉远比不上一些动物和鸟类,人感知世界的综合能力却是最强的。我站在田间小路上,静听天籁,也听自己的心声,感受世界与自身的交融。

天边的雷声翻滚而来,思念也翻滚而来。天欲雨,恍惚间,我眼前出现了会"使风"的风哨蛇,它驭风而来,在静寂的大豆地里掀起一股流走的气浪,从我身边掠过,呼啸着远行了。这蛇许是像我一样听到了远处的"云漠"响了,它知道大雨很快就来了,才选择在大豆头顶上"飞",它的飞行,伴着豆棵草叶连绵的晃动,似是吹起低沉的哨子,呜呜——哗啦啦,一路闪将过去,很快没入远处的田地里。我亲眼见过的这种蛇,现已在家乡绝迹。那时,小小的我坐在慢悠悠的牛车上,听见了赶牛老汉一声长长的叹息,唉,他毫无征兆地吐出深长的一口气,吓我一跳。那时我不知道老汉为何这样,现在似乎有些懂了。我听见了自己的心在跳动,听到自己均匀的呼吸。生命里的第几个秋天,我不仔细数它,数清了又有什么用呢?大隐隐于野。现在,田野上不见雨中快跑的人们,人们大都是开了面包车到地里劳作的,下雨了,他们从容地拿了农具,坐进车里,开上车缓缓离开。几十年前的人们,能想到天掉下来,也不会想到会有这种开着车务农的场景。

田野上,有我看得见的天地、庄稼和劳作的乡亲;也有我看不见的,不为我所知的构成和存在,它们无孔不入地环绕着我。家乡"长阡行"的桑园已经了无踪迹,但留给我的感知与情感依旧在。时间默然流逝,以前桑园里留下的内在力量,丝毫没有减弱,雨打桑叶的沙沙声仿佛还在耳边。家乡是著名的丝绸之乡,已不见桑园,即使地边、河边也不见桑树的影子,平阔的大地少了一些能够容留思考的人文色彩,关闭了许多可以隐藏起来的空间,淡了田野自身的那种神性。桑蚕那种虚构的未知,晶莹的丝线搭建起文明的通道,我们想到那个空间去,全凭自身修炼而得到的精神高度了。

桑叶——蚕——丝,一叶慈悲越界来,这种跨界的转换,与我和热爱的文学是一个神似的隐喻。可不是吗?人世间,慈悲的春蚕,在做着跨界的劳作,安静而专注地吃进大量的桑叶,把一枚枚桑叶变成一缕缕丝,温暖人间生活。作者如同一只春蚕,把自己经历过的,看到的听到的,感受到的生活,全都装进心里,编织成美丽的文字,给人们教益和点醒。纯粹的精神表达和创造,离不开感性的开始。我是春蚕一样的朝圣者,虔诚地向丝绸之路上伟大的鸠摩罗什、玄奘、马可·波罗学习,向着文学道路上伟大的莎士比亚、托尔斯泰、曹雪芹学习,朝着自己心中的远方走。时世邈远,我没有风哨蛇的本领和威力,我参悟到的东西不过是一星半点。我写出的文字,力图贴近大地和人,力图传递美善。是吃进人间百味,咀嚼人世间大小悲欢的一步步努力,是倾尽生命能量吐出一缕缕丝。这些文字,是我生命的一部分。我以此自知自救,洗涤灵魂,升华精神。写作的道路孤独而漫长,我只是千万吐丝春蚕中的一个。跨界的警示和进步,总要有人奋不顾身地给予眼前的这个世界。

我站在地球的一隅,家乡的田野上,渺小得不值一提,但人类的文明正是由这些细部和微小构成。我看到泥土中嵌有光洁闪亮的碎瓷片,脚下有低微鲜绿的苔藓,它们如隐士保存着个体的生命史,我如它们一样。在前进的途中,我需要光亮指引,需要凝聚和升华。感谢一切与我有关的人和物,感谢一切善意的帮助。能有机缘把自选的作品结成集子,我深感幸运。我感恩生命中所有的相知与相遇。特别感恩阿成老师为我的散文集写序,前辈的提携鼓励和关爱,给了我莫大的荣耀。阿成老师的智能和境界是我仰望的,他用博大和宽容之心与世界相处,用爱和善对待周围的人。我有幸靠近芝兰大雅,浸得满身馨香。感谢书法名家陆明君博士题写书名。我吐出的文字细丝,经由诸多老师、同学、编辑、出版社,共同努力,织成了清丽的绸缎,呈献给读者,呈献给不朽的时光。

我活在已经抵达的时空中,未来乘一叶慈悲召唤我,并弥漫过来,热烈而奇异的感觉溢出。丝线和光线惺惺相惜,无骨的灵魂,有爱的意念,无所不在。给我多次选择,我还是想做一只吐出文字的春蚕,向一切善美致敬!向伟大的跨界致敬!向世界的发展和人类的进步致敬!

姚凤霄